DIE AKTE MARX

Stephan Brakensiek, geboren 1968 in Dortmund, studierte Kunstgeschichte, Geschichte, Politikwissenschaft und Publizistik an der Ruhr-Universität Bochum. Nach verschiedenen Tätigkeiten im Ruhrgebiet arbeitet er seit 2004 in Trier und lebt im nahen Hochwald.

Dieses Buch ist ein Roman. Alle Handlungen und Personen sind frei erfunden. Ähnlichkeiten mit lebenden oder toten Personen sind nicht gewollt und rein zufällig.

STEPHAN BRAKENSIEK

DIE AKTE MARX

Kriminalroman

emons:

Bibliografische Information der Deutschen Nationalbibliothek
Die Deutsche Nationalbibliothek verzeichnet diese Publikation in der Deutschen Nationalbibliografie; detaillierte bibliografische Daten sind im Internet über http://dnb.d-nb.de abrufbar.

MIX
Papier aus verantwortungsvollen Quellen
FSC® C083411
FSC
www.fsc.org

Umschlagmotiv: Helgi/photocase.de
Umschlaggestaltung: Nina Schäfer, nach einem Konzept von Leonardo Magrelli und Nina Schäfer
Umsetzung: Tobias Doetsch
Gestaltung Innenteil: César Satz & Grafik GmbH, Köln
Lektorat: Susann Säuberlich, Neubiberg
Druck und Bindung: CPI – Clausen & Bosse, Leck
Printed in Germany 2018
ISBN 978-3-7408-0268-4
Originalausgabe

Für Judith und Albrecht, meine besten Freunde

Müde
und einsam.
Müde, bis der Verstand schmerzt.
Von den Klippen
rinnt Schmelzwasser.
Taub die Finger,
bebend die Knie.
Jetzt gilt es,
jetzt darfst du nicht loslassen.

Dag Hammarskjöld, Tagebucheintrag vom 6. Juli 1961

Prolog

Es war ein nasskalter Nachmittag, und Jens Lehmann hatte keine rechte Lust, seinen Dienst in der zugigen Betonkuppel unweit der Mannschaftsbaracke anzutreten. Unwillig hatte er sich bereits nach einem kargen Mittagessen um eins seinen Karabiner und sein Fernglas umgehängt und war über die dunkel geschotterte Fläche zwischen den Hütten Richtung Steilküste gegangen. Stille herrschte über dem Kanal, und auch ansonsten versprach dieser 1. April 1943 nicht anders zu werden als all die anderen Tage, an denen er hier als Unteroffizier seinen Dienst tat. Er hätte einen Aprilscherz gebrauchen können, so wie früher in seiner Kindheit: einfach, herzlich, dumm. Doch zum Scherzen war hier niemandem zumute. Es herrschte Krieg.

Die ersten Stunden seiner Schicht vergingen in der bekannten Trostlosigkeit der Langeweile. Doch dann bemerkte Lehmann ein leises Knurren. Es war ein Geräusch, das er noch niemals zuvor gehört hatte. Es kam aus Richtung Nordwesten und wurde allmählich lauter. Bomber waren es nicht, da war sich Lehmann, der unter seinen Kameraden als einer der Besten im Erkennen feindlicher Flugzeuge an ihren Motorengeräuschen galt, sicher.

Er begann, den noch immer leicht nebligen Himmel über dem Meer nach den sich nähernden Maschinen abzusuchen. Doch er konnte nichts entdecken.

Dann, wie aus dem Nichts, tauchten sechs zweimotorige Bomber direkt vor seinem Beobachtungsposten auf. Ihre Motoren machten einen ohrenbetäubenden Lärm, als sie in zwei Dreiergruppen über die Baracken der Wehrmacht hinweg Richtung Inland flogen. Es waren de Havilland D.H. 98 Mosquitos. Sie waren in den letzten Wochen zu einer regelrechten Plage geworden, sowohl über den besetzten Gebieten als auch über dem Reich. Lehmann hatte davon gehört. Erst im Herbst hatte eine Gruppe dieser Flieger das Gestapo-Hauptquartier in Oslo angegriffen – am helllichten Tag. Lehmann hatte sie in der Realität noch nie gesehen und daher keine Ahnung von ihrer Reichweite.

Routiniert drehte er den Hebel des neben ihm stehenden Telefons und machte befehlsgemäß Meldung an die zuständige Dienststelle der Luftraumüberwachung in Arras. Wäre doch ein Wunder, wenn die leichten Flieger aus Holz, die nur Bomben und keine weiteren Bordwaffen trugen, nicht schon bald von den eigenen Jägern abgeschossen oder anders zu Boden gebracht würden, dachte er. Gefahr bestand sicherlich keine. Lehmann glaubte an die Macht der deutschen Wehrmacht und an das bevorstehende siegreiche Ende des Krieges. Kurz dachte er an seine Frau, zu der er dann als Held zurückkehren konnte. Wie gut, dass seine Hilde aus dem Ruhrgebiet nach Trier zu ihren Eltern gezogen war. Dort war es sicher.

Lehmann begann erneut, gelangweilt wie bereits am Mittag, den Luftraum über dem Kanal mit seinem Feldstecher abzusuchen, als eine zweite Staffel von weiteren sechs Maschinen seine Beobachtungskuppel in Richtung Festland überflog.

***

Commander Whitaker hatte diesem Auftrag lange entgegengefiebert. Er und die 105. Squadron der Royal Air Force hatten in den letzten Monaten schon so manchen Überraschungsangriff auf den Gegner geführt, alle wohlvorbereitet und minutiös geplant. So auch diesmal. In den meisten Fällen waren sie allerdings immer auf küstennahe Ziele angesetzt gewesen, um nach Möglichkeit lange unentdeckt bleiben und, wenn es denn brenzlig werden sollte, schnell wieder den Rückzug aufs Meer antreten zu können. Denn die Deutschen rüsteten ihre Flugabwehr entschieden auf, und ihren Flugzeugen vom Typ B Mk.IV mit ihrer überlegenen Feuerkraft konnten die »Mosquitos« nur ihre robuste Konstruktion, ihre hohe Geschwindigkeit sowie ihre guten Höhenflugeigenschaften entgegensetzen, die die der deutschen Maschinen bei Weitem übertrafen.

Whitaker empfand die fehlende Bewaffnung aber nicht als Nachteil, sondern setzte voll auf die technischen Möglichkeiten der neuen Flugzeugtypen, deren fliegerische Besonderheiten ihn faszinierten. Hier zeigte sich, so gestand er sich des Öfteren im Stillen ein, dass die Deutschen nicht die besseren Ingenieure hatten, wie alle immer sagten, und der Krieg vermutlich auch durch technischen Vorsprung zu gewinnen sein würde.

Beim Start heute Morgen in der Nähe von Norwich hatte alles nach einem verregneten Tag ausgesehen, was seinem Auftrag eine gute Tarnung gegeben hätte. Nun aber strahlte es blau vom Himmel, und Whitaker wusste, dass es nicht ganz so einfach werden würde, Nordfrankreich und Belgien zu überfliegen, ohne von der deutschen Luftabwehr entdeckt zu werden. Aber er nahm es sportlich, fühlte sich als einer der letzten Ritter der Lüfte und bewahrte einen klaren Kopf. Solange er hoch und schnell genug flog, konnte ihm quasi nichts passieren.

Anders sein Navigator Charles Moore. Er hatte doppelte Sorgen, die er aber offiziell niemals zugegeben hätte. Zum einen hatte er die Trainingsflüge mit der »Mosquito« gehasst, die aufgrund der hohen Geschwindigkeit der Maschine von sechshundert und mehr Stundenkilometern in einer Höhe von knapp neuntausend Metern zu absolvieren waren. Zum anderen – und das war viel wesentlicher – wusste er durch eine Indiskretion einer höhergestellten Sekretärin der Luftflotte, mit der er gelegentlich verkehrte, vom heutigen Ziel. Krankmelden kam für den jungen Leutnant allerdings nicht in Frage, sodass er sich am Morgen in den zweiten Sitz des Bombers gesetzt und sich in sein Schicksal gefügt hatte.

Nachdem beim Start alles geklappt hatte, die Sicht besser wurde und sie die französische Küste in der Nähe von Escalles überflogen hatten, eröffnete Whitaker seinem Navigator, wohin es gehen würde.

»Ich weiß«, antwortete Moore mit belegter Stimme. »Meine Familie kommt von dort. Ich habe da Verwandte.«

»Das wusste ich nicht«, antwortete der Commander. »Sie hätten sich austauschen lassen sollen.«

»Nein, schon gut. Der Job muss gemacht werden. Und bei den Eisenbahnern war nie jemand aus meiner Familie. Bringen wir es hinter uns und reden wir nicht mehr darüber.«

Zufrieden, sich auf seinen Kameraden verlassen zu können, beschleunigte Whitaker die »Mosquito« auf sechshundert Stundenkilometer. Die anderen fünf Maschinen folgten seinem Beispiel. Es waren noch knapp sechzig Minuten bis zum Ziel.

***

»Bittmann«, scholl es energisch über den in der Nähe des angrenzenden Elektrizitätswerks befindlichen Teil des Bahnausbesserungswerks in Trier-West. »Bittmann, Sie alte Knallcharge, wo sind Sie, verdammt noch mal?« Oberfeldwebel Mayer war außer sich. »Immer wenn man Sie braucht, sind Sie nicht da.«

Missmutig stapfte der Unteroffizier, der erst seit drei Monaten als Reservist zur Wehrmacht eingezogen worden war, über das Gelände zwischen Gleisen, ausgedehnten Lokschuppen, abgestellten Waggons und ein- und ausfahrenden Güterzügen. Trier war, das wusste Mayer mehr als alle anderen, schon in preußischer Zeit ein zentraler Umschlag- und Aufmarschplatz gegen Frankreich gewesen. Aber das, was heute hier los war, das hatte es in seiner Erinnerung noch nie gegeben.

Über das Geschehen im Ausbesserungswerk war Mayer bestens informiert, hatte er doch seit nunmehr sechzehn Jahren die Leitung des Werkes erst als Zivilangestellter der Reichsbahn, jetzt als Militärangehöriger zu organisieren. Leicht war es nie gewesen, doch heute ... Mehrere Züge, die in den nächsten Tagen aus dem Rheinland und Luxemburg Soldaten an die Ostfront transportieren sollten, mussten gereinigt und hergerichtet werden. Dann waren noch dreißig zerschossene Waggons wiederherzustellen und fünf Lokomotiven zu richten. Und zu allem Überfluss hatte die SS noch kurzfristig angekündigt, einen geheimen Panzerzug aus Antwerpen mit einigen Waggons aus Paris und Amsterdam sowie einem aus dem Osten hier zusammenkuppeln zu wollen, um ihn dann nach Linz an der Donau weiterzuleiten. Alles äußerst geheim und prioritär und besonders schnell unter höchster Sicherheitsstufe zu realisieren.

Manchmal hätte Mayer explodieren können. Hatten die da oben überhaupt eine Ahnung, was Logistik auf operativer Ebene bedeutete? Und nun fehlte ihm auch noch seine rechte Hand, Bittmann.

»Was für eine Scheiße.«

Es nieselte über der großen Industriefläche, die seit 1911 als Hauptwerkstätte der Preußischen Staatseisenbahnen zur Ausbesserung und Wiederherstellung von Schienenfahrzeugen in Trier-West entstanden war. Aber der Hochnebel, der sich seit dem Morgen hartnäckig hielt, wollte nicht abregnen.

Das Ausbesserungswerk hatte schon Mayers Großvater Arbeit gegeben, der hier einfacher Schlosser gewesen war. Und auch sein Urgroßvater, der allerdings noch in Konz-Karthaus arbeiten musste, hatte für die Eisenbahn – wie man hier sagt – »geschafft«.

Er, Joachim Mayer, war jedoch der Erste, der nicht nur ein Handwerk erlernt, sondern auch studiert hatte. Maschinenbau in Aachen hatte er absolviert, um danach, über einen kleinen Umweg in Ludwigshafen, leitender Ingenieur in Trier zu werden. Erst zivil, nun in Uniform. Aber immerhin eine Rangstufe höher als im Ersten Weltkrieg, als er tatsächlich Frontdienst geleistet hatte. Darauf war er besonders stolz. Denn er hatte Ehre, nationale wie persönliche.

»Bittmann!« Wieder schrie Mayer nach seinem Kollegen. »Wo stecken Sie denn?« Als er dann die drei SS-Wachposten mit Maschinenpistolen in der Nähe einer Ausbesserungsschmiede neben einem einzelnen abgekoppelten Waggon sah, wusste er Bescheid. Bittmann überwachte, wie er es selbst angeordnet hatte, die Instandsetzung der klemmenden Tür des gepanzerten Güterwagens.

Mayer schüttelte über sich selbst den Kopf, beschleunigte aber seine Schritte und stand kurze Zeit später vor den SS-Männern, die ihn aufhielten und nicht bis zu seinem Kollegen vorlassen wollten.

Keine Ausnahme sei zulässig, so einer der Soldaten, da sei die Order des Herrn Obersturmbannführers eindeutig, auch für den Betriebsleiter nicht.

Mayer musste unverrichteter Dinge wieder abziehen. Dann würde er eben allein in den Leitstand gehen und alles, soweit es ihm möglich war, vorbereiten, für den Fall, dass tatsächlich eintreffen sollte, was er vermutete: ein Luftangriff auf das Ausbesserungswerk. Denn den Anflug einer Staffel von britischen Kampfflugzeugen auf den Raum Trier hatte ihm erst vor Minuten die Luftraumüberwachung gemeldet.

Bislang war es in Trier seit Kriegsbeginn diesbezüglich ruhig gewesen. Nur vereinzelte Angriffe ohne größere Schäden hatte es gegeben.

Was, so dachte der Ingenieur, könnte diese nun offensichtlich größere Attacke hier zum Ziel haben, wenn nicht »sein« Ausbesserungswerk? Denn die zahlreichen und üppig bestückten Weinkeller der Stadt, so viel Berühmtheit ihnen auch zukam, waren sicherlich nicht kriegsentscheidend.

***

Matthias Bittmann staunte nicht schlecht, als er in Begleitung von Obersturmbannführer Kiesling die beschädigte Tür des gepanzerten Waggons inspizierte. Der Schaden war enorm. Beschuss sei die Ursache für die Schäden, hatte ihm der Offizier lapidar mitgeteilt. Doch das, was Bittmann mit geschultem Auge erkannte, war nicht durch Projektile entstanden. Es sah eher so aus, als ob jemand versucht hätte, die Waggontür aufzusprengen, und zu diesem Zweck Sprengstoff außen auf dem Metall befestigt hätte.

»Was transportiert ihr eigentlich?«, fragte er seine schwer bewaffneten Begleiter, die alles ganz genau beobachteten.

»Geheimsache«, antwortete einer der SS-Sturmmänner militärisch kurz.

Bittmann verstand nicht wirklich. Im Inneren des Wagens erkannte er lediglich größere und kleinere Holzkisten, so wie man sie auch verwendete, um Maschinenteile sicher zu transportieren.

»Geheimsache.« Er pfiff leise durch die Zähne. »Wie aufregend.«

»Es ist Kunst und so 'n Krempel«, sagte einer der anderen Soldaten leise. »Alles für den Führer. Kommt aus Paris, aus Skandinavien, aus Holland und aus Russland.«

»Muss ja enorm wertvoll sein, wenn es so geschützt wird.« Bittmann war neugierig.

»Nun ja«, sagte derselbe SS-Sturmmann, der auch eben gesprochen hatte, »für den Führer nur das Beste.«

»Klappe halten«, kam es aus Richtung des Obersturmbannführers. Und an Bittmann gerichtet: »Geht das nicht schneller? Wir müssen hier so schnell wie möglich wieder weg. Im Bahnhof stehen ist gefährlich. Und wir warten nur noch auf Ihre Reparatur. Also machen Sie die Tür wieder gangbar, aber zack, zack.«

»Zack, zack ist gut«, konterte Bittmann. »Ich kann auch nicht zaubern. Wir müssen in jedem Fall schweißen. Schneller ginge es allerdings, wenn Sie den Waggon entladen würden und einen anderen nähmen. Wir haben noch einen, zwar mit leichterer Panzerung als der hier, aber immerhin armiert. Er steht seit knapp einem halben Jahr bei uns und wird offensichtlich nicht mehr gebraucht.«

Der Obersturmbannführer nahm seine Nickelbrille ab. »Wie lange würde die Reparatur dauern?«, wollte er wissen.

»Konservativ geschätzt etwa zwei Stunden.«

»Das ist zu lange, da bekommen wir Probleme auf der Strecke im Mittelrheintal. Wir haben einen exakten, aus Berlin vorgegebenen Zeitkorridor für den Transport. Uns stehen hier in Trier noch maximal dreißig Minuten zur Verfügung. Maximal.«

»Sie können aber auch mit der defekten Tür fahren«, sagte Bittmann und war nicht stolz auf seinen Vorschlag. »Die Fahrsicherheit des Zuges ist durch den Schaden nicht beeinträchtigt.«

Der Offizier dachte nach. »Gut«, sagte er dann. »Nehmen wir den anderen Waggon. Wir können den hinten an den Panzerzug ankoppeln. Wo steht der Wagen?«

»Einstieg direkt am Bahnsteig gegenüber, Herr Obersturmbannführer.« Bittmann bereute seinen Scherz sofort, als ihn der Blick des SS-Offiziers traf. »Ich meine, in fünf Minuten steht er dort. Vielleicht können Sie ja schon einmal entladen lassen. Dann geht es schneller. Meine Kollegen helfen gern.«

***

»Noch knapp fünf Minuten bis Trier.«

Moore war sichtlich nervös, und der Commander, der die Geschwindigkeit der Maschine wie die Flughöhe zu reduzieren begann, zweifelte an der Einsatzfähigkeit seines Navigators.

»Mensch, Charles, denk doch mal nach.« Whitaker hatte den ganzen Flug über geschwiegen und seinen Kameraden bewusst in Ruhe gelassen. »Alle in deiner Familie sind und waren doch Juden, oder?«

Moore nickte. *»Yes, Sir.«*

»Und glaubst du, dass nach allem, was man so hört, dort unten in Nazideutschland noch Juden neben anderen leben wie ganz normale Bürger, so wie daheim in England?«

»No, Sir.«

»Also, Moore. Zeigen wir's denen. Im Gedenken an deine Familie und deine Vorfahren und an all das, was man ihnen angetan hat oder gerade antut.« Whitaker werkelte an den Instrumenten der »Mosquito«. »Nun gibt es Zunder für Deutschlands älteste Stadt. Die beschauliche Ruhe dort ist dann vorbei. *Let's go, Mr. Moore.* Tod den Naziteufeln.«

Seit der Meldung des Abschusses einer ihrer Maschinen direkt hinter der Kanalküste herrschte Funkstille. Erst als sie eine Flughöhe von knapp zweitausendfünfhundert Fuß erreicht hatten, nahm Whitaker wieder Sprechfunkkontakt zu den anderen Maschinen auf: »Bomben bereit machen, Staffeln wie geplant in Position gehen. *Good luck.*«

***

Auf dem Bahnsteig zwischen dem stark beschädigten Panzerwaggon und dem neu in die Gleisanlage eingeschobenen gepanzerten Güterwagen herrschte Hochbetrieb. Vier Arbeiter des Bahnausbesserungswerks sowie Bittmann waren unter den Augen der SS damit beschäftigt, die Holzkisten aus dem einen Waggon herauszubugsieren und für die Verladung in den Ersatzwagen vorzubereiten. Keiner dachte an etwas anderes als an die Arbeit außer Matthias Bittmann. Er witterte die Chance seines Lebens, die Möglichkeit, auf einen Schlag reich zu werden. Wenn er nur eine der Kisten würde beiseiteschaffen können. Aber die um ihn herumstehenden schwer bewaffneten Männer in Uniform belehrten ihn, dringend an etwas anderes zu denken. Also tat er das, was er tun musste: beim Entladen helfen.

***

Moore musste im steilen Sinkflug über der Mosel in der Kuppel des Flugzeugs ein kleines Fenster öffnen, um auf Sicht navigieren zu können. Es war keine leichte Aufgabe. Dann, kurz vor dem Zusammenfluss von Mosel und Sauer bei Wasser- und Oberbillig, klarte die Sicht plötzlich auf, und Whitaker verringerte die Flughöhe immer weiter, sodass seine »Mosquito« und die fünf ihm noch folgenden Maschinen – die anderen hatten bereits kurz vorher aus taktischen Gründen abgedreht – zwischen Wasserliesch und Konz nur noch knapp fünfzig Meter über dem Boden flogen.

Als sie über die Felder um Igel und Euren schossen, schauten die dort arbeitenden Bauern zu ihnen hinauf und winkten. Sie dachten wohl, eine deutsche Jagdstaffel würde auf dem nahe gelegenen Flugplatz in Euren landen. Doch die wenigen unter ihnen, die die britischen Hoheitszeichen auf den Längsseiten der Flugzeuge erkannten, warfen sich zu Boden, um Schutz zu suchen.

Die Maschinen übersprangen die die Luxemburger Straße säumenden Bäume, und ein weitläufiger Komplex mit verschieden großen Hallen, Gebäuden und von Schienen durchzogenen Freiflächen kam in Sicht.

»Dort ist es, unser Ziel: das Eisenbahnausbesserungswerk samt direkt danebenliegenden Hallen der städtischen Verkehrsbetriebe und – bingo – das Dampfkraftwerk und die zugeordnete Umspannanlage des hiesigen Energieversorgers. Wenn wir nur die Hälfte unserer Bomben richtig platzieren können, Moore, dann geht in Trier für lange Zeit das Licht aus.«

***

Unerwartet und viel zu spät ertönte der Luftalarm im Ausbesserungswerk. Fast zeitgleich mit dem Erschallen der Sirenen schlugen auch schon die ersten Bomben ein. Panik brach aus. Schreie waren zu hören. Die »Mosquitos« überflogen eine nach der anderen Lokrichthalle, Verwaltungsgebäude und Schiebebühne und entließen aus ihren geöffneten Bombenschächten ihre tödliche Fracht.

Die Flakschützen an ihren auf den benachbarten Flachdächern stehenden Zwei-Zentimeter-Geschützen hatten aufgrund des Überraschungsmoments nicht die geringste Gelegenheit, auch nur einen Schuss abzufeuern. An Abwehr war nicht zu denken. Jeder, der konnte, floh in einen der nahe gelegenen Schutzräume. Auch bei Bittmann und seinen Arbeitern brach Panik aus.

»Hier wird weitergeladen, egal, was passiert!«, schrie der SS-Offizier mit gezogener Pistole und wies seine Männer an, jeden Flüchtenden sofort zu erschießen. »Beeilung, Beeilung!«

Bittmann selbst arbeitete, was das Zeug hielt. Er hatte Todesangst. Überall detonierten Bomben, er hörte Schreie, roch brennendes Öl und meinte, die Hitze von Feuer zu spüren. Dann raste eine der »Mosquitos«, es war die letzte der Staffel, direkt über die Köpfe der am Panzerzug arbeitenden Männer hinweg. Eine Bombe hatte sie kurz zuvor noch ausgeklinkt.

Bittmann sah sie fallen und in seine Richtung rasen. Sie war ein Riese. Sie schlug auf dem Bahnsteig auf, schlitterte, ohne zu explodieren, auf die Gruppe der Arbeiter zu, durchdrang drei große, von der Wucht des Aufpralls zersplitternde Transportkisten und prallte dann, aus der Bahn gebracht, gegen die wie stets in der Mitte des Zuges positionierte Lokomotive des Panzerzugs.

Alle, auch Bittmann, dachten, nun seien sie des Todes. Doch nichts geschah. Und während sich alle, auch die SS-Soldaten, noch panisch in Deckung hielten, witterte Bittmann seine ersehnte Chance, griff sich eine der direkt neben ihm stehenden kleineren Kisten und verstaute sie in einem Revisionsschacht des Bahnsteigs direkt zu seinen Füßen. Niemand hatte ihn dabei gesehen, da war er sich sicher.

Dann, ganz plötzlich, war alles still. Der Angriff war vorüber.

Es dauerte jedoch keine weiteren fünf Sekunden, bis der Obersturmbannführer wieder Befehle bellte, und dann keine

Viertelstunde mehr, bis der Panzerzug mit seiner geheimen Fracht das Ausbesserungswerk in Trier-West in Richtung Koblenz verließ.

Matthias Bittmann und die von ihm versteckte Kiste blieben in Trier zurück.

EINS

Ich werde alt, dachte Ferschweiler, als er aus dem Wagen der Bereitschaftspolizei stieg, der ihn an den Ort gebracht hatte, an dem sein Assistent schon seit geraumer Zeit auf ihn wartete. Seine Gelenke schmerzten, und jeder Schritt über die feuchte, ungemähte Wiese mit ihren Maulwurfshaufen, Wühlmauslöchern und den daraus resultierenden Unebenheiten, die ihn leicht bergan zu einer Gruppe von kleineren, weit auseinanderstehenden Holzhäusern führte, machte ihm immer mehr bewusst, dass seine besten Tage vermutlich unwiederbringlich hinter ihm lagen.

Auch zunehmend kurzatmig war er in den letzten drei Jahren geworden. Er merkte es immer wieder, wenn er nur die kleinste Steigung zu meistern hatte. Früher hatte ihm das alles keine Probleme bereitet. Aber nachdem er sich bei einem Sturz bei Eisglätte im Winter vor sechs Jahren auf dem Vorplatz der Konstantinbasilika das linke Knie verdreht hatte, hatte das Übel seinen Anfang genommen. Die Schmerzen und Beschwerden waren trotz orthopädischer Therapie nicht ganz weggegangen, und Ferschweiler vermied seitdem jede – wie er es nannte – »Überanstrengung«.

Allerdings war das nicht alles. Denn Ferschweiler war bei der Begehung eines potenziellen Tatorts selten so irritiert gewesen wie heute. Dabei war eigentlich nichts anders als sonst. Wobei dies natürlich nicht – und da begann schon seine ganze Lebenslüge – stimmte. Denn dass er überhaupt über eine Wiese zu einem Tatort laufen musste, war schon eher ungewöhnlich. Die eigentliche Zufahrt dorthin war nach einem Wasserrohrbruch, der gestern Abend passiert sein musste und inzwischen die ganze Strecke unterspült hatte, unpassierbar. So blieb nur der Weg über die Wiese.

Heute tröstete Ferschweiler auch nicht die Tatsache, dass alle

Kollegen – ausnahmslos alle – diesen Gang hatten einschlagen müssen.

Was Ferschweiler irritierte, war die Gegend, in der er gerade unterwegs war. Sie rief Assoziationen und Erinnerungen in ihm hervor, die er längst verarbeitet oder verdrängt geglaubt hatte. Aber als er vorhin mit dem Kollegen von der Bereitschaftspolizei, der ihn an den Einsatzort bringen musste, über die Korlinger Höhe gefahren war und den weiten Blick ins Ruwertal bis hinüber nach Morscheid wieder einmal in seiner ganzen atemberaubenden Weite genossen hatte, da waren ihm die ersten Erinnerungen gekommen. Das Ruwertal – und insbesondere Waldrach – war ihm nicht bestens im Gedächtnis geblieben.

So schnell die Gedanken an früher auf der Höhe gekommen waren, so schnell waren sie auch wieder verschwunden. Nun aber, in der Nähe der Riveristalsperre, wo sein Assistent Wim de Boer ihn erwartete, kamen sie langsam wieder. Und sie waren nicht angenehm.

»Da bist du ja endlich«, begrüßte ihn de Boer, nachdem Ferschweiler die knapp dreißig Meter bergauf gemeistert hatte. »Hätte ich dich abholen sollen?«

Ferschweiler hasste diesen Sarkasmus seines Kollegen, wusste dieser doch von seiner Knieschwäche und seiner Angst, sich deshalb nochmals behandeln lassen zu müssen.

»Bin doch da«, knurrte er hörbar verbittert. »Habe ich denn in den letzten Minuten etwas verpasst?«

De Boer sah ihn bereuend an. »Nein«, antwortete er zerknirscht, »alles ist wie vorher. Ich wollte nur etwas ironisch sein. Sollte dich aufbauen.«

»Danke«, sagte Ferschweiler. »Also, was gibt es? Hat es mit einem Affen zu tun?«

Nun schaute de Boer verdutzt. »Affe?«

»Ja, ein Schimpanse oder Pavian oder so. Auf jeden Fall ein Primat mit langen Fangzähnen. Ich kann mich nicht genau erinnern.«

»Rudi, geht es dir nicht gut?« De Boer fasste Ferschweiler besorgt an der Schulter.

»Ach, i wo!«, antwortete dieser vielleicht etwas zu barsch. »Wäre es so, dann hätte ich mich krankgemeldet. Nein, bei mir ist alles in Ordnung. Aber mit diesem Ort hier verbinde ich einen Affen, nein, sogar mehrere. Frag mich nicht, warum, ich hab keine Ahnung. Aber es ist so.«

Ferschweiler war irritiert. Er hatte kein Alkoholproblem. Es war Mobbing in der Dienststelle. Gerüchte waren es, sonst nichts. Und nun glaubte auch de Boer daran. Was für eine Schande. Ferschweiler versuchte sachlich zu bleiben. »Aber sag, was ist denn hier nun passiert?«

De Boer war Ferschweiler vorangegangen und erreichte als Erster das hölzerne Ferienhaus, neben dem ein geöffneter Wohnwagen stand. »Es ist eine blutige Geschichte. Sieh selbst. Wir haben zwei Tote.«

Der Holländer, wie alle auf dem Revier de Boer aufgrund seiner teilweise holländischen Abstammung nannten, öffnete die Haustür und konfrontierte Ferschweiler mit einer Szenerie des Schreckens. Die Kollegen von der Kriminaltechnik waren gerade dabei, die Spuren zu sichern und die Tatortdetails zu dokumentieren.

In der Mitte des annähernd quadratischen Raumes, der eine Art Wohnküche mit Kamin darstellte, lag in grotesker Verkrümmung bäuchlings die Leiche eines Mannes. Sie war mit getrocknetem Blut überzogen. Aus ihrem Rücken ragte ein Küchenmesser. Mehrere Einstiche waren zu erkennen.

Im Durchgang zum Treppenhaus lag, ebenfalls bäuchlings, eine Frau, in deren Rücken ein Wurfmesser steckte. Auf Ferschweiler machte es den Eindruck, als ob erst der Mann und dann die ihm zu Hilfe kommende Frau ermordet worden war.

»Der Mann«, begann de Boer zu referieren, »heißt laut dem Führerschein, den wir im Haus gefunden haben, Hans-Frieso van de Capellen, sechsundvierzig Jahre alt, geboren in Hoogezand, Provinz Groningen, Niederlande. Der Name der Frau ist laut ihrem Pass Elsje van de Capellen, fünfunddreißig Jahre alt, geboren in Amsterdam.«

»Gibt es sonst schon konkrete Erkenntnisse?« Ferschweiler ließ seinen Blick über das komplette Innere von Küche und Flur wandern. Er merkte auch jetzt wieder, dass es ihn fast schon überforderte, eine Tatortbegehung durchzuführen. War es tatsächlich eine Art Burn-out? Oder war er – wie viele seiner Kollegen sarkastisch behaupteten – doch nur zu zartbesaitet, eigentlich für seinen Job grundsätzlich nicht besonders geeignet? Er würde, da war er sich sicher, bald einmal eine Kur beantragen müssen.

Ferschweiler haderte mit sich und seinem Tun schon seit einigen Jahren, wenn er ehrlich war, sogar schon seit Jahrzehnten. Immer wieder hatte er sich die Frage gestellt, ob er seiner Aufgabe überhaupt gewachsen war. Sicherlich, er war Polizist mit Leib und Seele und hatte es auch immer so gewollt. Aber die Zeiten hatten sich geändert. Brutale Morde wurden immer häufiger. Auch Delikte des Alltags paarten sich zunehmend mit solchen der Gewaltkriminalität. Ob es Messerstechereien an Pfandflaschen-Rückgabeautomaten waren, wie sie in den vergangenen Jahren vermehrt vorkamen, oder solche auf offener Straße, bei denen es meistens ebenfalls um Belanglosigkeiten ging: Die Gewalt nahm zu – so war zumindest Ferschweilers Eindruck.

Und wenn er bei seiner Freundin Rosi einmal die Buchtitel in deren Bücherregal durchsah – Rosi liebte Krimis sowie Thriller und kaufte sich stets die, die in der »Spiegel«-Bestsellerliste empfohlen wurden –, dann fand er zunehmend solche Exemplare, die mit Gewalt glänzten, in denen ausführlich und exzessiv Leiden geschildert wurde oder irgendwelche Irren Abschlachtungen größeren oder kleineren Formats in meist entfernten Gegenden Skandinaviens vornahmen.

»Ergebnisse gibt es leider noch keine, Rudi, nur Beobachtungen und erste Vermutungen, sonst nichts. Wingertszahn-Lichtmeß und seine Leute brauchen noch etwas Zeit. Ob sie heute aber schon werden liefern können, da bin ich skeptisch. Immerhin haben wir schon zehn nach fünf.«

»Hm«, Ferschweiler war nachdenklich. Mit aufmerksamem Blick sah er sich in dem Holzhaus um.

In der Küche, die die Kriminaltechnik mittlerweile freigegeben hatte, wirkte alles so, wie es bei einer Familie im Urlaub wohl aussehen mochte. Überall standen Konservendosen mit unterschiedlichen Biosuppen, und es fanden sich ganze Körbe voller mitgebrachter, teilweise exotischer Gewürze und solcher Dinge, die in Ferienwohnungen nie vorgehalten wurden. Auch die Flaschen Genever durften nicht fehlen – schließlich waren die Leute Holländer. Immerhin hatten sie bei Speisen und Getränken gute Qualität bevorzugt, wie Ferschweiler anerkennend feststellen musste.

»Hast du die Löcher in Decke und Wand gesehen?« De Boer deutete nach oben. »Scheinen mir Einschusslöcher zu sein. Nur, wir haben keine Schusswaffe gefunden.«

Ferschweiler sah zur Decke. Dort waren zwei nicht ganz kleine Löcher zu erkennen, um die herum das Holz der Balken leicht verkohlt und ungewöhnlich gesplittert war. Auch an der Wand, in der sich der Hauseingang befand, gab es Löcher rechts und links neben der Tür, worauf die noch angebrachten Markierungstäfelchen der Spurensicherung hindeuteten. Insgesamt waren es sechs in Decke und Wand.

»Da hat wohl jemand eine ganze Trommel leer geschossen«, sagte Georg Wingertszahn-Lichtmeß, der Leiter der Kriminaltechnik, der gerade in den Raum getreten war und den Blick der Kommissare bemerkt hatte. »Kaliber 44, echt schweres Geschütz nur fürs Private.«

»Das vermute ich auch«, entgegnete de Boer. »Für mich sieht das so aus, als ob der Mann hier«, er wies auf den am Boden liegenden Toten, »seinen späteren Mörder schon beim Eindringen ins Haus bemerkt hatte und ihn mit Schüssen aufhalten und vertreiben wollte, ohne ihm allerdings eine Verletzung zuzufügen.«

»Du denkst, dass die Waffe dem Holländer gehörte?«, fragte Ferschweiler. »Warum? Trägt man das bei euch so?«

De Boer schaute betreten. »Nein«, sagte er dann. »Wir Holländer sind eher nicht waffenaffin. Aber die Spurensicherung hat festgestellt, dass die Schüsse alle aus Richtung des Sessels abgefeuert wurden, in dem der Holländer ursprünglich gesessen haben muss. Dort ist alles voll von Spuren von ihm.«

Wingertszahn-Lichtmeß nickte.

»Und wo ist die Waffe bitte schön?« Ferschweiler war ungehalten.

»Die ist, wie gesagt, nicht hier, Rudi«, sagte Wingertszahn-Lichtmeß. »Der Täter wird sie wohl mitgenommen haben.«

»Okay«, grummelte Ferschweiler. »Das heißt dann, wenn eure Theorie stimmt, dass der Holländer in seinem Sessel saß und den ungebetenen Gast vertreiben wollte, sich dieser jedoch nicht vertreiben ließ, sondern trotz der Schüsse auf ihn aus der Kanone weitermachte und seinen Gegner dazu brachte, insgesamt vier ungezielte Schüsse in seine Richtung abzufeuern, bevor er ihn dann direkt angriff. Die Löcher in der Decke deuten ja darauf hin, dass der Tote im direkten Nahkampf schließlich nicht mehr Herr seiner Waffe war. Ich schätze, beide haben miteinander gerungen, auch um die Waffe.«

»Exakt«, sagte Wingertszahn-Lichtmeß. »Aber das hat Wim doch gerade schon gesagt.« Er sah Ferschweiler besorgt von der Seite her an. »Geht es dir nicht gut, Rudi? Du wirkst irgendwie fahrig und unkonzentriert.«

»Nein«, antwortete Ferschweiler abwehrend, »mir geht es gut. Wirklich.«

Wingertszahn-Lichtmeß nahm Ferschweilers Antwort mit einem Skepsis und Hilflosigkeit vermittelnden Blick zu de Boer zur Kenntnis und kehrte zur Routine zurück. »Was du gesagt hast, Rudi, stimmt mit unseren ersten Ergebnissen überein. So dürfte es gewesen sein. Allerdings haben wir keine Spuren des Täters gefunden außer einigen Hautpartikeln unter den Fingernägeln des männlichen Opfers.«

»Das heißt, er wurde nicht getroffen, sondern hat als Angreifer mit einem Messer im Nahkampf einen entscheidenden Vorteil gehabt.«

»Genau. Und der Holländer hat noch versucht, ihn mit den Händen abzuwehren.«

»Und die Frau?«

»Vermutlich ist sie erst durch den Lärm der Schüsse auf das Geschehen in der Küche aufmerksam geworden. Sie war vielleicht im Obergeschoss oder auf der Terrasse und hat geschlafen. Vielleicht war sie auch im Wohnwagen. Wissen wir da schon etwas?« De Boer richtete seinen Blick neugierig auf Wingertszahn-Lichtmeß.

»Nein, auch über den Zeitpunkt des Todes der beiden wissen wir noch nichts Genaues. Dr. Huber ist noch bis Ende der kommenden Woche im Urlaub, und wir warten auf seine Vertretung aus Saarbrücken, was noch etwas dauern kann.« Wingertszahn-Lichtmeß machte eine entschuldigende Geste.

Ferschweiler blickte auf die am Boden liegende Leiche. »Der ist aber auch kein leicht zu überwindendes Opfer gewesen, so wie der aussieht. Schau dir mal die muskulösen Arme an. Da kann der Angreifer keinesfalls ein Hänfling gewesen sein.«

»Nein.« De Boer musste lächeln. »Der Angreifer war ein Mann von großer Statur, ob durchtrainiert oder nicht, das müssen wir noch abwarten. Auf jeden Fall versteht er zu kämpfen.«

»War es denn mit Sicherheit ein Mann?«

»Ich würde sagen: schon. Wenn es doch eine Frau gewesen sein sollte, dann war sie so etwas wie eine ausgebildete Nahkämpferin und mit allen Finessen vertraut.«

»Vielleicht mag es ja sogar sein, dass sich Opfer und Täter kannten?«, dachte Ferschweiler laut nach, ohne auf seinen Kollegen einzugehen. »Ich meine, weil das Opfer doch zuerst nicht gezielt geschossen hat.«

»Du meinst, er wollte dem Täter tatsächlich nur Angst machen und gar nicht wirklich verhindern, dass er ins Haus kommt?« De Boer blickte nachdenklich.

»Wäre doch immerhin eine Möglichkeit, oder?«

»Das schon, aber dieser Mann war Tourist. Wie viele Menschen kennst du an einem Ort, an dem du gerade erst angekommen bist?«

»Seit wann waren die beiden denn hier?«, fragte Ferschweiler nickend. »Könnt ihr ausschließen, dass sie nicht schon mehrfach in unserer Gegend waren?«

»Nein, das können wir nicht. Das fragen wir am besten den Besitzer des Hauses«, sagte Wingertszahn-Lichtmeß. »Er wartet hinter dem Wohnwagen außerhalb der Absperrung auf euch. Aber, Rudi, bevor ihr dorthin geht«, er wurde leiser, »solltest du wissen: Es wohnten drei Personen im Haus. Neben den beiden nun toten noch ein knapp vierzehnjähriger Junge, wahrscheinlich ihr Sohn.«

Ferschweiler wurde unruhig. »Und wo ist der?«

»Wir haben bislang keinerlei Ahnung«, sagte Wingertszahn-Lichtmeß, den alle bei der Trierer Kriminalpolizei Schorsch nannten. »In seinem Zimmer im Obergeschoss sieht es danach aus, als ob er sich dort nur die Nacht über aufgehalten hätte. Nur das Bett ist benutzt, alles andere scheint weitgehend unberührt. Allerdings finden sich viele Kletterutensilien, sodass ich vermuten würde, dass er den ganzen Tag irgendwo in der Natur war oder ansonsten was zu tun hatte und nur zum Schlafen in sein Zimmer ging.«

»Du meinst, er macht Freeclimbing oder wie das heute so heißt?«

»Vielleicht. Möglicherweise ist er aber auch so einer, der Parkour macht, der in der Stadt von Mauer zu Mauer, von Dach zu Dach springt, um sich fortzubewegen. Wir wissen noch nichts Genaueres. Ich habe ein Bild von ihm gefunden, auf dem er in voller Klettermontur stolz an einer Steilwand hängt und in die Kamera lächelt, als ob das Klettern keine Kraft kosten würde.«

»Lasst ihr schon nach dem Jungen suchen?«, fragte Ferschweiler.

Als de Boer bestätigte, dass er bereits die Bereitschaftspolizei angewiesen habe, das ganze Terrain großräumig mit einer Hundertschaft zu durchkämmen, fügte er hinzu: »Wenn wir zurück im Präsidium sind, sollten wir sein Bild an alle Dienststellen schicken. Vielleicht ist er ja auch in Gefahr.«

»Oder verletzt«, sagte de Boer. »Wird in jedem Fall erledigt.«

»Und was machte unser Toter?« Ferschweiler nickte in Richtung der Leiche. »Womit verdiente der sein Geld?«

»Der war, glaubt man den Dingen, die sich im Wohnwagen befinden, Fotograf. Hat wohl Landschaften abgelichtet. Zumindest liegen da einige Abzüge mit Landschaftsmotiven neben einer sündhaft teuren Fotoausrüstung.«

»Ja, ja«, grummelte Ferschweiler, der sich noch immer nur ein rudimentäres Bild von dem machen konnte, was hier vorgefallen war. »Wir leben halt dort, wo andere Urlaub machen.«

»Nein, im Ernst. Er kletterte auch.«

»Und die Frau?«

»Keine Auffälligkeiten. Die war anscheinend nur hier, hat das Ferienhaus nicht verlassen.«

De Boer wies auf den Liegestuhl, der, flankiert von einem Stapel Zeitschriften und einer fast geleerten Geneverflasche sowie zwei Cocktailgläsern mit rot und grün schimmernden Flüssigkeitsresten, auf der Terrasse des Holzhauses stand.

»Die Familie besaß nur einen Wagen«, berichtete Wingertszahn-Lichtmeß von den schon getätigten Recherchen. »Und der war voll mit der Kletter- und der Fotoausrüstung. Zudem hat der Vermieter so eine Andeutung gemacht. Aber den fragt ihr ja gleich selbst.«

»Verstehe«, entgegnete Ferschweiler. »Dann lasst uns mal mit ihm sprechen. Vielleicht ist der Gerichtsmediziner dann ja auch bald da.« Wehmütig fügte er an: »Was waren das für Zeiten, als Dickerchen Quint noch unter uns weilte.«

»Dann wüsste ich auch, mit wem ich nachher noch eine Porz Viez beim Scherf in Waldrach nehmen würde«, sagte Wingertszahn-Lichtmeß traurig. »Er war ein echter Freund, der alte

Leichenschnippler. Musste leider viel zu früh gehen. Aber«, seine Stimme wurde wieder fester, »beachtet bitte die Tatsache, dass die Holländer ein Auto mit deutschem Nummernschild fuhren.«

De Boer zog die Augenbrauen kraus. »Welcher Holländer würde das denn freiwillig tun? Aber danke, Schorsch. Ich kümmere mich darum.«

***

Der Vermieter des Holzhauses, ein Mann Mitte sechzig, saß unter einer großen Buche und drehte sich eine Zigarette nach der anderen. Als er die beiden Polizisten auf sich zukommen sah, stand er auf und verstaute Tabak wie Zigaretten in den Taschen seiner ausgebeulten dunkelgrünen Drillichjacke.

»Ich bin Hauptkommissar Ferschweiler«, sagte Ferschweiler, als er die Hand seines Gegenübers geschüttelt hatte. »Das ist mein Kollege Wim de Boer. Wer sind Sie?«

Der Mann war es nicht gewohnt, viel zu reden, das merkte Ferschweiler sofort. »Mein Name ist Feller, Hannes Feller.« Er sprach gemächlich und klopfte sich, während er sprach, die Tabakreste von Hemd und Jacke. »Ich hab die Flur hier von meinem Vater geerbt und vermiete sie seitdem. Ist ja schöne Natur hier im Ruwertal. Und dann die Riveristalsperre mit ihrer einmaligen Landschaft.«

»Hm.« Ferschweiler mochte das Ruwertal nicht besonders. Zu viele weniger gute Erinnerungen verband er mit diesem Seitental der Mosel und dem es durchschlängelnden Flüsschen.

»Früher war hier mal ein privater Tierpark, müssen Sie wissen, meine Herren. Aber heute ist alles ruhig. Keine lästigen Viecher mehr, hi, hi, außer Mücken.«

Tierpark – wie elektrisiert sah Ferschweiler Hannes Feller an, der bei dem plötzlichen Ruck des Kommissars einen Schreck bekommen hatte. »Gab es da auch Affen?«, fragte Ferschweiler.

De Boers Blick verriet, dass er am Verstand seines Vorgesetzten zu zweifeln begann. Er versuchte, das Gespräch an sich zu ziehen, aber Ferschweiler, der ihm die Gedanken im Gesicht ablesen konnte, gebot ihm mit einer bestimmenden Geste Einhalt.

»Gab es damals auch Affen hier im Ruwertal?«

»Ja, sicher«, antwortete Feller ganz ruhig. »Der Besitzer des Tierparks hatte neben Lamas, verschiedenen Bären und Bergziegen auch einige Affen. Unter anderem einen Schimpansen oder Pavian, ich kann mich nicht mehr genau erinnern, den alle nur den Hoss nannten, Sie wissen schon, wie den Dicken aus ›Bonanza‹.«

Ferschweiler wurde schlagartig klar, was ihn mit diesem Ort verband. Es war in seiner Kindheit ein riesiger Schock gewesen, der sich in der Folge zu einem ausgewachsenen Trauma entwickelt hatte, als dieser Riesenaffe ihm hier an der Riveris auf den Rücken gesprungen war. Er war knapp zehn Jahre alt gewesen und hatte mit seiner Mutter und seiner Tante Dorothea nach einem längeren Besuch bei einem Viezbauern in Waldrach den privaten Tierpark besucht. Der kleine Ferschweiler hatte vor Angst geschrien, ebenso der Affe – ob auch aus Angst oder aus Lust oder als Ausdruck von Macht, das konnte Ferschweiler heute unmöglich noch entscheiden. Erst als die Dame von der Kasse kam und Hoss – wie er wohl hieß – ein Leckerchen anbot, hatte das Vieh von ihm abgelassen und sich kauend einige Meter entfernt auf eine Bank gesetzt und so getan, als ob nichts gewesen wäre und er kein Wässerchen trüben könne.

Heute wäre man mit einem derartig traumatisierten Kind sicherlich sofort zu einem Psychologen gegangen, damals hielt man so etwas nicht für nötig. War doch nur ein Spaß von dem Affen, hatte seine Mutter gesagt. Und die Tante hatte ergänzt, Rudi hätte den Hoss wohl geärgert und sei daher selbst schuld.

Für Ferschweiler hatten Tiere seitdem etwas Unheimliches.

»Waren Sie damals der Besitzer des Tierparks?«, fragte er Feller, doch der schüttelte vehement den Kopf.

»Nein, nein«, sagte er. »Der gehörte einem Arzt aus Waldrach. Das ist lange her. Mein Vater hat den Grund und Boden von ihm vor etwa dreißig Jahren günstig erworben. Hat das denn etwas mit dem Mord zu tun?«

»Das wissen wir noch nicht«, sprang de Boer seinem Chef zur Seite. »Seit wann jedenfalls vermieten Sie Ihre Hütte dort?«

Feller nahm sich eine seiner Selbstgedrehten aus der Sakkotasche und zündete sie an. »Ich würde sagen, so seit acht Jahren. Vorher hat mein Vater noch in der Hütte, wie Sie es nennen, gewohnt. Meine Mutter hatte ihn rausgeschmissen. Zu viel Schnaps, wenn Sie wissen, was ich meine.«

»Und gab es bei Ihrem jetzigen Mieter Auffälligkeiten?«, wollte de Boer wissen.

»Sie meinen, ob ich etwas Ungewöhnliches beobachtet habe?«

De Boer nickte.

»Nun ja«, sagte Feller und blies einen tiefen Zug aus seinen Lungen. »Selten war die Mülltonne seit Vaters Zeiten wieder einmal so voll mit Flaschen unterschiedlicher Schnapssorten wie momentan. Aber wenn das für die Leute Urlaub ist, dann bitte schön. Soll mich nicht interessieren.«

»Sonst nichts?«

»Vorgestern war der Holländer kurz bei mir, um sich Werkzeug auszuleihen. Er hatte wohl mit seinem Sohn zusammen eine schwere Holzkiste mit Eisenbeschlägen und Schloss gefunden und wollte sie öffnen. Da bin ich mit meiner Brechstange und der Flex einfach mal mitgegangen, um zu helfen.« Wieder nahm Feller einen tiefen Zug Nikotin.

»Und?« Ferschweiler ging es nicht schnell genug. »Konnten Sie helfen?«

»Ja klar«, entgegnete Feller hörbar stolz. »War so eine alte Wehrmachtskiste mit Hakenkreuz drauf und Adler und so. ›Geheime Reichssache‹, stand eingebrannt in das Holz des Deckels. Aber die Schlösser waren zu schwergängig, um sie mit dem Dietrich zu öffnen. Da hatte der Zahn der Zeit schon heftig dran genagt. Auch gute Schmiere nutzte da nichts. Mit dem Bolzenschneider konnte ich auch nichts anfangen. Also hab ich sie aufgeflext.«

»Und was war drin?«

»Der Holländer war auch schon ganz neugierig. Aber es war nur vergilbtes Papier drin. Irgendwelche alten Notizbücher. Kladden über Kladden, bestimmt mehr als zwölf Stück. Alle waren vollgeschrieben mit einer unleserlichen Handschrift. Und dann noch in so alter Schrift, wie meine Uroma die immer geschrieben hat. Sie hätten den Holländer mal sehen sollen, wie dessen Eifer und Interesse plötzlich verschwunden waren und sich auf seinem Gesicht Enttäuschung breitmachte. Der hatte wohl mit einem richtigen Schatz gerechnet.«

»Nazigold«, sagte de Boer.

»Mindestens«, erwiderte Feller belustigt. »Oder Teile vom Bernsteinzimmer. Aber es war nur altes, stinkendes Papier.«

»Haben unsere Leute eine solche Kiste im Haus oder im Wohnwagen gefunden?«, fragte Ferschweiler de Boer, der verneinend den Kopf schüttelte.

»Können Sie mir bitte eine möglichst genaue Zeichnung der Kiste anfertigen, Herr Feller?«

»Reicht es Ihnen, wenn ich sie nachher Ihren Mitarbeitern mitgebe? Aber es wird sicherlich kein Kunstwerk.«

»Natürlich reicht das, vollkommen«, sagte Ferschweiler sachlich. »Wissen Sie, wo der Holländer die Kiste herhatte?«

»Keine Ahnung. Er sprach ja nicht viel, der Herr van de Capellen.«

»Und sein Sohn? Oder seine Frau?«

»Seine Gattin lag nur in der Sonne und soff den ganzen Tag. Ich habe nie bemerkt, dass sie mal etwas anderes gemacht hätte. Und der Sohn, der –«

»Sie beobachten Ihre Nachbarn wohl sehr intensiv«, unterbrach Ferschweiler Fellers Antwort.

»Na, hören Sie mal, Herr Hauptkommissar«, antwortete Feller beleidigt. »Mir haben Holländer schon mehrmals die Hütte verwüstet. Da bin ich ein gebranntes Kind. Und Vorsicht ist die Mutter der Porzellankiste. Ich jedenfalls –«

Wieder unterbrach Ferschweiler ihn. »Und der Sohn?«

Feller steckte sich am abgerauchten Stummel seiner ersten Zigarette die nächste an. »Der Sohn war praktisch nur draußen. Immer in Bewegung. Wo der draufklettern konnte, da war er auch irgendwann drauf. Selbst auf meinem Dach ist er gewesen. Völlig fanatisch, wenn Sie mich fragen.«

»War der bei der Sache mit der Kiste auch dabei?«

»Klar, der war neugieriger als ein Waschweib. Aber schwieg genauso wie sein Vater. Muss wohl immer still gewesen sein bei denen in der Bude.«

De Boer machte sich Notizen.

»Und wo ist die Kiste jetzt?«, fragte Ferschweiler.

Ein Schulterzucken war Fellers Antwort.

»War sie schwer?«, wollte de Boer wissen.

»So ungefähr zwanzig Kilo, würde ich schätzen, was bei ihren Maßen schon heftig war. Sie hatte etwa das Format eines größeren Weinkartons. Allein tragen hätte ich die können, aber nicht allzu lang.«

De Boer rief Wingertszahn-Lichtmeß, der sich nicht weit entfernt auf der Zufahrt zum Holzhaus befand, um Fuß- und Reifenspuren zu sichern, und beauftragte ihn, nach der Kiste zu suchen. Dann kam er zurück zu Ferschweiler und Feller.

»Können wir von Ihnen die Heimatadresse der Toten bekommen?«, fragte Ferschweiler gerade Feller. »In Haus und Wagen haben unsere Kriminaltechniker nämlich nur Reisepässe und Führerscheine ohne Adressangaben gefunden.«

»Können Sie gern«, sagte Feller. »Ich kassiere die Personalausweise immer sofort bei der Ankunft ein, statt Kaution, verstehen Sie?«

Ferschweiler verstand nicht, und Feller konnte ihm dies offensichtlich ansehen.

»Na, eine Kaution deckt ja immer nur einen geringen Schadensbetrag ab«, begann er zu erklären. »Und die Käsköppe meinen dann, wenn sie sie bezahlt haben, könnten sie für das abgegebene Geld alles verwüsten. So aber habe ich ganz andere Möglichkeiten.«

»Ach ja?«, fragte de Boer ironisch. »Kluge Idee. Also, wo sind die Papiere?«

»Die hole ich Ihnen sofort«, antwortete Feller. »Aber sagen Sie bitte: Was ist mit dem Jungen? Kommt der zurück?«

»Das wissen wir nicht. Aber wir suchen nach ihm. Wenn Sie ihn sehen, rufen Sie uns bitte an.«

***

Zurück in den Büros der Mordkommission neben dem Bahnhof, rief Ferschweiler als Erstes seine Vorgesetzte, Kriminalrätin Judith Möllemann, an und bat um einen kurzfristigen Termin. Als de Boer einige Minuten später mit einem Fleischkäsebrötchen und einer dampfenden Tasse Cappuccino aus der Kantine zurückkam, stand ihm Erstaunen ins Gesicht geschrieben.

»Nanu«, sagte er, nachdem er die Tür mit einem Hackentritt ins Schloss befördert hatte, »erwartet der Herr Hauptkommissar hohen Besuch?«

»Wie man's nimmt, Wim«, antwortete Ferschweiler, der gerade alte Pappbecher entsorgte und die Fenster zwecks Stoßlüftung geöffnet hatte. »Die Möllemann kommt in wenigen Minuten zu uns.«

Ein Blick auf de Boer ließ ihn hinzufügen: »Was grinst du so blöd? Ich mag es halt auch etwas weniger höhlenartig.«

»Das ist ja etwas ganz Neues«, sagte de Boer amüsiert und setzte sich hinter seinen Schreibtisch. »Ich hab im Übrigen schon einmal die Holländer in unseren Datenbanken checken lassen. Nichts wirklich Auffälliges. Bis auf ein wenig Drogenbesitz vor drei Jahren, was in Holland allerdings nicht strafbar ist. Ansonsten ein bis zwei Auffälligkeiten wegen Ruhestörung.«

»Also eigentlich nichts. Und danach? Nichts Aktuelleres?«

»Nein, seitdem ist die Familie sauber. Nur Schulden haben sie wohl – und zwar immense.«

»Will heißen?«

»Mindestens siebenhunderttausend Euro. Sie haben einen Eintrag beim niederländischen Äquivalent unserer Schufa.«

Ferschweiler pfiff durch die Zähne. »Das ist eine ganz schöne Stange Geld.«

»Tatsächlich, eine horrende Summe. Aber noch interessanter ist vielleicht, dass das Ehepaar van de Capellen schon seit drei Jahren nicht mehr im heimatlichen Hoogezand war, sondern sich wohl nur noch im Ausland aufgehalten hat. Zumindest gilt es bei den niederländischen Kollegen als vermisst. Und Aktivitäten auf den Konten der van de Capellens hat es in dieser Zeit auch nicht mehr gegeben. Nur am Anfang ist einmal alles, was auf dem Konto war, abgehoben worden.«

»Du meinst ...«

In diesem Moment öffnete sich die Bürotür, und herein trat, ohne anzuklopfen, eine Frau Ende dreißig im eleganten schwarzen Hosenanzug.

»Guten Abend, die Herren«, grüßte sie die beiden freundlich und schüttelte ihre Hände. »Gibt es schon erste Erkenntnisse? Wir haben Glück: Es fehlt noch der Druck von oben. Der Präsident hat offensichtlich bislang nichts von dem Mord an einem Touristen gehört. Seine Quellen, die ihn ansonsten immer ganz schnell unterrichten, scheinen im Urlaub zu sein.«

»Zwei«, entgegnete Ferschweiler, »es sind mindestens zwei Morde, liebe Frau Möllemann.«

»Wieso mindestens?« Die Kriminalrätin hatte sich mittlerweile an den Besprechungstisch gesetzt und zwei Stapel Akten so zur Seite geschoben, dass sie de Boer und Ferschweiler sehen konnte. Ferschweiler hatte den Eindruck, dass sie durchaus bemerkt hatte, dass er ein wenig für Ordnung gesorgt hatte.

»Die holländische Familie, um die es geht«, berichtete de Boer, »hat noch einen Sohn. Und der ist bislang verschwunden, unauffindbar.«

»Haben Sie eine Suchmeldung aufgegeben? Oder spielt er in Ihrem Fall keine Rolle?«

»Doch, doch«, sagte Ferschweiler nickend. »Eine Rolle

spielt er sicherlich. Aber wir wissen noch nicht, welche.« Dann referierte er der Kriminalrätin in der gebotenen Kürze die bisherigen Ergebnisse ihrer Arbeit.

»Na, dann setzen Sie sein Bild auch in die Zeitung und schicken Sie es ans Fernsehen. Am besten sofort«, war ihre unmittelbare Antwort. »Ein verschwundener Vierzehnjähriger! Den Mord können wir vielleicht medial noch flach halten. Aber bei Kindern geht es doch immer sofort in eine ganz andere Richtung. Also geben Sie sein Bild sofort an die Presse«, wiederholte Möllemann entschieden. »Ohne Verzögerung. Haben wir uns verstanden? Ich selbst werde gleich den Staatsanwalt verständigen.«

Wie von einer Hornisse gestochen, sprang de Boer auf und verließ umgehend das gemeinsame Büro.

»Da haben Sie ihm aber einen gehörigen Schrecken verpasst«, sagte Ferschweiler. »Dabei hat er doch schon direkt vom Tatort aus das Bild an alle Kollegen geschickt. Die Presse sollte heute Abend folgen. Alles war abgesprochen. Und nun dies. Er arbeitet ununterbrochen und, wenn Sie mich fragen, durchaus erfolgreich an seiner Beförderung zum Hauptkommissar. Da kann er keinen Rückschlag brauchen. Zudem ist er sehr empfindlich, mehr, als man meint.«

Möllemann lachte spöttisch. »Weiß ich doch, lieber Rudi. Ich hab seinerzeit mit ihm im Keller im Burgunderviertel gesessen. Was meinen Sie, warum ich so herrisch geworden bin. Manchmal möchte ich eben auch meinen Spaß. Denn der bleibt bei all den Sorgen hier leider meistens auf der Strecke. De Boer kann das vertragen.«

So hatte Ferschweiler seine Vorgesetzte noch nicht erlebt. Sie wurde ihm zunehmend sympathisch. »Wenn Sie das sagen«, entgegnete er augenzwinkernd, »dann mag das wohl stimmen.«

»Aber zurück zum Fall.« Möllemann wurde wieder sachlich. »Was halten Sie von der Geschichte mit der Kiste? Könnte darin ein Motiv zu finden sein? Schließlich ist ansonsten aus dem Ferienhaus nichts verschwunden, oder?«

Ferschweiler dachte nach. Er hatte diesen Gedanken auch schon mehrfach gehabt und intensiv darüber spekuliert.

»Schon möglich«, sagte er. »Aber wir stehen ja noch ganz am Anfang. De Boers erste Recherchen haben bisher nur ergeben, dass die van de Capellens mit siebenhunderttausend Euro verschuldet sind und seit mindestens drei Jahren quasi im Ausland abgetaucht waren. Ohne Kontokontakt zur heimischen Bank, wenn Sie verstehen, was ich meine. Sie wollten wohl unentdeckt bleiben. Ob da diese Kiste wirklich wichtig ist – keine Ahnung.«

»Ups«, entfuhr es Möllemann, »so viel Geld? Hat das einen kriminellen Hintergrund?«

»Wir sind bei der Recherche noch nicht so weit, darüber eine Aussage treffen zu können. De Boer hat die holländischen Kollegen kontaktiert, jedoch diesbezüglich noch keine Antwort erhalten. Wir müssen abwarten.«

»Aber diese Kiste … sie lässt mich nicht los. Könnte die nicht doch etwas mit dem Mord zu tun haben? Schließlich findet man so alte Nazisachen ja nicht alle Tage. Und sie ist nun offensichtlich verschwunden.«

»Prinzipiell schon«, Ferschweiler rieb sich die Handflächen, »aber nach Aussage des Vermieters der Holländer war nur altes, beschriebenes Papier in der Kiste. Kladden en masse. Was soll das schon wert sein?«

»Kommt darauf an, was es ist. Es war immerhin in einer Kiste verpackt, die als ›Geheime Reichssache‹ etikettiert war. Unbedeutend wird der Inhalt solcher Kisten sicherlich nicht gewesen sein, oder? Haben Sie in diese Richtung schon recherchiert?«

Ferschweiler wurde ungehalten. »Liebe Frau Möllemann, wir sind gerade einige Stunden an diesem Fall dran. Was erwarten Sie von uns?«

Möllemann lächelte Ferschweiler an. »Nun nehmen Sie doch nicht sofort alles so persönlich, Rudi. Ich denke doch nur perspektivisch im Sinne des Falls. Und darin ist kein Vorwurf enthalten. Ich schätze Ihre Arbeit wirklich sehr. Darauf können Sie sich verlassen.«

Ohne anzuklopfen, betrat in diesem Moment de Boer das Büro. »So, die Presse ist informiert. Der ›trier-reporter‹ als lokales Onlinemedium bringt den Suchaufruf sofort, der ›Trierische Volksfreund‹ und die anderen Printmedien bringen ihn erst morgen. Der SWR hat zugesagt, ihn umgehend in die Nachrichten zu setzen. Und noch etwas.«

Ferschweiler rückte seinem schwer atmenden Kollegen einen Stuhl zurecht.

»Aus Den Haag kam gerade die Mitteilung, dass es Dokumente gibt, die belegen, dass van de Capellen sich beim illegalen Glücksspiel so hoch verschuldet hat und nun offensichtlich schon seit geraumer Zeit unter der Angst leidet, anders als mit Geld dafür geradestehen zu müssen. Die Kollegen berichten, dass auch schon Verwandte der van de Capellens in den Niederlanden von dubiosen Geldeintreibern drangsaliert worden seien. Sie stellen die Unterlagen zusammen und schicken sie alsbald.«

Möllemann und Ferschweiler sahen sich an. »Also versteckte er sich und versuchte, möglichst schnell an Geld zu kommen«, sagte Möllemann.

»Zudem hab ich noch das Nummernschild gecheckt«, referierte de Boer weiter, ohne auf seine Kollegen und ihr Gespräch zu achten. »Ihr erinnert euch? Sie fuhren einen Wagen mit deutscher Zulassung.«

»Und?«

»Der Wagen ist auf einen gewissen Hans-Maximilian Schultze auf dem Goltz zugelassen, wohnhaft in Bad Rothenfelde im Landkreis Osnabrück. Dieser Herr ist polizeibekannt, weil er eine Art private Autovermietung betreibt für Personen, denen ansonsten von den großen Anbietern – warum auch immer – keine Fahrzeuge mehr geliehen werden. Die Preise sind entsprechend horrend, das Geschäft läuft aber wohl recht gut. Ich habe bereits mit seinem Büro Kontakt aufgenommen und erfahren, dass der Entleiher des Wagens tatsächlich mit ›van de Capellen‹

in deren Datenbank verzeichnet ist. Er habe seine Identität ordnungsgemäß mit einem gültigen Ausweispapier nachgewiesen, so die Mitarbeiterin am Telefon. Sie schickt uns zum Nachweis noch den Scan des Ausweises – und das freiwillig.«

»Also«, sagte Möllemann, »ich setze auf die alte Kiste und ihren Inhalt.« Ferschweiler, der Einspruch erheben wollte, gebot sie mit einer deutlichen Geste Einhalt. »Nein, ich will damit nicht sagen, dass das Zeug tatsächlich Wert hat«, sagte sie zur Erklärung. »Ich will nur sagen, dass es für den Holländer den Eindruck erweckt haben könnte«, sie erhob den Zeigefinger ihrer rechten Hand, wie um den Konjunktiv ihrer Aussage zu betonen, »dass dieser Inhalt zu Geld zu machen sei.«

Für einige Sekunden herrschte Schweigen im Raum. Dann klingelte das Telefon auf Ferschweilers Schreibtisch. Nachdem er den Anruf entgegengenommen hatte, sah er zuversichtlich aus und nickte anerkennend in Möllemanns Richtung.

»Das war der Pförtner des Rheinischen Landesmuseums an der Weimarer Allee«, sagte er. »Er behauptet, unseren Vermissten in Begleitung eines Mannes mittleren Alters gestern früh ins Landesmuseum gelassen zu haben. Er habe gerade unsere Suchmeldung beim ›trier-reporter‹ im Internet gelesen und das Foto gesehen.«

Triumphierend blickte de Boer in die kleine Runde. »Da können Sie mal sehen, wie die Neuen Medien heute die Verbreitung von Neuigkeiten ermöglichen. Noch kein Tag rum, und schon ist es in der Welt.«

»Ein Ansatzpunkt immerhin, wunderbar.« Möllemann sprang auf und klatschte in die Hände. »So schnell kann's gehen. Also los, meine Herren, keine Langeweile aufkommen lassen. Nehmen Sie Witterung auf. Schauen Sie, ob die Spur etwas taugt. Vielleicht haben wir den Fall ja eher gelöst, als der Polizeipräsident sich nach ihm erkundigt.«

***

Das Landesmuseum lag von den Büros der Mordkommission nur einen knappen Kilometer entfernt am Alleenring, der die Innenstadt auf der Fläche der ehemaligen Zoll- und Befestigungsmauer fast vollständig vierspurig umgab. Ferschweiler und de Boer verzichteten auf den Wagen und gingen zu Fuß, auch weil sie wussten, dass direkt am Rheinischen Landesmuseum kein Parkplatz zu bekommen war. Denn dort wurde seit knapp vierzehn Tagen intensiv die Ausstellung zum bedeutendsten und gleichzeitig wohl unbeliebtesten Sohn der Stadt, Marx, aufgebaut.

Zwar versprach man sich seitens der Stadtverwaltung nach den großen Eventausstellungen zu Kaiser Konstantin dem Großen 2007 und Kaiser Nero 2016 nun auch für dieses Jahr mit Marx wieder einen Kassenschlager mit mehr als dreihundertfünfzigtausend Besuchern. Doch war man insgesamt in Trier – glaubte man den in den letzten Monaten publizierten Leserbriefen im »Trierischen Volksfreund«, der einzigen Tageszeitung vor Ort – mehrheitlich eher skeptisch, ob der Chefphilosoph und maßgebliche Vordenker des Sozialismus für ein solches Unterfangen überhaupt taugte.

Aber man ließ vonseiten des Stadtmarketings nichts unversucht, zumindest medial auf Marx hinzuweisen. Überall prangte sein Rauschebart an den Litfaßsäulen und auf den Plakatwänden. Man kam an ihm einfach nicht mehr vorbei. Sogar die Volksrepublik China hatte der Stadt vor Kurzem eine knapp sechs Meter hohe Bronzeplastik von Karl Marx geschenkt, die, nach langer und durchaus heftig geführter Debatte in den lokalen wie überregionalen Medien, schließlich auf einem monumentalen Sockel auf dem Simeonstiftplatz aufgestellt worden war, in Blickweite des Hauses, in dem Marx seine Jugend im Schatten der Porta Nigra verbracht hatte.

Dass heute aber im Erdgeschoss dieses Hauses, in dem Marx während seiner Schulzeit gelebt hatte, ein Ein-Euro-Laden seine Pforten geöffnet hielt und in großer, grell blitzender Präsentation seine Billigprodukte anbot, schien niemanden, außer vielleicht Ferschweiler, zu stören.

Im Streit um die Skulptur jedenfalls hatte schließlich die Einsicht obsiegt, dass man ein solch nobles Geschenk kaum werde ablehnen können. Zumal es kein politisches Statement der Stadt selbst war, sondern von der »befreundeten« Volksrepublik China stammte, die damit wohl weniger gedachte, in Trier Politik zu machen, als ihren Bürgern, die massenhaft schon seit Jahren in den Geburtsort von Marx reisten, zu zeigen, wie weit der Arm des heimischen kommunistischen Regimes reichte. So hatte es zumindest ein Professor für Chinawissenschaften an der Trierer Universität im »Trierischen Volksfreund« behauptet. Aber ob die Chinesen wirklich so dachten?

Ferschweiler jedenfalls hatte mit Verwunderung erst in der vergangenen Woche wahrgenommen, dass selbst seine Freundin Rosi in ihrer Kneipe »Zum standhaften Legionär« in der Aachener Straße in Trier-West den Versuch unternommen hatte, die Mehrzahl der bei ihr erhältlichen Getränke von Herstellern zu beziehen, die irgendetwas mit Marx – und sei es nur vom Namen her – zu tun hatten. Denn Marx war in Trier und seiner Umgebung ein sehr gewöhnlicher und weitverbreiteter Name. Rosi konnte aus dem Vollen schöpfen. Und so reichte ihr Angebot vom Marx-Viez der Produzentengemeinschaft Alfred Marx, Frank Scheurer und Herbert Wahlen über Marx-Bier aus dem »roten Wien« bis hin zu einem neuen Fleischlieferanten namens Marx aus Longuich.

Alles wurde für die bald erwarteten Touristenströme getrimmt, von denen Rosi annahm, dass sich einige – und zwar nicht wenige – auch nach Trier-West verlaufen würden. Selbst in der Marketing-Gruppe zu Marx, die sich in Trier gegründet hatte, nachdem man mit dem unmöglichsten Kram wie Krawatten, Regenschirmen und anderem Nippes – wie Ferschweiler fand – schon bei Nero reichlich Profit gemacht hatte, war Rosi Mitglied geworden. Außerdem hatte sie in ihrer Kneipe zwei

DDR-Fahnen und sogar eine aus Kuba aufgehängt. Wer das wohl brauchte?

Ferschweiler schmeckte der Terdisch unter Hammer und Sichel jedenfalls nicht mehr halb so gut wie zuvor. Das würde er Rosi demnächst einmal sagen müssen. Doch nun ging es um andere Dinge.

»Ich kann die Visage von diesem Salonsozialisten langsam nicht mehr sehen«, ereiferte er sich, nachdem sie das Landesmuseum erreicht hatten. »Er lächelt so merkwürdig, oder? Als ob er das ganze Unheil, das seine Theorien im vergangenen Jahrhundert produziert haben, schon vorhergesehen hätte. Ich jedenfalls kann gut verstehen, dass man mit so einem Nestbeschmutzer in unserer Stadt eigentlich nichts zu tun haben will.«

»Gab es nicht sogar einmal Initiativen, die hiesige Universität nach ihm zu benennen?«, fragte de Boer.

»Ja klar, irgendwelche linken Studenten hatten das mal aufgebracht. Gott sei Dank ist es nie dazu gekommen. Wäre ja noch schöner: An der Universität in Leipzig schaffen sie kurz nach der Wiedervereinigung den Namen wieder ab, und hier in Trier schreiben wir ihn uns auf die Ortseingangsschilder. Wo kämen wir denn da hin?«

De Boer schwieg.

»Bedenklich nur, dass er, der sein ganzes Leben ja wohl nur auf Unterstützung durch andere angewiesen war, heute zum Geldverdienen taugt und dafür dann auch wieder gut genug ist.«

Ferschweiler und de Boer hatten den Personaleingang des Landesmuseums an der nördlichen Seite des stattlichen Gebäudes der 1877 gegründeten Institution erreicht, der etwas versteckt hinter einer als Ablageplatz von Baumaterialien zweckentfremdeten modernen Skulptur lag. Ferschweiler öffnete die Tür, und die beiden Polizisten traten ein.

Innen roch es nach abgestandener Luft sowie nach Holz- und Malerarbeiten. Links, direkt neben dem Eingang, befand sich die Pförtnerloge. In ihr saß hinter dickem Glas ein Mann unbestimmbaren Alters mit grauem Bart und Glatze, der von einem vor ihm aufgeschlagen liegenden Buch aufschaute.

»Sie wünschen?«

»Guten Tag, mein Name ist Hauptkommissar Ferschweiler von der Kriminalpolizei. Das ist mein Kollege de Boer. Sind Sie Herr Rowinski, der sich auf die Suchmeldung im ›trierreporter‹ hin bei uns gemeldet hat?«

Der Mann schüttelte den Kopf. »Nee«, antwortete er, »das war wohl mein Kollege, der vor mir Dienst hatte. Ich heiße Merges. Wir hatten vor circa zwanzig Minuten Schichtwechsel. Aber Sie könnten Glück haben. Normalerweise sitzt der Hermann noch eine gute halbe Stunde nach Ende seiner Schicht im ›Café Zeitsprung‹ auf der Rückseite des Museums zum Palastgarten hin und nimmt eine Porz-Viez-Limo und ein Pfeifchen. Wenn Sie sich beeilen, erreichen Sie ihn vielleicht noch.«

»Vielen Dank«, sagte Ferschweiler, nicht ohne dem Pförtner das Bild des vermissten Jungen zu zeigen. Doch der sah nur kurz auf das Foto, verneinte und versenkte sich sofort wieder in seine Lektüre.

Die beiden Kommissare verließen das Museumsgebäude, umrundeten es in Bahnhofsrichtung und traten durch eines der alten Tore der noch erhaltenen Stadtmauer in den Park hinter dem Kurfürstlichen Palais. Hier befand sich am Abschluss des alten, zum Konzept der Gartenanlage des Schlosses gehörenden Wasserbassins seit einigen Jahren das Museumscafé.

Ferschweiler war schon seit Jahren nicht mehr hier gewesen, de Boer erst vor zwei Wochen zur Taufe des Nachwuchses einer befreundeten Familie, wie er spontan berichtete.

Zeitsprung, dachte Ferschweiler, ein passender Name für ein Café in einem archäologischen Museum. Hoffentlich war der Kaffee zeitgemäß.

In einigem Abstand zur gläsernen Front des Cafés und den anderen auf dem geschotterten Platz stehenden Tischen saß vor der Toreinfahrt zum Hof des Landesmuseums ein Mann mittleren Alters in grauem Anzug und zog genüsslich an einer

Meerschaumpfeife. Hinter ihm stand ein Mountainbike, wie es de Boer selten gesehen hatte.

»Das ist er«, sagte Ferschweiler und steuerte den Mann direkt an, der gerade seinen zweiten Cappuccino mit prächtiger Milchschaumhaube serviert bekam. Die erste leere Tasse hatte die Bedienung stehen lassen. De Boer folgte Ferschweiler auf dem Fuß.

»Guten Tag, Herr Rowinski«, sagte Ferschweiler und streckte dem aufschauenden Mann seinen Dienstausweis entgegen. »Dürfen wir uns kurz zu Ihnen setzen? Ferschweiler mein Name, das ist mein Kollege Wim de Boer. Wir sind von der Kriminalpolizei und bearbeiten den Fall des vermissten holländischen Jungen. Sie hatten uns freundlicherweise sofort informiert.«

»In Rekordgeschwindigkeit, wie ich vermute.« Rowinski lachte offen. »Oder hatten Sie das schon einmal, dass Sie, gerade ein Bild in die Fahndung gegeben, schon eine Antwort hatten?«

»Nein«, sagte de Boer, »das hatten wir noch nicht. Aber das war nur eine Frage der Zeit.«

Rowinski nickte zustimmend.

Ferschweiler versuchte, sofort auf das zentrale Anliegen ihres Besuchs zu kommen. »Woher kennen Sie den Jungen?«

Rowinski richtete sich in seinem Stuhl auf und legte die Pfeife in einen Aschenbecher, während er sich fast gleichzeitig eine neue aus seiner Rauchertasche nahm und sie zu stopfen begann. »Von Kennen kann keine Rede sein. Er kam gestern in Begleitung eines Mannes zu mir an die Pförtnerloge und wollte den Kurator der in Vorbereitung befindlichen Marx-Ausstellung sprechen.«

»Warum?« De Boer hatte wieder sein Notizbuch herausgenommen.

»Ich weiß nicht. Ich bin ja nicht indiskret.«

»Aber Sie haben doch schon den Auftrag, wichtige Anfragen von unwichtigen zu trennen, oder? Gerade in so geschäftigen Zeiten.«

Rowinski zündete sich seine zweite Pfeife nun an. »Sie haben natürlich recht, entschuldigen Sie bitte. Tatsächlich ist es meine Aufgabe, zu schauen, ob ich Einlass gewähre und zu wem ich den Besucher schicke. Aber gestern war es keine Frage. Die beiden wussten genau, wen Sie sehen wollten.«

Ferschweiler zog die Kopie einer Fotografie aus seiner Sakkoinnentasche. »Ist das der Mann, der den Jungen begleitete?«, fragte er.

Rowinski genügte ein schneller Blick. »Ja, das war er. Wohl sein Vater, oder? Die Ähnlichkeit war und ist ja nicht zu übersehen.«

»Nein? Ich weiß ja nicht«, entgegnete Ferschweiler. »Hatten die beiden etwas dabei?«

»Was man so dabeihat als Tourist. Rucksäcke, beide. Ansonsten ist mir nichts aufgefallen.«

»Und warum wollten sie den Kurator der Ausstellung sprechen? Wie heißt der überhaupt?«

Rowinski schmunzelte und nahm einen tiefen Zug aus seiner Pfeife, deren Tabak ein wenig nach Apfel und Honig duftete. »Es ist eine Dame, meine Herren«, sagte er dann. »Dr. Friederike Camphausen. Ihr zur Seite stehen noch zwei weitere Wissenschaftler, die aber nur sehr sporadisch bei uns im Haus sind. Es handelt sich dabei um einen Historiker, Dr. Paul Müller, sowie um eine Germanistin und Literaturwissenschaftlerin hier von der Universität, Dr. Manuela Joseph.«

»Ist Frau Camphausen heute im Haus?«, wollte de Boer wissen.

Wieder schmunzelte Rowinski. »Was denken Sie denn, wie ein solcher Ausstellungsaufbau funktioniert? Die Verantwortlichen sind fast immer da, rund um die Uhr, wenn nötig. In der Regel haben sie keine Zeit für andere Dinge.«

»Und gestern?«

Rowinski wurde nachdenklich. »Sie haben recht«, sagte er dann nach wenigen Sekunden. »Gestern wollte Dr. Camphausen die beiden erst auch nicht empfangen. Aber als der Ältere dann mit ihr direkt telefonierte – ich musste ihm den Hörer geben, ich glaube, sie sprachen englisch miteinander –, da hatte sie plötzlich doch Zeit und kam sogar sofort persönlich an die Pförtnerloge, um die beiden abzuholen. Normalerweise macht sie Termine wie ein Orthopäde – quartalsweise.«

»Vielleicht hatte sie gestern ja unerwartet Zeit«, vermutete Ferschweiler.

»Im Gegenteil«, entgegnete Rowinski. »Gestern war für sie ein sehr aufregender und terminlich komplett dichter Tag. Das Eremitage-Museum aus St. Petersburg lieferte seine Exponate an. Da müssen immer alle Begleiter beschäftigt und mit einem Rundum-sorglos-Programm versorgt werden. Denn es sind, so hat man uns intern berichtet, die wichtigsten Exponate der Ausstellung. Heute hat sie ein ähnlich strammes Programm mit den Kollegen aus Moskau.«

Ferschweiler dachte nach. Auch de Boer nickte. Sie würden mit Frau Dr. Camphausen sprechen müssen. Am besten noch heute.

Doch bevor sie sich nach ihrer Büronummer erkundigen konnten, klingelte Ferschweilers Mobiltelefon. Es war Judith Möllemann, die ihn darüber unterrichtete, dass Hannes Feller, der Vermieter im Ruwertal, zwei Wagen mit niederländischen Nummernschildern in der Umgebung seines Ferienhauses hatte beobachten und sogar fotografieren können. Einer davon, ein dunkelgrüner Pick-up, war nach Auskunft der Datenbanken nachweislich in den Niederlanden als gestohlen gemeldet. Der andere, eine Mercedes-Limousine, gehörte einem Inkassobüro, das auf das Eintreiben von Wettschulden auf internationaler Ebene spezialisiert war.

Ferschweiler bedankte sich für die Information und legte auf. Dann nahm er de Boer zur Seite und informierte ihn über den Inhalt des Gesprächs.

»Eine neue Sachlage, Wim. Daher geh du bitte zurück ins Büro, lass dich noch einmal von der Chefin über die gesichteten Autos informieren und kümmere dich um die weiteren

Recherchen. Ich werde versuchen, mehr bei Dr. Camphausen in Erfahrung zu bringen. Wer weiß, um was es gestern ging.«

Zu Rowinski zurückgekehrt, sagte er: »Und wo finde ich die Kuratorin?«

»Kommen Sie«, sagte Rowinski, packte gemächlich seine Pfeifenutensilien zusammen und stand auf. »Ich bringe Sie hin. Ist einfacher.«

Im Inneren des Museums herrschte geschäftiges Treiben. Überall waren Handwerker damit beschäftigt, Wände zu verkleiden, schon fertige Paneele zu streichen oder mit Stoff zu bespannen sowie Vitrinen aufzustellen. Manche Türen waren geschlossen, die meisten aber standen weit offen.

Rowinski steuerte zielsicher durch das für Ferschweiler chaotische Gewusel und zeigte schließlich auf einen Raum, dessen Eingang von zwei bewaffneten Wachmännern gesichert wurde.

»Dort, im ›Allerheiligsten‹, wie wir es nennen, werden Sie Dr. Camphausen finden. Und wenn nicht sie selbst, dann auf jeden Fall jemanden, der weiß, wo sie sich gerade aufhält. Und wundern Sie sich nicht über die Bewaffneten am Eingang. Im Leihvertrag mit dem gebenden Museum ist festgeschrieben, dass beim Aufbau in diesem Fall mit Schusswaffen ausgerüstete Kräfte anwesend sein müssen. Sind halt wertvoll, die Objekte.«

Mit einem kräftigen Handschlag verabschiedete sich Rowinski. »Wenn ich noch etwas für Sie tun kann, dann wissen Sie ja, wo Sie mich finden. Nun geht's für mich in den Schrebergarten und für Sie ins Allerheiligste. Viel Erfolg.«

Ferschweiler fühlte sich plötzlich alleingelassen. Seit seiner Kindheit war er nicht mehr in einem Museum gewesen. Zu viel Kunst und Kultur führte bei ihm zu Beklemmungen und Schweißausbrüchen. Er verstand nichts davon und hätte das Haus am liebsten sofort wieder verlassen.

»Sie wünschen?«, fragte plötzlich jemand hinter ihm. »Kann ich Ihnen weiterhelfen?« Einer der Wachmänner war an ihn herangetreten und musterte ihn von Kopf bis Fuß.

»Ich bin Hauptkommissar Ferschweiler«, sagte er und nestelte nach seinem Ausweis. »Ich möchte gern mit Dr. Camphausen sprechen.«

»Wie kommen Sie überhaupt hier rein?«, fragte der Wachmann und hielt Ferschweiler in Erwartung seines Dienstausweises eine Hand entgegen. »Der Zutritt ist eigentlich nur Berechtigten erlaubt. Und Sie tragen keine Gästekarte.«

Als Ferschweiler endlich seinen Dienstausweis gefunden hatte, sagte er freundlich lächelnd: »Dies ist meine Gästekarte. Darf ich Sie nun bitten, mich zu Dr. Camphausen zu bringen? Es dauert vermutlich auch nicht lange.«

Schweigend forderte der Wachmann ihn mit einer eindeutigen Geste auf, ihm zu folgen.

Im Nachbarraum war sehr leise klassische Musik zu hören. In der Mitte des Raumes standen an einer geöffneten Hochvitrine aus erkennbar dickem Glas mehrere Männer und Frauen in weißen Kitteln oder Schürzen und platzierten mit behandschuhten Händen äußerst vorsichtig einige kleine Gegenstände auf dem mit Samt ausgeschlagenen Boden der Vitrine.

Bis auf Sätze wie »Vorsichtig, bitte geben Sie doch acht«, »Vielleicht doch etwas weiter nach rechts« oder »Noch etwas höher, bitte. Aber nicht zu viel« sprachen sie nicht miteinander.

Ferschweiler betrachtete das sich ihm bietende Schauspiel sehr genau, ohne sich bemerkbar zu machen. Dafür sorgte der Wachmann.

»Dr. Camphausen, hier ist ein Herr von der Kriminalpolizei für Sie!«, rief er.

Aus der Gruppe der an der Vitrine stehenden Personen trat eine kleine, drahtige Frau heraus. »Die Polizei? Für mich? Jetzt?«, fragte sie leicht ungehalten. »Das muss ein Versehen sein.« Bedächtig zog sie ihre weißen Baumwollhandschuhe aus, gab sie einer neben ihr stehenden Kollegin und kam schnellen Schrittes zu Ferschweiler herüber. »Ist etwas mit meinen Eltern?«, fragte sie besorgt. »Oder mit meinem Auto?«

Ferschweiler schüttelte den Kopf. »Nein, nein«, sagte er beruhigend, »es ist nichts dergleichen. Ich habe nur einige Fragen zu dem Jungen und seinem Vater, die gestern hier bei Ihnen im Museum waren. Worum ging es bei diesem Besuch?«

Dr. Camphausen wurde sichtlich nervös. Auf ihrem Hals bildeten sich spontan rote Flecken. »Deshalb stören Sie mich? Für solch nichtigen Kram? Für zwei Touristen, die sich für Marx interessieren? Dafür hätten Sie sich auch einen Termin geben lassen können, genauso wie die beiden gestern. Und wenn Sie mehr von mir wissen wollen, dann sollten Sie das auch tun. Ich habe momentan wirklich keine Kapazitäten für so etwas frei. Sie sehen doch, was hier los ist. Wir verlieren wertvolle Zeit.«

Ohne auf Ferschweilers Reaktion zu warten, nahm sie ein schnurloses Telefon aus ihrer Hosentasche, drückte eine vorbelegte Taste und sagte nach wenigen Augenblicken: »Verena, bist du das? Friederike hier. Kannst du bitte kurz zur Russenvitrine in die Ausstellung kommen? Hier ist ein Herr von der Polizei, der einen Termin bei mir haben möchte.« Während sie sprach, sah sie Ferschweiler in einer Art an, die er als herablassend empfand. »Danke«, beendete sie das Gespräch. »Wenn Sie mich jetzt bitte entschuldigen würden. Die Kuriere aus Moskau haben nicht ewig Zeit, und die ist hier im Moment sehr, sehr kostbar. Jede Minute zählt, da darf nichts ablenken. Nichts. Lassen Sie sich einen Termin geben und dann sehen wir weiter. So wichtig kann es ja wohl nicht sein.«

Noch bevor Ferschweiler etwas erwidern konnte, war sie in die Gruppe an der Vitrine zurückgekehrt und gab bereits wieder Anweisungen für die Platzierung der Kunstgegenstände, die fleißige Hände vorsichtig aus Transportboxen hoben.

Es war immer das Gleiche, wenn er mit resoluten Frauen zusammentraf. Schon seit seiner Kindheit verstand er es nicht, sich ihnen gegenüber durchzusetzen. Stattdessen verstummte er erst einmal und brauchte einen Moment, um sich zu fassen.

Er überlegte, ob er insistieren und auf einem Gespräch jetzt und hier beharren sollte, und kam zu dem Schluss, dass es besser war, keine Animositäten zu erzeugen. Denn bereitwillig würde die Wissenschaftlerin dann nicht mehr mit ihm reden. Zwang half meist nicht. Und ein Ergebnis hatte er ja schon: Vater und Sohn waren als angeblich an Marx interessierte Touristen ins Museum gekommen. Aber warum hatten sie sofort mit der leitenden Kuratorin der kommenden Ausstellung sprechen wollen? Warum hatten sie sich nicht einfach, wie es jeder andere Besucher auch machen würde, Informationsmaterialien am Empfang besorgt und mit den zuständigen Mitarbeitern für die Öffentlichkeitsarbeit gesprochen? Denn Wissenschaftler oder bekannter Marx-Forscher war van der Capellen nach ihrem bisherigen Wissensstand wohl nicht. Und dass da mehr hinter dem Besuch steckte als ein bloßes Interesse an Marx, hatten die Nervositätsflecken an Dr. Camphausens Hals gezeigt.

Bevor Ferschweiler weitere Überlegungen anstellen konnte, trat eine junge Frau, leger in Jeans und Bluse gekleidet, an ihn heran und stellte sich als Verena Backes vor. »Da haben Sie heute aber keinen guten Tag bei ihr erwischt, Herr Hauptkommissar«, sagte sie freundlich lächelnd. »Die russischen Kuriere sind bei Weitem die anstrengendsten.«

»Die paar da? Was macht die denn so anstrengend? Im Übrigen heiße ich Ferschweiler, Hauptkommissar Ferschweiler.«

»Na ja.« Backes schaute in den Nachbarraum, wo gearbeitet wurde. »Eigentlich sind es noch sechs mehr. Aber vier davon sind zu Augenbehandlungen auf dem Petrisberg, und den anderen beiden wird das Gebiss erneuert. Totalsanierung, wenn Sie mich verstehen.«

»Und warum während der Arbeitszeit?«

»Das ist in den Leihverträgen mit dem Moskauer Museum so geregelt. Wir bekommen einige wirkliche Marx-Schätze geliehen, die ansonsten nie Russland verlassen würden – etwa eine Locke von seinem Bart oder die Brille, die er bei der Abfassung von ›Das Kapital‹ auf der Nase hatte –, und finanzieren im Gegenzug die medizinischen Behandlungen bei den Kurieren, die sie sich ansonsten nicht leisten könnten. Das geht schon

Jahrzehnte so bei Leihgaben aus russischen Museen, ist vielfach gängige Praxis.«

Ferschweiler traute seinen Ohren nicht. »Ein merkwürdiger Deal«, sagte er.

»Kommen wir zurück zur Sache, Herr Hauptkommissar. Womit kann ich Ihnen behilflich sein? Möchten Sie tatsächlich einen Termin bei Dr. Camphausen?«

»Lieber hätte ich gewusst, was die beiden Holländer, die gestern hier waren, von ihr gewollt haben. Der Sohn wird nämlich vermisst, und den Vater hat man erschossen.«

»Das ist ja furchtbar.« Backes' Augen weiteten sich vor Schreck. »Aber ich kann Ihnen dazu leider nichts sagen. Ich habe die beiden gestern zwar gesehen, als sie mit Dr. Camphausen durch das Vorzimmer ins Büro der Chefin gingen, aber gesprochen haben nur sie und Dr. Michels mit ihnen.«

»Entschuldigen Sie, aber wer bitte ist Dr. Michels?«

»Das ist unser Direktor. Friedemann Michels. Sagte ich das nicht bereits? Er leitet das Landesmuseum seit 2017.«

»Ist Dr. Michels heute im Haus?«

»Bedaure, nein, Sie haben heute wirklich kein Glück, lieber Herr Ferschweiler. Herr Michels ist seit gestern früh bei der Generaldirektion Kulturelles Erbe in Koblenz, um mit dem Generaldirektor und Vertretern der Landespolitik über die Ausstellungsplanungen bis 2025 zu sprechen. Er wird voraussichtlich auch nicht vor zwanzig Uhr heute Abend wieder in Trier sein. Vielleicht kommt er sogar erst morgen zurück.«

»Können Sie sich erinnern, ob die Holländer etwas bei sich hatten? Eine Kiste vielleicht oder Bücher?« Ferschweiler resignierte allmählich.

»Ich weiß, dass sie Rucksäcke trugen. Aber was sie darin hatten, das weiß ich natürlich nicht. Da müssten Sie nun wirklich Dr. Camphausen oder den Direktor fragen. Taschenkontrolle steht bei mir im Sekretariat nicht auf der Tagesordnung. Darf ich Ihnen nun einen Termin geben?«

Unzufrieden mit sich selbst verließ Ferschweiler einige Minuten später das Landesmuseum. Er ärgerte sich über sein Einknicken, seine mangelnde Fähigkeit, sich auch resoluten Frauen gegenüber mit professioneller Härte zu präsentieren. Er dachte an seine Mutter und ihre Schwestern damals in Trier-West und erkannte wieder einmal, wie nachhaltig prägend diese »Weiberherrschaft« – wie er sie nannte – für ihn gewesen war.

Aber gut, manche Dinge konnte und sollte man vielleicht auch nicht erzwingen. Er würde schon einen Weg finden, herauszubekommen, warum er sich mit seiner eigentlich nur kleinen Frage so eine Abfuhr geholt hatte.

Am Bahnhof nahm er den Bus nach Trier-West.

Nur drei Abende war er nicht bei Rosi gewesen, und schon hatte er das Gefühl, ihre Kneipe nicht wiederzuerkennen. Zum einen hing zwischen den Bäumen vor dem Eingang zur Gaststube seit Neuestem ein Plakat aus Lkw-Plane, auf welchem Rosi ihre neuen Öffnungszeiten während der Marx-Ausstellung notiert hatte. Zum anderen war der Schankraum in bislang unbekannter Weise dekoriert. Es gab fast keine Stelle mehr, die nicht in Anspielung auf die Geschichte der Kneipe im Zusammenhang mit dem Eisenbahnausbesserungswerk in Trier-West und den sozialistisch/sozialdemokratischen Bestrebungen innerhalb der damaligen Arbeiterschaft dekoriert war. Für so politisch hatte Ferschweiler seine Rosi gar nicht gehalten.

»Darf man hier eigentlich als Nicht-Kommunist oder Christdemokrat heute noch ein Stubbi trinken? Und wie hältst du es mit den Liberalen, den Grünen oder der AfD?«, fragte er sie, als er die Jacke an den Garderobenständer gehängt und ihr gegenüber am Tresen Platz genommen hatte.

»Ach, mein alter Brummbär«, begrüßte ihn die Frau, die Ferschweiler schon seit Jugendtagen verehrte. »Spielt dir das Leben wieder einmal nicht so, wie du es magst?« Sie lächelte ihn mit strahlenden Augen an und sagte mit einem Unterton, den Ferschweiler nicht wirklich einzuordnen wusste: »Vielleicht ein Stubbi, der Herr Chefermittler?«

Ferschweiler nickte zustimmend, auch ohne die Feinheiten bemerkt zu haben. Dann, nach einer Weile, in der er überlegt hatte, Rosi von dem Affen zu erzählen, fragte er: »Was soll das alles hier mit dem Marx, Rosi? Ist doch nur Kommerz. Würde dem doch gar nicht gefallen: Marx-Bier, Marx-Würste, Marx-Terdisch. Woher weißt du eigentlich, wie im Hause Marx gekocht wurde?«

Nun lachte Rosi. »Na, ich habe das Faksimile der Kochbücher von Jenny Marx, der Frau von Karl, im Internet gefunden und heruntergeladen. Was meinst du, da wurde, selbst als die beiden sich in Brüssel oder London befanden, noch stets gekocht wie hier an der Mosel: Dibbelabbes, Terdisch, Kohl …«

»Aber Jenny von Westphalen kam doch aus adeligem Haus, oder? Und die hat gekocht?«

»Hast ja in der Schule aufgepasst, mein Lieber. Respekt.« Wieder zog ihn Rosi auf. Sie wusste, dass er das nicht sonderlich mochte, tat es aber dennoch immer wieder mit Vergnügen. »Aber sie kam eben auch aus Trier. Und sie hatte einen guten Geschmack.«

Ferschweiler nahm einen tiefen Schluck aus seinem Stubbi, das Rosi ihm traditionell ohne Glas hingestellt hatte. Gott sei Dank gab es das noch bei ihr. Nicht auszudenken, wenn nur noch Marx-Bier vom Fass ausgeschenkt würde.

»Ich hab zwei tote Holländer und einen vermissten Jungen, die aber nicht die zu sein scheinen, die sie vorgaben zu sein.«

»Klingt doch mal richtig spannend, mein Süßer. Klingt mal wie im richtigen Leben. Wer will schon sein, wer er ist?«

»Ja, aber es geht auch um viel kriminelles Geld.«

»Vielleicht aber auch um eine Liebesgeschichte? Mord aus Eifersucht?«

»Ich hab keine Ahnung, meine Kleine. Darf ich heute hierbleiben?«

ZWEI

Ferschweiler saß verschlafen im Schankraum des »Standhaften Legionärs« und versuchte das Butterbrot zu essen, das Rosi ihm gemacht hatte, bevor sie wie jeden Morgen schon sehr früh zum Großhandel gefahren war. Es war mit Leberwurst bestrichen. Normalerweise wäre das einer seiner Favoriten gewesen, aber heute hätte er lieber Käse gehabt, wenn auch keinen holländischen.

Schon vor einiger Zeit hatte ihn das Gefühl beschlichen, dass es mit Rosi nicht mehr so lief. Sie sprach viel über Veränderungen, in der Kneipe, auf der Speisekarte, in ihrem Leben. Seine Laune war daher schlecht. Selbst das Tickern und Tuten der drei Spielautomaten, die Rosi – warum auch immer – auch nach Schließung der Kneipe nie ausstellte, störte ihn, anders als sonst, heute gewaltig. Also kippte er seinen Kaffee ungetrunken in den Ausguss hinter der Theke, ließ das Brot unangebissen dort liegen, wo Rosi es für ihn liebevoll mit Gürkchen, Tomatenscheiben und Kresse garniert hingelegt hatte, und verließ das Lokal.

Draußen war es nebelig. Ferschweiler schlug den Kragen seiner Jacke hoch und überlegte kurz, ob er in seine Wohnung in der nahe gelegenen Dauner Straße gehen sollte, um sich richtig frisch zu machen und Jacke und Hose zu wechseln. Dann aber entschied er sich für den Weg via Römerbrücke über den Fluss in Richtung Hauptbahnhof, was für ihn auch in Richtung Arbeit bedeutete.

Es war zehn vor sieben, als er das Präsidium erreichte. Beim Kriminaldauerdienst herrschte wie immer reges Treiben, der Pförtner grüßte ihn routiniert freundlich und überreichte ihm die tagesaktuelle Ausgabe des »Trierischen Volksfreund«.

Auf dem Flur der Mordkommission hingegen herrschte noch Stille. Hier kamen die ersten Kollegen in der Regel erst gegen halb acht, sodass Ferschweiler sich in Ruhe einen Kaffee am Automaten ziehen konnte.

In seinem Büro erwartete ihn eine Überraschung. De Boer lag längs auf dem Besprechungstisch und schnarchte. Unter seinen Kopf hatte er sich zwei prall mit Akten gefüllte Umlaufmappen gelegt.

Vorsichtig versuchte Ferschweiler, seinen Kollegen aufzuwecken. Doch als er ihn sanft am Arm berührte, sprang dieser wie von der Tarantel gestochen auf.

»Ich hab nur ein wenig Yoga gemacht«, sagte er hellwach und setzte sich schnell wieder hinter seinen Schreibtisch.

»Warst du wirklich die ganze Nacht hier, Wim?« Ferschweiler war das manchmal aufscheinende Überengagement seines Kollegen fremd. »Warum denn nur?«

»Ich hab noch auf einige Angaben aus den Niederlanden gewartet. Und zwei unserer Datenbanken waren mit der Recherche auch noch nicht fertig. Wer kann denn da schlafen gehen?«

War das eine Spitze gegen ihn? Ferschweiler wusste es nicht und ignorierte die Bemerkung. Vielleicht war er tatsächlich zu dünnhäutig, wie auch Rosi ihm gestern wieder bestätigt hatte. Und wenn schon; sollte er doch stänkern, der Holländer. Was konnte ihm das schon bedeuten?

In diesem Moment klingelte das Telefon an de Boers Arbeitsplatz. So schnell er konnte, nahm er ab und bat Ferschweiler mit einer Geste, still zu sein.

Ferschweiler hängte seine Jacke auf, öffnete das Fenster und nahm einen tiefen Zug von der noch kühlen Morgenluft. Durch den Regen der vergangenen Tage war es tagsüber wieder merklich schwüler geworden. Mit wem de Boer sprach, konnte sich Ferschweiler denken, denn de Boer sprach holländisch.

Als er geendet hatte, grinste er über beide Ohren.

»Bingo, Rudi«, sagte er, »ich denke, wir sind heute früh einen ganzen Schritt vorangekommen.«

»Was hast du? Berichte.« Ferschweiler hockte sich de Boer gegenüber an dessen Schreibtisch. »Ich selbst hab im Museum gestern nur auf Granit gebissen, hab aber auch nicht auf eine Aussage der Kuratorin bestanden. Sie war im Stress und hätte sich sicherlich nicht kooperativ verhalten. Nun hab ich für heute einen Termin bei ihr.«

»Bei mir lief alles glatt. Also: Ich habe zuerst mit dem mutmaßlichen Bruder des Getöteten telefoniert. Der ist natürlich aus allen Wolken gefallen und tat erst einmal so, als ob er von den Problemen seines Bruders nichts gewusst hätte. Als er sich wieder gefangen hatte, erzählte er dann von sich aus, dass es nicht nur Spielschulden waren, die Hans-Frieso van de Capellen angehäuft hatte, sondern dass dazu noch die nicht ganz kleine Summe von achthunderttausend Euro gehöre, die er als leitender Angestellter einer Firma für Offshore-Ölförderanlagen innerhalb von mehreren Jahren veruntreut hätte. Als alles rauskam, hätten van de Capellen und seine Frau fluchtartig das Land verlassen. Das war vor nunmehr drei Jahren. Ausgereist sind sie damals in die Dominikanische Republik. Das war das letzte Mal, dass sie offiziell in Erscheinung traten. Seitdem Fehlanzeige.«

Ferschweiler fiel aus allen Wolken. »Was?«, entfuhr es ihm ungläubig. »Und nun sind sie hier bei uns. Von wegen weite Welt. Warum nur?«

»Tja«, sagte de Boer.

»Und weshalb können wir sicher sein, dass es sich bei den Toten tatsächlich um die van de Capellens handelt?«

»Hier sind die Bilder aus der niederländischen Meldekartei. Die Kollegen haben aber auch die geschickt, die die van de Capellens bei der Beantragung der für die Einreise nötigen Touristenkarten an die Botschaft der Dominikanischen Republik übermittelt hatten.«

»Das gibt's doch nicht.« Ferschweiler hatte die Bilder betrachtet und war aufgesprungen. »Die Ausgereisten sehen ja gar nicht aus wie die auf den Passbildern.«

De Boer lächelte. »Na, sieh mal an, Rudi. Vielleicht sind unsere van de Capellens ja auch gar nicht die Vermissten aus Groningen? Oder sie haben ihre Identität verkauft, da sie wussten, eh untertauchen zu müssen. Wir brauchen eine DNA-Analyse. Aber wie du weißt, dauert das seit Quints Tod länger als vorher. Wir werden uns diesbezüglich gedulden müssen.«

»Da hast du wohl recht.«

Seit der Rechtsmediziner, der in Trier Dienst getan hatte, verstorben war, gab es in der Moselmetropole jedenfalls keine entsprechende Anstellung mehr – der Posten war seither vakant, und es war fraglich, ob er überhaupt je wieder besetzt werden würde. Alles wurde seitdem über die Kollegen im benachbarten Saarland abgewickelt.

»Wenn der Dicke noch da wäre, hätten wir so manche Sorge weniger«, sagte Ferschweiler und wischte sich Tränen aus den Augen, bevor de Boer sie sehen konnte. Schnell wurde er allerdings wieder sachlich. »Vermutest du, dass unsere Toten eine falsche Identität angenommen haben? Ich kann das kaum glauben. Weiß Möllemann schon davon?«

»Nein, Rudi, aber setz dich bitte wieder hin. Es geht noch weiter. Und das mit Quint geht mir auch noch immer an die Nieren.«

Ferschweiler tat wie ihm befohlen und sah de Boer traurig, aber erwartungsvoll an.

»Auch von den achthunderttausend Euro fehlt bis heute jede Spur. Keiner weiß, wo sie geblieben sind.«

»Und deine holländischen Kollegen sind sich wirklich sicher, dass die Familie van de Capellen damals nicht einem Verbrechen zum Opfer gefallen ist oder einfach Selbstmord begangen hat?«

»Jedenfalls sagte der Kollege, dass keine Toten gefunden wurden.«

»Hm.« Ferschweiler stand erneut auf und ging im Büro auf und ab wie ein Tiger in seinem Gehege. »Höchst sonderbar. Also sind unsere zwei toten Holländer nicht die, für die sie sich ausgegeben haben. Oder sie sind es doch und haben ihre Identitäten verkauft. Fragt sich also, wen haben wir hier? Die echten van de Capellens oder wen auch immer ...«

»Letzteres herauszufinden ist wohl Sache der niederländischen Kollegen, Rudi«, sagte de Boer. »Genauso wie Ersteres. Wir haben uns nur um Opfer hier zu kümmern.«

Ferschweiler sah aus dem Fenster und schüttelte sich leicht.

»Bist du irgendwie genervt, Rudi? Oder krank?«, fragte de Boer vorsichtig.

»Nein, Wim. Es geht mir gut. Aber dieser Besuch gestern im Ruwertal, der hat mich doch sehr mitgenommen.«

»Geht es um den Affen, von dem du gesprochen hast?«

»Ja, genau.« Ferschweiler drehte sich zu de Boer um. »Es ist ein Erlebnis aus meiner Kindheit. Dieser Affe aus dem privaten Zoo in Waldrach, es muss wohl ein Pavian oder so gewesen sein, hat mich, als ich knapp zehn Jahre alt war, regelrecht angefallen. Er saß plötzlich auf meinem Rücken, krallte sich fest, schrie mir in die Ohren und fletschte dabei auf angsteinflößende Art seine Fangzähne – jedenfalls berichtete mir das meine Mutter, die dabei war. Es war grauenhaft. Seit Jahren träume ich immer wieder davon. Es ist schrecklich.«

»Hast du denn damals nichts gegen die Alpträume unternommen?«

»Ach«, Ferschweiler winkte ab. »Es waren andere Zeiten. Ich musste allein damit klarkommen. Meine Mutter erzählte die Geschichte wie einen Witz bei jeder passenden wie unpassenden Gelegenheit.«

Er schnäuzte in ein großes Stofftaschentuch, das er aus seiner Hosentasche gezogen hatte.

»Und dann gestern mein Versagen als Autorität im Museum. Bei der Kuratorin habe ich nun für heute Nachmittag um siebzehn Uhr einen Termin. Aber vielleicht haben wir den Fall bis dahin ja schon aufgeklärt.«

Ferschweiler hatte das Taschentuch wieder weggesteckt und trat nahe an de Boer heran.

»Bitte entschuldige, Wim«, sagte er und legte ihm seine Hand auf die Schulter, »dass ich momentan etwas dünnhäutig bin. Es wird bestimmt wieder besser. Und hab herzlichen Dank für deine tolle Arbeit. Weiter so. Informierst du Möllemann? Ich könnte jetzt Schluss machen, brauch etwas Abstand zum Nachdenken. Komm doch nachher noch in den ›Standhaften Legionär‹. Ich glaube, Rosi würde sich freuen.«

Doch de Boer lehnte ab. Er wolle seinen »Run« – wie er es nannte – ausnutzen und weiter in niederländischen Gefilden recherchieren.

Er hat Heimweh, dachte Ferschweiler.

»Im Übrigen stehen wir mit unserer Suchmeldung auf der Titelseite der Lokalzeitung«, sagte de Boer. »Und es gab auch schon erste Anrufe, aber nichts Handfestes.«

»Weißt du, was ich nicht verstehe?«, sagte Ferschweiler, der mittlerweile wieder an das Fenster ihres gemeinsamen Büros herangetreten war und wie so oft, wenn er nachdachte, hinausschaute. »Warum gingen die beiden vorgestern zu der Chefkuratorin ins Landesmuseum? Was war ihre Motivation?«

»Ich hab keine Ahnung«, antwortete de Boer. »Aber was soll es auch. Wenn sich bewahrheiten sollte, was ich nach meinen Recherchen vermute, dann war es ein importiertes Verbrechen.«

Ferschweiler wandte seinen Kopf zu de Boer. »Und was wäre, wenn du zwar recht hättest und van de Capellen ein gesuchter Betrüger wäre, aber ihm hier in Trier aus einem anderen Grund der Garaus gemacht wurde?«

»Du bist in Gedanken immer noch bei dieser Kiste, von der Hannes Feller berichtet hat, oder?«

»Ja.«

»Aber sie ist nicht da.«

»Ebenso wie der Junge. Vielleicht hat er sie ja mitgenommen, als er geflüchtet ist.«

»Du meinst, er hat das Massaker mitbekommen und ist einfach abgehauen und versteckt sich jetzt womöglich? Mitsamt der Kiste, von der Feller sagte, er habe sie allein kaum heben können, und in der nur altes Papier gewesen sei?«

»Haben wir Anhaltspunkte für eine andere Annahme?«

De Boer dachte nach. »Nein«, sagte er dann, »was den Jungen betrifft, so haben wir das nicht. Übrigens hat sich Wingertszahn-Lichtmeß gestern Abend noch für acht Uhr heute früh angekündigt, um erste Ergebnisse zu präsentieren. Vielleicht hat er oder sein Team ja noch etwas gefunden.«

»Warten wir's ab. Um siebzehn Uhr haben wir jedenfalls unseren Termin mit den Leuten im Landesmuseum. Und da du es nicht tust, rufe ich jetzt erst einmal Möllemann an. Vielleicht hat sie ja heute Zeit und kann mitkommen. Wäre doch gelacht.«

De Boer blickte missmutig drein.

Doch bevor Ferschweiler zum Telefon greifen konnte, klopfte es an der Tür. Wingertszahn-Lichtmeß kam herein und stellte seinen Koffer auf den Besprechungstisch.

»Guten Morgen, die Herren«, sagte er mit fast unerträglich guter Laune. »Entschuldigt bitte mein etwas früheres Kommen. Aber ihr habt bestimmt auch in den letzten Tagen so arbeitsreiche Zeiten gehabt wie ich und seid froh, bald mal wieder ausgiebig duschen gehen und euch erholen zu dürfen.«

»Nein, wir haben uns hier mal wieder so richtig ausgeschlafen, nicht wahr, Rudi?«, antwortete de Boer ironisch.

»Natürlich, Wim. Büroschlaf ist ja bei uns Teil des streng von oben verordneten Tagesablaufs. Und besonders von acht bis zwölf ist er immer sehr bekömmlich und gut für den Teint. Und von eins bis fünf dann für die Verdauung.«

»Danke«, sagte Wingertszahn-Lichtmeß genervt, »ihr seid ja echte Freunde.«

»Jetzt versteht er selbst keinen Spaß mehr.« De Boer grinste. »Nichts für ungut, Schorsch. Wir stecken mitten in den Ermittlungen. Was hast du für uns?«

»Ich glaub, 'ne ganze Menge.«

Mit nur wenigen Handgriffen hatte Wingertszahn-Lichtmeß seinen Koffer geöffnet und einen Videobeamer aufgebaut, mit dem er sofort Bilder an die einzige weiße Wand im Büro der beiden Ermittler projizierte.

»Ihr erinnert euch noch an den Laptop und daran, dass der Mann Fotograf war oder sich zumindest intensiv mit dem Fotografieren beschäftigte?«

De Boer und Ferschweiler nickten.

»Ich habe nun alle seine Bilddaten durchgesehen, die sich auf mehreren mobilen Festplatten, USB-Sticks und auf den beiden im Wohnwagen gefundenen Laptops befanden. Es sind Fotos aus zwei Jahren, die allesamt im Umkreis der Mosel gemacht worden sind. Das heißt, er ist schon seit dieser Zeit hier bei uns. Ein einziger USB-Stick enthält darüber hinaus Bilder von Landschaften an der Ahr und vom Niederrhein. Alle mit Bezug zur Mosel zeigen fortlaufende Datierungen; bei den anderen fehlen die Datierungen. Die ältesten Aufnahmen zeigen … ich nenne sie mal ›ungewöhnliche Orte‹ in Koblenz, also im Umkreis der Moselmündung. Alle weiteren arbeiten sich dann datumsmäßig immer mehr die Mosel hoch bis jetzt nach Trier.«

Während er sprach, zeigte Wingertszahn-Lichtmeß in relativ schneller Folge einzelne Projektionen, von denen Ferschweiler in keinem Fall wusste, wo sie aufgenommen worden waren.

»Kannst du uns kurz sagen, was für dich ›ungewöhnliche Orte‹ sind?«, fragte er.

»Das sind Plätze, die man aus touristischen Gründen eher nicht besuchen würde, etwa Industriebrachen, aufgelassene Weinberge, alte Tunnels oder Militärgelände.«

»Warum fotografierte er so etwas?«

»Ich hab keine Ahnung.« Wingertszahn-Lichtmeß zuckte mit den Schultern. »Aber die Systematik macht stutzig. Es scheint doch, als ob er eine komplette Dokumentation zusammenstellen wollte, etwa um vielleicht einen Bildband oder einen Reiseführer vorzubereiten.«

»Das könnte sein«, sagte de Boer. »Ich kenne solche Bände

aus Berlin und aus dem Ruhrgebiet. Mosel wäre mal etwas anderes.«

»Okay«, sagte Ferschweiler, »also war er an einem Projekt dran und nicht unbedingt auf Schatzsuche, oder?«

»Das würde ich genauso sehen wie du, Rudi.« Wingertszahn-Lichtmeß schaltete weiter auf seinem Laptop und zeigte Bilder vom Inneren des Wohnwagens. »Dort fanden sich nirgends irgendwelche Fundstücke, keine Relikte, nichts, was darauf hindeuten würde, dass er aktiv nach Altertümern oder Ähnlichem gesucht hat. Er war wohl nur an den Fotoaufnahmen interessiert.«

»Und die machte er aus extremen Blickwinkeln, wie man sehen kann.« De Boer deutete auf die Beamerprojektion an der Wand, die eine Aufnahme von der Baustelle des neuen Hochmoselübergangs bei Zeltingen-Rachtig aus atemberaubender Höhe zeigte.

»Genau. Dafür kletterte er schon mal auf Bäume oder Strommasten, seilte sich von Steilhängen ab, kroch in dunkle, schmale Kanalschächte oder in den Brückenkasten von im Bau befindlichen Autobahnbrücken. Extreme Fotos von extremen Orten, könnte man sagen.«

»Und wo war er zuletzt?« Ferschweiler rieb sich nachdenklich das Kinn.

»In Trier-West, quasi bei dir daheim, Rudi.«

Ferschweiler grinste scheel.

»Keine Witze, Schorsch, wo war er?«

»Ist kein Witz. Er war im ehemaligen Eisenbahnausbesserungswerk an der Eurener Straße.«

»Aber das ist doch abgesperrt? Man darf es nicht betreten.«

»Offiziell nicht. Aber es gibt ganz viele Wege hinein. Und eine Bewachung gibt es nicht. Extreme Orte sind eben auch vielfach beliebte Orte.«

»War er sonst noch irgendwo in Trier?«

»Nein, nur dort. Zumindest wenn man den Fotos, die er gemacht hat, Glauben schenken darf.«

»Dann hat er die Kiste wahrscheinlich von dort«, sagte Ferschweiler. »Hast du noch mehr, Schorsch?«

»Wäre ich sonst hier? Klar hab ich mehr. Zum Beispiel die Ergebnisse der Partikeluntersuchung. Ihr erinnert euch? Der Tote hatte Gewebepartikel unter seinen Fingernägeln, die er seinem Gegner beim Kampf aus der Haut gekratzt haben muss. Daher haben wir nun die DNA, aber leider keine Übereinstimmung mit den Eintragungen in unseren Datenbanken. Der Täter ist uns bislang unbekannt.«

»Auch international nicht?«, fragte de Boer.

»Willst du mich ärgern, Wim? Hab ich doch längst geklärt. Keine Übereinstimmungen. Nichts.«

»Schade«, sagte Ferschweiler. »Wäre ja auch zu schön gewesen.«

»Nicht grämen, meine Freunde. Dafür habe ich auch schon die DNA der beiden Opfer. Die Gerichtsmedizin hat sich da fast überschlagen.«

»Und?« Sowohl de Boer als auch Ferschweiler sahen ihren Kollegen erwartungsvoll an.

»Ihr werdet es nicht glauben.«

***

Die erste Nacht war kalt gewesen. Er hatte sie am Rand des Waldes verbracht, der das Gelände mit dem gemieteten Haus weiträumig umschloss. Kurz nach seiner Flucht hatte er die Kiste, die er unter großen Anstrengungen auf seinen Schultern aus dem Haus getragen hatte, erst einmal an einem Ort versteckt, der ihm sicher schien. Dort sollte sie so lange bleiben, bis er sie holen konnte, um sie wie versprochen zu übergeben. Er wartete nur noch auf ein Zeichen. Doch sein Handy war bislang still geblieben. Die Nummer des Interessenten hatte er nicht. Ihm blieb nichts anderes übrig, als zu warten.

Als die Dunkelheit sich auszubreiten begann und alle Polizisten das ihnen bis gestern als Urlaubsdomizil dienende Gebäude geräumt hatten, war er kurz zurückgegangen, hatte sich durch ein undichtes Fenster Zugang zum Haus verschafft und einige wichtige Dinge aus seinem Zimmer geholt. Dabei war er sehr vorsichtig vorgegangen, sodass die Polizei nicht würde feststellen können, dass etwas fehlte. Auch am Kühlschrank war er gewesen und hatte eine Flasche Genever mitgenommen. Gegen die nächtliche Kälte.

Nun saß er wieder auf dem alten Hochsitz einige hundert Meter weit entfernt und beobachtete die Umgebung. Das Knacken am Boden und die übrigen Geräusche des Waldes beunruhigten ihn nicht wirklich. Es war schließlich nicht das erste Mal, dass er untertauchen musste. Er kannte das, was ihn erwartete, also schon. Und diesmal war er besser ausgestattet als damals.

Als gegen Mittag die Bereitschaftspolizisten aufgetaucht waren und in langen Reihen alles mit Stäben nach Spuren abgesucht hatten, da hatte er gewusst, dass sie nach ihm fahndeten. Also hatte er den Hochsitz geräumt und sich auf den Weg tiefer in den Wald hinein gemacht. Getroffen hatte er dabei niemanden. Seine Sachen zu einem Bündel geschnürt auf dem Rücken, war es eine Zehn-Kilometer-Wanderung gewesen, die ihn auch kurz nach Waldrach, in den nächstgelegenen Ort, geführt hatte, wo er sich einen Döner samt Pommes frites gekauft hatte. Zu keiner Zeit hatte er das Gefühl gehabt, beobachtet oder auch nur angeschaut zu werden.

Als er nach seinem Rundgang gegen Abend wieder am Hochsitz angekommen war, war alles wie vorher gewesen. Auch die Kiste befand sich noch genau an der Stelle, an der er sie versteckt hatte.

Nun blieb nur noch abzuwarten, wie die zweite Nacht verlaufen würde, und zu hoffen, dass er endlich den erwarteten Anruf erhielt. Er hatte gelernt, Geduld zu haben.

Gegen zehn war er dann eingeschlafen und erst um acht wieder erwacht, als ihm die Sonne schon direkt ins Gesicht schien.

Nun warf er, vom Hochsitz aus, schnell einen Blick auf die Umgebung. Es war alles still. Ob er erneut zum Haus gehen sollte, um aus dem Kühlschrank auch den Rest der dort lagernden Lebensmittel zu plündern?

Gegen zehn Uhr sah er, wie der Vermieter mit seinem alten Fiat das Gelände verließ.

***

»Nun sag schon, Schorsch.« Ferschweiler war gespannt wie ein Flitzebogen.

»Die beiden hießen tatsächlich van de Capellen.«

»Das weiß ich auch seit Kurzem«, sagte de Boer. »Darüber haben mich die niederländischen Kollegen gerade aufgeklärt. Van de Capellen und seine Frau sind vor drei Jahren spurlos aus Holland verschwunden.«

Wingertszahn-Lichtmeß blieb unbeeindruckt. »Zu ihr haben wir in unseren Datenbanken keinen Treffer, aber zu ihm. Er nennt sich in Deutschland wahlweise Koenraad Hummels oder Piet Mulders und wird wegen schwerer Körperverletzung und Raub in zwei Fällen gesucht. Verheiratet ist er nicht. Ob der Junge sein Sohn ist, kann ich nicht sagen. Zumindest aber ist er nicht das Kind der Toten. Denn die, so berichtet die Gerichtsmedizin, war niemals schwanger. Und auch Hummels beziehungsweise van de Capellen hat offiziell keine Kinder.«

»Nun müssen wir klären, wieso der Mann drei Identitäten benutzte. Habt ihr Geld gefunden?« Ferschweiler war hellwach.

»Bargeld kaum, lediglich ein paar hundert Euro. Aber wir haben in einem Ordner Kontoauszüge einer deutschen Bank sichergestellt, bei der eine Marie-Christin Kollmann ein Konto hatte. Möglicherweise ist das auch ein Pseudonym der toten Frau. Wir klären das gerade. Auf diesem Konto liegen jedenfalls knapp vierhundertsechzigtausend Euro.«

De Boer und Ferschweiler hörten aufmerksam zu, de Boer machte sich sogar einige Notizen.

»Auch über die Kontobewegungen gibt es bald mehr«, war sich Wingertszahn-Lichtmeß sicher.

»Was sagt man dazu.« Ferschweiler war aufgestanden und ans Fenster getreten, so wie er es oft tat, wenn er nachdachte. »Es sieht doch ganz danach aus, als ob sich da jemand nicht nur die Identität, sondern auch das Vermögen eines anderen beschafft hätte. Fragt sich nur, wie er darangekommen ist und ob er auch die Probleme des Vorbesitzers mit übernommen hat. Und wo ist der Vorbesitzer eigentlich?«

Ferschweiler drehte sich zu Wingertszahn-Lichtmeß um. »Gibt es schon Neuigkeiten über die in der Nähe des Tatorts gesichteten Fahrzeuge, von denen Hannes Feller berichtet hatte?«, fragte er.

Wingertszahn-Lichtmeß zuckte mit den Schultern und zeigte auf de Boer, der schon in seinen Rechner schaute.

»Nein, noch keine«, sagte er. »Die Kollegen sind aber weiterhin dran. Wartet«, ergänzte er plötzlich. »Die Kollegen von der Bereitschaft haben ein Gelände von insgesamt vier Quadratkilometern um den Tatort herum abgesucht und außer Fußspuren nichts von dem Jungen gefunden. Aber jemand aus Thomm hat sich auf das Bild im ›trier-reporter‹ hin via E-Mail gemeldet. Er schreibt, er habe den Jungen gestern Morgen gesehen, wie er im Wald an der Riveristalsperre verschwand. Eine zweite, ebenfalls vor Kurzem eingegangene E-Mail berichtet von seiner Sichtung gestern Vormittag direkt in Waldrach am Kreisel in der Nähe der römischen Wasserleitung. Soll ich Kontakt mit den beiden Schreibern aufnehmen, Rudi? Zumindest von der räumlichen Situation her könnten es tatsächlich sachdienliche Hinweise sein.«

»Unbedingt, Wim. Aber leg die Termine bitte auf heute Mittag. Um siebzehn Uhr haben wir unseren Termin im Landesmuseum.«

»Moment noch, Rudi. Da hat sich außerdem noch anonym

eine ältere Frau gemeldet, die gesehen haben will, wie der Junge samt Begleitung gestern in das Antiquariat in der Nähe des Landesmuseums gegangen ist. Sollen wir da nicht gleich mal hinfahren und mit dem Besitzer sprechen? Klingt nach einer ersten Spur.«

»Okay, keine schlechte Idee. Notier dir die nötigen Angaben, Wim.« Und an Wingertszahn-Lichtmeß gerichtet, sagte Ferschweiler: »Wenn ich richtig verstanden habe, wissen wir überhaupt nicht, wer dieser Junge ist – und wir haben auch keinen Anhaltspunkt.«

»Genau«, bestätigte Wingertszahn-Lichtmeß. »Ihr werdet ihn finden müssen.«

***

Die Villa neben dem Hospiz schräg gegenüber dem Landesmuseum war kaum zu übersehen. Hinter einem schmucken und gut gepflegten schmiedeeisernen Zaun lag sie etwas von der Straße zurückgesetzt und lud durch die weit geöffneten Tore ein, das draußen auf dem Bürgersteig ausgewiesene Antiquariat zu besuchen.

De Boer zögerte erst, ob er den Wagen auf dem schmalen Bürgersteig des Alleenrings würde parken können, entschied sich dann aber, das geöffnete Tor zu durchqueren und auf dem geschotterten Platz hinter der Villa, direkt vor zwei Garagen mit rot-weiß in Längsstreifen gestrichenen antiken zweiflügeligen Holztoren, zu parken.

Ferschweiler pfiff durch die Zähne. »Mit alten Büchern muss man wohl gut Geld machen können. Mensch, Wim, was haben wir nur falsch gemacht?«

»Ich hab nichts falsch gemacht«, sagte de Boer, nachdem sie ausgestiegen waren. »Ich fühle mich sehr wohl in meiner Haut. Und nächste Woche trete ich vielleicht die Erbschaft einer alten Verwandten aus Indonesien an. Ich bin gespannt, was sie mir vermacht hat.«

»Wart's ab«, antwortete Ferschweiler, der etwas pikiert war, dass de Boer ihm davon nicht schon früher berichtet hatte und es jetzt nur beiläufig tat, »es wird reichen, um den Dienst augenblicklich zu quittieren und den alten Rudolph Ferschweiler allein vor die Hunde gehen zu lassen.« Er hatte schlechte Laune, bereute den Satz aber sofort, als er in das enttäuschte Gesicht seines Kollegen blickte.

»Warum bist du nur immer öfter so ungerecht, Rudi? Hab ich dir eigentlich etwas getan? Es ist eine entfernte Tante mütterlicherseits, von deren Tod ich erst am Wochenende erfahren habe. Da wird nicht viel drin sein, mein Freund. Also mach dir keine Sorgen. Ich bleibe dir noch ein wenig erhalten.«

Ferschweiler winkte ab. »Lass es gut sein, Wim. Ich werde auf meine alten Tage immer sonderbarer. Ist wohl nicht zu ändern. Aber ich werde mich bemühen, schließlich kannst du ja nichts dafür.«

Noch bevor sie die Eingangstür zum Haus erreicht hatten, trat ihnen ein stattlicher Mann um die sechzig entgegen und sah sie aus strahlend blauen Augen freundlich an. »Buchliebhaber sind bei mir immer willkommen. Meine Herren, kommen Sie herein ins Reich des gedruckten Wortes.«

Mit einladender Geste trat er zur Seite und gab den Eingang frei in ein Treppenhaus, das über und über mit gerahmten Kupferstichen und Radierungen in alten, kostbar wirkenden Rahmen dekoriert war.

»Auch wenn Sie ausgewählte, qualitätsvolle Altmeister-Grafik suchen, so sind Sie bei mir goldrichtig, meine Herren.«

Die beiden Kommissare betraten an ihm vorbei das Haus und fanden sich nach Durchquerung des Hausflurs in einem großen Salon wieder, dessen Wände mit Ausnahme der Fensterseite deckenhoch mit Bücherregalen verkleidet waren.

»Darf ich mich Ihnen vorstellen? Mein Name ist Hans-Jacob Meitner, Antiquar aus Leidenschaft und in erster Generation.«

Aus der Innentasche seiner eleganten grau gemusterten Anzugjacke zog Meitner zwei Visitenkarten mit Blindprägung und Golddruck und überreichte sie den Polizisten.

»Meine Spezialitäten sind deutsche und französische Inkunabeln, hochmittelalterliche Handschriften in Originaleinbänden, Rembrandt-Radierungen besonders in den frühen Druckzuständen sowie Luxemburgica jedweder Art, Hauptsache, rar und gedruckt. Verraten Sie mir, mit wem ich meinerseits die Ehre habe und was Sie persönlich an antiquarischen Preziosen schätzen und suchen? Vielleicht kann ich Ihnen ja mit meinem bescheidenen Fundus behilflich sein, Ihre Sammlung zu vervollständigen.«

De Boer zog als Erster seinen Ausweis aus der Tasche. »Wir sind von der Trierer Mordkommission, Herr Meitner«, sagte er. »Hatten Sie gestern Kontakt zu diesem jungen Mann?« Mit ausgestrecktem Arm hielt er dem Buchhändler das Foto des vermissten Jungen entgegen.

Meitner betrachtete es kurz. »Nein«, sagte er dann für Ferschweiler ein bisschen zu betont. »Den habe ich noch nie gesehen. Kinder und Jugendliche sind allerdings auch nicht die wichtigste Klientel in meinem Geschäft.« Auf seinem Gesicht stand ein leicht überhebliches Lächeln. »Für diese Art von Literatur könnte ich Ihnen aber einen profilierten Kollegen empfehlen.«

»Er war sehr wahrscheinlich in Begleitung seines Vaters, eines niederländischen Staatsbürgers mittleren Alters«, ergänzte Ferschweiler, ohne auf Meitners Worte einzugehen.

»Nein, dieser Junge war hier weder allein noch in Begleitung. Woher haben Sie denn Ihre Information?«

»Das können wir Ihnen leider nicht sagen. Wir hatten die Suchmeldung heute Morgen in der Zeitung. Da wird Sie wohl jemand zusammen gesehen haben. Also denken Sie bitte noch einmal nach, Herr Meitner. Kennen Sie diesen Jungen?«

Meitner trat Schweiß auf die Stirn. Ferschweiler konnte es genau sehen. Auch rieb er auffällig die Finger der linken Hand aneinander.

»Wie ich schon sagte, nein.« Er blieb bei seiner Aussage. »Kann ich sonst noch etwas für Sie tun? Ich erwarte in wenigen Minuten einen wichtigen Kunden aus dem Ausland und möchte ihn nur ungern warten lassen.«

Eher als sie gedacht hatten, standen Ferschweiler und de Boer wieder auf dem geschotterten Garagenhof. Gerade als sie in den Wagen einsteigen wollten, öffnete sich im Obergeschoss der Villa ein Fenster, und eine ältere Frau, Ferschweiler schätzte sie auf um die achtzig, erschien. Sie winkte den beiden zu und warf einen Zettel nach unten, den Ferschweiler sofort aufhob. Er hoffte, dass Meitner ihn nicht von innen beobachtet hatte.

Wieder auf dem Alleenring, faltete Ferschweiler den Zettel auseinander. »Es ist eine Telefonnummer«, sagte er.

»Na, dann ruf doch mal an«, entgegnete de Boer grinsend. »Vielleicht wird uns ja da geholfen.«

Ferschweiler musste es nicht länger klingeln lassen, als de Boer mit dem Wagen von der Kreuzung Gartenfeldstraße/Alleenring bis zur Hauptverwaltung der Stadtwerke zweihundert Meter weiter brauchte.

In der Leitung hatte er Eleonore Dengels. Sie stellte sich als die Haushälterin von Hans-Jacob Meitner vor, die sich um all seine häuslichen Belange kümmerte – wie sie sofort am Anfang des Gesprächs betonte –, seit Meitners Mutter vor etwas mehr als dreizehn Jahren verstorben war.

»Manchmal ist es etwas schwer mit ihm, müssen Sie wissen.« Sie sprach, wie Ferschweiler fand, in vertrauensvoller, aber stets liebevoller Offenheit. »Er ist so ein Dickkopf. Und wenn er nicht will, dann will er nicht«, kommentierte sie die unmittelbaren Erlebnisse der Polizisten. »Wenn aber doch, dann setzt er alles daran, sein Ziel auch zu erreichen. Alles.«

Ferschweiler wusste nicht, ob er dies für einen guten Charakterzug halten sollte.

»Haben *Sie* uns den Hinweis auf den Jungen gegeben, Frau Dengels?« Er sprach sehr ruhig und langsam, in der Hoffnung, dass seine Gesprächspartnerin auch alles verstand.

»Nein, das war die Nachbarin aus dem ersten Obergeschoss von nebenan, Frau Höltscher. Sie sprach mich heute Morgen beim Einkaufen im ›Nahkauf‹ auf das Bild in der Zeitung und darauf an, dass der Junge doch gestern bei uns in der Villa gewesen sei. Sie habe ihn gesehen und sich auch schon bei der Polizei gemeldet. Also war es nur noch eine Frage der Zeit, bis Sie hier auftauchen würden. Und ich wusste schon gestern, als die beiden kamen und ich dem Gespräch aus dem Nebenraum zum Salon zuhören konnte, dass Hans-Jacob niemals zugeben würde, dass es stattgefunden hat beziehungsweise dass die beiden Besucher überhaupt jemals da gewesen waren.«

»Warum nicht?«

De Boer hatte mittlerweile den Bahnhof passiert und bog auf den Parkplatz des Präsidiums ein.

»Er spricht nie über seine guten Geschäfte.«

»Ging es denn um ein solches, Frau Dengels?«

»Das würde ich doch sagen. Oder meinen Sie, dass einem Antiquar öfters wichtige Handschriften angeboten werden?«

»Darum ging es also bei dem Gespräch, um Handschriften?«

»Soweit ich mitbekommen konnte, schon. Der Junge hatte wohl irgendwo so eine Kiste mit Manuskripten gefunden. Von wem die waren, weiß ich auch nicht. Darüber wurde nicht gesprochen, oder ich hab es akustisch nicht mitbekommen. Aber Hans-Jacob war nach dem Gespräch sehr euphorisch und hat sich eine ganze Flasche Champagner einverleibt. Das hat er das letzte Mal getan, als er ein vollständiges und koloriertes Exemplar der ›Schedelschen Weltchronik‹ von 1493 an einen Sammler in Bitburg verkauft hatte. Aber das ist schon viele Jahre her. Und er sagte, wenn das nun klappen würde, dann würde er sich zur Ruhe setzen und nach Spanien auswandern.«

»Sind die beiden Holländer länger geblieben? Und haben sie vielleicht etwas bei Meitner zurückgelassen?«

»Ob sie was dagelassen haben, weiß ich nicht. Ich gehe während der Öffnungszeiten nur nach Aufforderung in die

Geschäftsräume. Das haben wir so abgemacht, der Hans-Jacob und ich. Und daran halte ich mich auch, ohne Ausnahme. Aber …«, die alte Dame überlegte, »ich glaube schon. Denn Hans-Jacob hat seit längerer Zeit wieder einmal etwas in den Tresor gelegt. Ich habe das daran gemerkt, dass die Vasendekoration vor dem Gemälde, das den Safe verdeckt, verändert war.«

»Sie haben uns sehr geholfen, Frau Dengels.« Ferschweiler war sichtlich zufrieden.

»Sie werden Hans-Jacob doch nicht von unserem Telefonat berichten, oder?« Die Stimme der älteren Dame klang ängstlich.

»Noch nicht, Frau Dengels, noch nicht. Es kann aber sein, dass wir Sie als Zeugin brauchen. Dann müssten wir Herrn Meitner schon mit Ihrer Aussage konfrontieren. Stünden Sie uns in diesem Fall zur Verfügung? Bedenken Sie, es geht um Mord.«

Am anderen Ende der Leitung meinte Ferschweiler einen Entsetzensschrei zu vernehmen. Dann sagte Dengels: »Um Mord? Aber Hans-Jacob hat damit doch nichts zu tun, oder?«

»Soweit wir bislang wissen, nicht, Frau Dengels. Machen Sie sich bitte keine Sorgen. Ich melde mich wieder und halte Sie auf dem Laufenden.«

Damit beendete Ferschweiler das Gespräch.

»Er hat uns also eiskalt angelogen. So ein Schnösel.« De Boer, der das Gespräch mitgehört hatte, das Ferschweiler über die Freisprecheinrichtung des Wagens geführt hatte, war sauer. »Warum hat er das gemacht?«

»Ich vermute, weil er Dreck am Stecken hat«, sagte Ferschweiler. »Der Inhalt der Kiste ist doch mehr als nur Altpapier, wie Hannes Feller im Ruwertal meinte.«

Sie saßen immer noch im Wagen. Dann, nach einigen Momenten des Schweigens, fragte Ferschweiler: »Warum hast du die Buchschätze von Herrn Meitner eigentlich mit keinem Blick gewürdigt, Wim? Du bist doch sonst immer so interessiert an Historischem.«

De Boer musste lachen. »Du meinst wegen der Sache damals in Ürzig, wo wir diesen Liebhaber historischer Pferdeliteratur vernommen haben?«

»Genau.«

»Damit hab ich abgeschlossen, Rudi. Ich habe alle meine antiquarischen Schätze verkauft. Trier verändert mich. Ich war auch schon seit mehr als zwei Jahren nicht mehr im Theater.«

»Okay, das kann ich verstehen, bei dem Intendanten.«

»Nein, ich versuche gerade, Trierer zu werden.« De Boer klang ernsthaft. Wollte er ihn auf den Arm nehmen? Ferschweiler wusste es nicht. Er würde es aber noch herausbekommen.

»Also auch Viez statt Bier?«

»Nein, Rudi. Gott bewahre. Aber Spaß beiseite: Was machen wir nun? Es ist elf Uhr. Sollen wir noch einmal in Ruhe den Tatort besichtigen? Aus den Niederlanden hab ich noch nichts Neues, und bis zu den beiden Terminen in Thomm und in Waldrach bleiben uns noch mehr als sechzig, vielleicht sogar neunzig Minuten. Der Termin im Landesmuseum ist erst um siebzehn Uhr. Und um die übrigen Rückmeldungen wegen des vermissten Jungen kümmern sich die Kollegen vom Dauerdienst.«

»Okay, Wim. Dann fahren wir ins Ruwertal.«

***

Wieder ins Haus zu kommen war nicht schwer gewesen. Da der beschissene Vermieter, dieses ausländerfeindliche Arschloch, nicht auf dem Gelände war, bestand keinerlei Gefahr für ihn, entdeckt zu werden. Die Küchentür zur Veranda hatte ein Schloss, das er problemlos mit einem Taschenmesser öffnen und wieder verschließen konnte. Und auch das polizeiliche Siegel ließ sich unbeschädigt ablösen. Nachher, beim Verlassen des Hauses, würde er es wieder so anbringen können, als wenn es nie gelöst worden wäre.

Im Kühlschrank war nicht mehr viel. Die Eier rührte er nicht an, was hätte er mit denen auch anfangen sollen. Aber er nahm das große Stück Gouda aus der Dose, die er sorgfältig wieder verschloss. Genauso verfuhr er mit dem Schinken. Es durfte ja nichts auffallen. Dann steckte er sich noch zwei Tüten H-Milch sowie je drei Dosen mit Thunfisch und Corned Beef in den Rucksack.

Dass auf dem Boden von Flur und Küche noch die Kreideumrisse zweier Menschen zu sehen waren, störte ihn nicht. Jeder war seines Glückes Schmied, das war schon immer seine Devise gewesen. Und die beiden hatten den Hammer beim Schmieden halt falsch herum gehalten oder sich mit den falschen Materialien, sprich Menschen, beschäftigt. Er hatte sie auch nicht überzeugen wollen, anders zu handeln. Er war froh gewesen, als sie ihn in ihre kleine Gemeinschaft aufgenommen hatten. Nun aber war er allein.

Ob die Pistole vom Chef noch dort war, wo er sie abgelegt hatte? Wenn die Polizei gut gearbeitet hatte, müsste sie weg sein. Aber er konnte sie vielleicht noch gebrauchen.

Leise ging er die Treppe hinauf, öffnete die im Obergeschoss aus der Decke zu kippende Luke zum Dachboden, klappte die Leiter aus und stieg hinauf.

Oben war es dunkel. Der Dachboden war leer. Mit seiner Taschenlampe fand er schnell den Schnitt in der Dachhaut, den der Chef vor einigen Tagen dort angebracht hatte, um seine Waffe zu verstecken. Seine zweite, wohlgemerkt. Denn die 44er trug er immer mit sich herum. Da war er unbelehrbar. Selbst beim Klettern und Fotografieren. Aber die Neun-Millimeter-Pistole, die er erst vor Kurzem für seine Frau gekauft hatte, die deponierte er immer sicher. Sie hatte die Waffe nie haben wollen, hatte Angst vor Waffen. Und das, obwohl das Ding eigentlich gut aussah.

So sind die Frauen eben, dachte er.

Als er die Waffe in seinen Händen hielt und auch noch das Päckchen mit der Munition aus dem Dach geschält hatte, machte er sich auf den Weg nach unten.

Doch was war das?

Er meinte, einen Wagen zu hören, der sich dem Haus näherte. Sollte der bekloppte Feller schon zurückkehren?

***

Auf der Fahrt über Tarforst und Korlingen ins Ruwertal hatte de Boer zweimal mit den Kollegen vom Dauerdienst telefoniert, die ihm von weiteren Anrufen von Personen berichteten, die die beiden Holländer in der Stadt gesehen haben wollten.

»Interessant ist«, sagte Ferschweiler, nachdem er die Adressen der Anrufer verglichen hatte, »dass sich beide bevorzugt in Antiquitätenhandlungen und Antiquariaten aufgehalten haben. Hier, sieh: Sie waren in der Sternstraße, in der Neustraße und selbst bei Kottmann drüben in Trier-West/Pallien. Dazu passt dann auch die Aussage von Frau Dengels, dass es wohl um eine Handschrift oder etwas Ähnliches gegangen sein muss. Warum besucht man sonst diese Art von Fachgeschäft?«

»Da hast du wohl recht, Rudi«, entgegnete de Boer, der den Wagen über die kurvenreiche Straße Richtung Waldrach lenkte. »Und du bist immer mehr davon überzeugt, dass diese Handschriften in der Kiste waren?«

»Wo denn sonst? Etwas anderes haben die Holländer ja nicht gefunden, oder?«

Die letzten Meter über den mittlerweile wiederhergestellten Weg zum Ferienhaus der getöteten Holländer ließ de Boer den Wagen untertourig rollen und stoppte ihn schließlich mit einer geschickt ausgelegten Vollbremsung auf dem Schotterplatz hinter der Rückseite des Feriendomizils. Staub flog auf, Ferschweiler dachte an »Bonanza« und damit unweigerlich wieder an Hoss, den Affen.

»Bitte«, stöhnte er beim Aussteigen, »park doch bitte ein wie in der Stadt. Auch hier auf dem Land.«

»Okay«, antwortete de Boer, der sich ein bisschen um seinen Spaß gebracht sah. »Beim nächsten Mal werde ich es berücksichtigen. Aber nun komm. Vielleicht finden wir im Haus doch noch einen Hinweis auf eine mögliche andere Herkunft der Handschriften.«

Sie umschritten langsam und aufmerksam das Gebäude.

»Alle Siegel an den Türen und Fenstern sind unbeschädigt«, sagte Ferschweiler. »Hier war keiner mehr nach unseren Kollegen.«

De Boer war ihm einige Schritte vorausgegangen.

»Hm«, sagte er. Dann, ganz plötzlich, gebot er Ferschweiler mit einer Geste Einhalt und zog seine Waffe. »Die Tür von der Veranda zur Küche ist nur angelehnt, Rudi. Das Siegel dort wurde, soweit ich von hier sehen kann, aber vorsichtig gelöst.«

Feller, dachte Ferschweiler sofort, dieser neugierige Typ.

De Boer war schon an der Tür und versuchte, sie möglichst geräuschlos zu öffnen. Er gab Ferschweiler ein Zeichen, ihm zu folgen. Der war sich jedoch sicher, im Notfall keine Hilfe sein zu können, denn er trug seit Jahren keine Schusswaffe mehr. De Boer wusste das nur zu gut.

»Komm«, hörte er de Boer flüstern. »Vielleicht ist er ja drin?«

»Wer? Etwa der Junge?«, fragte Ferschweiler ungläubig.

Da war de Boer allerdings schon im Haus verschwunden.

***

Er hatte sich nicht getäuscht. Ein Wagen war auf den Hof hinter dem Haus gefahren, und zwei Männer, so meinte er akustisch feststellen zu können, waren ausgestiegen. Einer von ihnen hatte nun das Haus betreten. Er ging bewusst langsam, so, als solle man ihn nicht hören. Der andere blieb draußen und sicherte wohl die Aktion ab. Doch dann betrat auch der zweite Mann das Haus.

Waren das etwa die Männer von dem Inkassobüro, die ihnen schon seit einiger Zeit an den Fersen hingen und jetzt eine

Chance witterten? Es bestand also Gefahr. Was sollte er tun? Er nahm die Pistole fest in die Hand.

In der Küche war es still. Nichts deutete darauf hin, dass jemand hier gewesen sein könnte. De Boer, der sich Ferschweilers Waffenlosigkeit bewusst war, sicherte den Raum, während Ferschweiler sich intensiv umsah.

»Im Kühlschrank scheint nichts zu fehlen«, sagte er in einem Ton, der jedem aufmerksamen Zuhörer direkt klarmachen musste, dass Ferschweilers Kühlschrank daheim bei Weitem nicht so gut gefüllt war wie der der toten Touristenfamilie.

»Auch ansonsten scheint nichts verrückt oder benutzt worden zu sein.« Ferschweiler sah sich weiter um. »Hannes Feller, der Vermieter, war bestimmt nur neugierig und hat sich Zugang verschafft, um sein Hab und Gut zu überprüfen.«

De Boer nickte zustimmend. »Vermutlich wird es so gewesen sein. Sollen wir noch hochgehen?«

***

Er hatte alles gehört, jedes Wort. Es mussten Bullen sein, schlussfolgerte er. So eine Scheiße. Nun saß er fest. Wenn sie in die erste Etage kämen, so entdeckten sie unweigerlich sofort die geöffnete Dachbodentür. Wenn sie dann vernünftig handeln würden, würden sie Verstärkung anfordern und er säße komplett in der Patsche, hätte keine Chance mehr zu entkommen. Denn Dachfenster gab es in diesem bescheuerten Haus keine. Ihm blieb nur, auf die Bequemlichkeit oder auch Dämlichkeit der Bullen zu setzen oder – was vorausschauender gewesen wäre – selbst zu handeln und nach Möglichkeit den Dachboden sofort zu verlassen.

Er nahm den Rucksack auf den Rücken und stieg langsam und möglichst ohne anzuecken die wackelige Klapptreppe hinunter, die den Dachboden mit dem Obergeschoss des Ferienhauses verband. Hoch bedacht darauf, keinerlei Geräusche zu machen, klingelte in diesem Moment sein auf niedrigste Ruftonlautstärke gestelltes Handy.

Nicht jetzt, dachte er, warum ausgerechnet jetzt? Er drückte es weg. Scheiße. Chance vertan.

***

»Hast du das gehört, Wim?« Ferschweiler legte den Kopf auf die Seite. »Da oben ist etwas oder wer. Das war ein Telefon.«

Langsam begab sich de Boer zur Treppe und schwenkte seine Pistole in Richtung Treppenaufgang. Mit einer knappen Geste gebot er Ferschweiler, still zu sein und Verstärkung zu rufen.

»Hier ist die Polizei!«, rief er dann, während er langsam, Stufe für Stufe, die Treppe hinaufstieg. »Wir kommen jetzt hoch!«

***

Das konnte nicht sein. Einer von den beiden kam tatsächlich nach oben. Er entsicherte seine Pistole, trat an den oberen Absatz der Treppe zwischen Ober- und Erdgeschoss und feuerte zwei Schüsse nach unten. Fast zeitgleich hörte er es unten poltern, so als sei jemand getroffen nach hinten gekippt oder hätte beim Sprung zur Seite das Gleichgewicht verloren. Ihm war es egal.

Er nahm all seinen Mut zusammen, öffnete eines der Flurfenster im Obergeschoss und sprang mit seinem Rucksack auf dem Rücken aus dem Fenster. Der Wald war nur etwa fünfzig Meter von dieser Stelle entfernt.

Als er sich am Boden aufrappelte, sah er sich einem Mann mit Cordsakko und grau melierten Haaren, die zu einem Zopf gebunden waren, gegenüber.

Bleib stehen, schien der Mann sagen zu wollen, doch er brachte kein Wort heraus.

Er rannte einfach los, stieß den Alten zur Seite und erreichte knapp zwanzig Sekunden später den Waldrand, ohne sich noch einmal umgesehen zu haben. Aus der Ferne hörte er lautes Fluchen. »Und das soll unser verschüchterter Junge sein?«, war das Einzige, was er verstand.

Wie kamen die auf »verschüchtert«? Nur weil er noch jung war? Die würden schon sehen.

Ihm wurde schlagartig bewusst, dass dieser Wald nicht mehr sicher für ihn war. Er und sein Schatz würden von hier verschwinden müssen. Sofort.

***

Als de Boer aus dem Haus stürmte, lag Ferschweiler noch auf der Seite. »So eine Scheiße!«, schrie er. »Und der soll tatsächlich nur der unschuldige Sohn sein? Ein Aas ist das, ebenfalls ein Krimineller. Hast du gesehen, wie er mich einfach umgerannt hat?«

»Nein«, sagte de Boer, »aber ich habe gemerkt, wie er ohne zu zögern auf mich geschossen hat …«

Blitzschnell war Ferschweiler auf den Beinen. »Bist du verletzt, Wim?«

De Boer verneinte. »Alles gut, Rudi. Er hat mich nicht getroffen.«

Ferschweiler stand neben de Boer und fasste ihn aufmunternd am Arm. Beide sahen zum Rand des Waldes, wohin der Junge entschwunden war.

»Sollen wir hinterher?«

»Nein«, sagte de Boer. »Der kennt sich hier viel besser aus. Den kriegen wir nicht mehr. Allerdings wissen wir nun, dass er noch lebt – immerhin.«

»Meinst du, er hat die Kladden oder weiß, wo die Kiste ist?«

»Ich hab keine Ahnung. Aber komm, Rudi. Wir haben noch einen vollen Tag. Lass uns nach Thomm fahren. Da haben wir gleich einen Termin wegen des Jungen.«

»Okay, nur bringen wird uns der Termin, genauso wie der danach, nichts mehr. Über den Zustand des Jungen wissen wir vermutlich jetzt schon mehr.«

***

Gegen siebzehn Uhr trafen Ferschweiler und de Boer am Landesmuseum ein.

»Seien Sie herzlich willkommen.« Freundlich lächelnd begrüßte die Sekretärin von Dr. Camphausen die beiden Polizisten mit einem, wie Ferschweiler fand, recht kräftigen Handschlag. »Bitte folgen Sie mir. Frau Dr. Camphausen und Herr Dr. Michels warten schon auf Sie.«

Ferschweiler war gar nicht bewusst, dass sie sich verspätet hatten. Seine Uhr zeigte fünf Minuten vor fünf. Um siebzehn Uhr hatten sie den Termin.

»Auch der oberste Leiter unserer Institution, der Herr Generaldirektor aus Koblenz, wird heute bei dem Gespräch anwesend sein«, sagte die Vorzimmerdame bedeutungsvoll und überraschte damit sowohl Ferschweiler als auch de Boer, die sich beide erstaunt ansahen. So offiziell?

Sie nahmen die Treppe. Ferschweiler schnaufte bereits nach der ersten Etage, doch de Boer versuchte ihn abzulenken.

»Meinst du, die Anwesenheit des Generaldirektors ist reine Formsache, überflüssiger Verwaltungsquatsch?«

Ferschweiler nutzte dankbar die Gelegenheit, am Treppenabsatz anzuhalten und auszuruhen.

»Ich weiß es nicht. Ich hab keine Ahnung, wie in einem solchen Museum die Uhren ticken. Aber ich glaube, wir sollten alle Antennen auf Empfang stellen. Denn so ohne scheint der Kontakt der Kuratorin nicht gewesen zu sein. Warten wir's ab.«

Das Büro lag im zweiten Stock. Ferschweiler merkte am Geruch, dass hier erst vor Kurzem renoviert worden war. Auch erkannte er, dass man sich nicht hatte lumpen lassen. Die Materialien waren von bester Qualität, und es gab – wie früher – doppelte, schalldicht schließende Türen.

Als die Sekretärin die beiden ins Besprechungszimmer des Landesmuseums gelassen hatte, begrüßte sie als Erster der Generaldirektor, Professor Mannlich, der extra aus Mainz angereist war.

»Es ist mir eine Ehre, Sie kennenzulernen.« Energisch schüttelte er zuerst Ferschweilers, dann de Boers Hand. »Hoffentlich kommen wir uns heute in der Sache näher.«

In der Sache? Ferschweiler wurde nachdenklich. Wovon redete der vollständig in Dunkelblau gekleidete Museumsmann? Sie waren doch nur wegen einer simplen Zeugenbefragung hier. Auch de Boer zeigte ähnliche Reaktionen.

»Nehmen Sie doch bitte Platz«, sagte der Professor und wies ihnen zwei bequem aussehende Stühle am Besprechungstisch zu.

»Frau Dr. Camphausen und unseren hiesigen Museumsdirektor Dr. Michels kennen Sie ja bereits, wie ich vermute?«

Die Polizisten gaben beiden die Hand und setzten sich.

»Kaffee?«, fragte die an der Tür stehen gebliebene Sekretärin. »Und Sie, Herr Professor Mannlich? Einen japanischen Grüntee, einen Sencha, wie immer?«

»Das wäre wunderbar, Frau Backes.« Der Generaldirektor schien gute Laune zu haben. Nachdem sich alle gesetzt hatten, nahm er das Gespräch wieder auf.

»Darf ich Sie fragen, welche Informationen genau Sie von meiner Mitarbeiterin wollen?«

Ferschweiler räusperte sich. »Ich glaube, da liegt ein Missverständnis vor«, sagte er. »Ich war gestern lediglich wegen einer Zeugenaussage hier, die die Anwesenheit von zwei Männern im Museum betraf, von denen einer kurz darauf ermordet wurde und der andere noch immer unauffindbar ist. Allerdings hatte Ihre Kuratorin, Dr. Camphausen, wie sie sagte, keine Zeit für mich und wies mich ab, ohne sich kooperativ zu zeigen, wie es doch üblich sein sollte.«

Dr. Camphausen räusperte sich. »Das müssen Sie verstehen, Herr Kommissar. Das Geschäft hier mit den Kurieren der Leihgaben ist sehr diffizil. Wissen Sie, eine Aufmerksamkeit zu wenig, und beim nächsten Mal leiht Ihnen das betreffende Museum vielleicht schon keine Objekte mehr. Da können die Nerven schon manchmal blank liegen.«

»Wie dem auch sei«, sagte der Generaldirektor, »wir wollen nichts vertuschen. Wir wollen helfen.«

Wieder stutzte Ferschweiler. Wieso vertuschen?

De Boer reagierte schneller.

»Offensichtlich war das Treffen mit den beiden Herren vorgestern doch nicht so alltäglich, wie Sie meinem Kollegen bei seinem ersten Besuch suggeriert haben. Was genau wollten die beiden Holländer denn von Ihnen?«

Bislang hatte sich der Museumsdirektor noch nicht am Gespräch beteiligt, sondern in seinem grauen Anzug still auf seinem Platz gesessen.

»Warum sollen wir es leugnen?«, fragte er jetzt in die Runde. »Sie bekommen es ja ohnehin heraus. Sie hatten einige Seiten eines Manuskripts bei sich, die sich bereits auf den ersten Blick als Teile eines größeren Konvoluts von der Hand von Karl Marx identifizieren ließen.«

Am Tisch wurde es still. Ferschweiler, der den Generaldirektor die ganze Zeit beobachtet hatte, wusste nicht, ob dieser gleich innerlich explodieren oder die Ruhe bewahren würde. Zuvor hatte er lange heftig mit den Beinen gewackelt. Nun hatte er alle Bewegungen seines Körpers schlagartig eingestellt. Zumindest hatte Ferschweiler den Eindruck, dass sich der Museumsdirektor mit seiner gerade getätigten Aussage einer zuvor zwischen den Anwesenden getroffenen Absprache entzogen hatte. Auch die Schweißtropfen, die Ferschweiler auf der Stirn des Museumsleiters wahrnehmen konnte, sprachen Bände.

»Eines Manuskripts von Karl Marx? Können Sie da etwas konkreter werden?«

Dr. Michels nestelte an seiner Krawatte.

»Nun ja«, sprang ihm die Ausstellungskuratorin zur Seite, »es ist nicht außergewöhnlich, dass bei einem solch großen Ausstellungsprojekt wie dem unseren auch Menschen auf angebliche Schätze in ihrem persönlichen Besitz aufmerksam werden und dann auf die Idee kommen, diese in einem solchen Kontext zu Geld machen zu können. Ich hatte schon viele solcher Fälle, in denen mir Bürger mit Firnis überzogene Kunstdrucke als Originalgemälde verkaufen wollten. In vermutlich jeder Museumssprechstunde kommt so etwas vor.«

»Also handelte es sich um eine Fälschung?«, fragte Ferschweiler nach, der sich solche Situationen gut vorstellen konnte. Selbst in seiner Familiengeschichte konnte er sich an ähnliche Details erinnern.

»Wenn Sie so wollen«, antwortete der Generaldirektor, »ja.«

»Stopp, nein«, sagte Dr. Michels und ließ endlich seine Krawatte los. »Bei allem Respekt, Herr Mannlich, ich bin hier ja nicht umsonst als Museumsdirektor eingestellt worden. Ich habe schon auch meine Expertise. Und neben der provinzialrömischen Archäologie ist es eben auch das 19. Jahrhundert, mit dem ich mich intensiv forschend auseinandergesetzt habe. Und die mir vorgestern von Dr. Camphausen präsentierten Handschriften entstammen in der Tat dem 19. Jahrhundert, waren in der richtigen, zu dieser Zeit gebräuchlichen Handschrift verfasst und auf entsprechendem Papier niedergelegt. Von einer idiotischen Über- wie Unterschätzung des Objekts würde ich absehen. Das von den beiden Holländern vorgelegte Manuskript war tatsächlich ein Original aus dem Jahrhundert von Marx – ob nun wirklich von Marx selbst oder nicht, das müssen andere beurteilen. Da bin ich im Detail nicht kompetent.«

De Boer machte sich Notizen, Ferschweiler wurde hellhörig.

»Aber wann hat Frau Camphausen Ihnen denn das Dokument gezeigt? Als ich hier war, weilten Sie schon den zweiten Tag in Koblenz.«

Dr. Michels wurde unruhig. Zunehmend wich das Blut aus seinem Gesicht. »Sie hat es mir gar nicht direkt und im Original gegeben. Das haben die Holländer ja auch wieder mitgenommen. Sie hatte aber eine Fotokopie davon machen dürfen, die sie mir nach meiner Rückkehr zur Begutachtung überließ. Ist das verboten?«

Ferschweiler lächelte. »Nicht wenn die Besitzer damit einverstanden waren, wovon ich erst einmal ausgehe.« Dann, an die Kuratorin gewandt, fragte er: »Können Sie uns, Frau Dr. Camphausen, denn etwas Näheres über dieses Manuskript mitteilen? Oder haben Sie vielleicht sogar noch die Fotokopie, die Sie Dr. Michels zeigten?«

Der Generaldirektor wurde allmählich ungehalten. »Was soll das hier eigentlich, meine Herren? Zwei holländische Touristen bringen ein Manuskript, das vermutlich wirklich aus dem 19. Jahrhundert stammt, zur Begutachtung ins Museum. Schön und gut, so weit Alltag in unserer Institution. Unsere Frau Dr. Camphausen nimmt sich die ihr eigentlich gar nicht zur Verfügung stehende Zeit und begutachtet dieses Schriftstück. Und? Selbst wenn es tatsächlich von der Hand von Karl Marx stammen sollte? Was hätte das für eine Bedeutung?«

De Boer räusperte sich. »Vielleicht liegt darin das Motiv für die beiden Morde, die wir aufzuklären haben, Herr Mannlich. Es ist eine wichtige Spur.«

Der Generaldirektor verstummte, schlug mit beiden Handflächen leise auf den Tisch und sah hilflos in die Runde. »Na dann …«, entfuhr es ihm.

Dr. Camphausen, die bislang geschwiegen hatte, hob zu sprechen an. »Alles bisher Gesagte stimmt. Es war mit Sicherheit ein Schriftstück von der Hand von Karl Marx, daran bestand kein Zweifel. Und das habe ich den beiden auch gesagt.«

»Mordet man für so etwas?« Ferschweiler konnte es nicht recht glauben.

»Nein, eigentlich nicht«, war die eindeutige Antwort der Kuratorin, »dafür gibt es noch zu viele Autografen von der

Hand des Philosophen auf dem freien Antiquariatsmarkt. Wenn Sie die aktuellen Auktionen in diesem Bereich verfolgen, egal, ob online oder traditionell, so finden Sie immer wieder Briefe, Notizen oder Bücher mit Annotationen von Marx' Hand. Aber das, was ich vorgestern gesehen habe, entspricht nicht dem üblichen Angebot. Es war etwas Besonderes. Vielleicht sogar einzigartig.«

»Inwiefern?«, fragte Ferschweiler nach.

»Nun ja«, Dr. Camphausen nestelte am Hals der kleinen Mineralwasserflasche, die vor ihr auf dem Tisch stand, »bei dem mir vorgelegten Textblatt, das wohl aus einer Kladde herausgetrennt worden war, handelte es sich offenbar um eine Seite einer Manuskriptfassung des zweiten Bandes vom ›Kapital‹, Marx' eigentlicher Hauptschrift.« Aus einer Umlaufmappe, die neben ihr auf dem Tisch lag, entnahm sie, während sie sprach, einige Farbausdrucke und reichte sie in die Runde. Jeder bekam so ein Blatt. Nur Ferschweiler und de Boer mussten sich eines teilen.

»Und warum ist das besonders?« Ferschweiler verstand es noch immer nicht.

Alle am Tisch Sitzenden sowie die Sekretärin, die gerade Kaffee und Tee servierte, sahen erwartungsvoll auf Dr. Camphausen.

***

So ein Mist. Jetzt hatte er zwar genügend Lebensmittel für die nächsten Tage. Aber die Polizei wusste nun auch, dass er nicht einfach aus Angst vor Bedrohung geflohen war und sich versteckt hielt, sondern sie hatte zudem auch noch mitbekommen, dass er bewaffnet war. Dumm gelaufen, wie er fand.

Was aber noch viel schwerer wog, war die Tatsache, dass er den Anruf gerade im Haus nicht hatte entgegennehmen können. So hatte er wieder keine Gelegenheit gehabt, endlich Sicherheit über den Abschluss zu erlangen. Klar, eigentlich waren sie sich ja einig gewesen. Aber solange die Übergabe nicht stattgefunden hatte, konnte er nicht sicher sein. Schließlich war er ja auch kein Anfänger mehr.

Er musste sich jedenfalls wirklich etwas Neues ausdenken. Denn der Wald in der Nähe des Ferienhauses war unsicher geworden. Die Bullen würden sicherlich noch einmal einen Trupp losschicken, um jeden Stein dort nach ihm umzudrehen. Vielleicht wussten sie sogar schon von seinem Schatz. Wenn ja, dann musste er sich beeilen. Denn ohne ihn hatte er keine Chance, da war er sich sicher.

An das Geld vom Chef kam er nicht heran. Umso wichtiger war es, dass das verdammte Telefon erneut klingelte. Doch dafür brauchte er Netz. Und das gab es in diesem dämlichen Wald nicht. Er hätte schreien können.

An seinem Hochsitz angekommen, nahm er erst einmal alle seine Kräfte zusammen und konzentrierte sich. Vielleicht war diese spezielle Art der Konzentration, die viele als eine Variante von Meditation bezeichnet hätten, tatsächlich das Beste, was er in diesem Moment tun konnte. Ohne innere Ruhe konnte er nicht auf einen Punkt hindenken. Und ohne Fokussierung konnte er keinen Plan entwickeln.

Noch hatte er Zeit. So schnell würden die Bullen nicht bei ihm am Hochsitz sein. Nur bevor es dunkel werden würde, müsste er sich auf den Weg machen zu einem neuen, einem sicheren Ort für sich und seinen Schatz – einem Ort mit Netzabdeckung.

***

»Die Überlieferung der Marx'schen Handschriften ist etwas verworren«, setzte Dr. Camphausen an. »Ich würde deshalb gern ein wenig ausholen.«

Ihr Blick streifte den des Generaldirektors, der mit einer knappen Geste und einem angedeuteten Nicken grünes Licht gab.

»Wie Sie vielleicht wissen, meine Herren, lebte Marx quasi seit 1849 mit wenigen Unterbrechungen in der ersten Zeit in London, wo er sich mehr schlecht als recht über Wasser halten konnte. Dort arbeitete er an verschiedenen Schriften, von denen der 1867 in Hamburg erstmals publizierte Band des ›Kapitals‹ sicherlich die wichtigste sein sollte. Am zweiten Band arbeitete Marx spätestens seit 1864/65, zumindest sind heute mehrere Manuskriptentwürfe erhalten, die die intensive Arbeit von Marx an diesem zentralen Werk dokumentieren.«

»Darf ich eine Frage stellen?« Ferschweiler meldete sich wie in einer Schulveranstaltung mit Handzeichen.

»Aber natürlich.« Dr. Camphausen lächelte ihn an. »Bin ich zu schnell?«

»Nein, keinesfalls. Ich wollte nur fragen, was es mit den verschiedenen Versionen der Manuskripte auf sich hat. Hat Marx tatsächlich immer wieder neu angefangen und so fünf oder sechs sich unterscheidende Versionen geschrieben?«

»Da stellen Sie eine gute und wichtige Frage, Herr Ferschweiler.« Dr. Camphausen sah ihn offen und keinesfalls arrogant an. »Ja, sie sind unterschiedlich, und Engels musste sich entscheiden, welchen Entwurf er weiterbearbeiten wollte. Er entschied sich für das sogenannte ›Manuskript II‹ von 1869/70 als Grundlage. Beantwortet das Ihre Frage?«

Ferschweiler nickte. »Ich habe aber noch eine: Wie gelangte Engels denn in den Besitz der Manuskripte?«

»Das ist einfach zu beantworten. Nach Marx' Tod übernahm Friedrich Engels sowohl dessen Bibliothek als auch seinen kompletten handschriftlichen Nachlass und fertigte in den Jahren danach, quasi bis zu seinem eigenen Tod, aus vielen von Marx nicht vollständig zu Ende geführten Manuskripten komplette, bis ins Detail ausgefeilte Publikationen.«

Hier machte die Kuratorin eine kleine Redepause, um direkt im Anschluss zu sagen: »1885 publizierte Engels sodann den zweiten Band des ›Kapitals‹.«

»Das heißt, dass viele von Marx' Werken auch eigentlich solche von Friedrich Engels sind?«, schlussfolgerte Ferschweiler, die Redepause ausnutzend.

De Boer verdrehte die Augen. »Aber sicher. Das ist aber doch auch kein Geheimnis, Rudi.« Er schüttelte leicht den Kopf.

»Tatsächlich hatte Engels die Marx'schen Ideen nur ausformuliert und in eine für die Allgemeinheit lesbare Form gebracht. Marx selbst schrieb manchmal etwas kryptisch. So sieht es die Forschung zumindest heute. Beide, Marx und Engels – oder wie sie sich selbst nannten und auch im Freundes- und Bekanntenkreis genannt wurden: ›Mohr‹ und ›General‹ –, waren ja über Jahrzehnte eng miteinander verbunden. Kein Blatt passte dazwischen, würde man heute vielleicht sagen. Und dass es zurzeit nur eine gemeinsame kritische Marx-Engels-Gesamtausgabe gibt und nicht eine Händescheidung zwischen den beiden Geistern, also nicht geschaut wird, wer was im Detail tatsächlich geschrieben hat, macht ja auch deutlich, wie eng beide Denker in ihren Werken miteinander verwoben waren. Untrennbar, wenn Sie mich fragen.«

Generaldirektor Mannlich wurde wieder zunehmend unruhig. Mehrfach hatte er in den letzten Minuten bereits auf die Uhr gesehen. »Dauert die noch lange, Ihre Vorlesung, werte Kollegin?«, ätzte er in die Runde.

»Nun«, Dr. Camphausen bewahrte Ruhe und achtete nicht auf ihren Chef, sondern versuchte, die Gesprächsleitung zu behalten. »Nach dem Tode von Engels im August 1895 wird es, was die Überlieferungslage betrifft, komplizierter.« An Ferschweiler und de Boer gewandt, fragte sie: »Soll ich weitermachen?« Triumphierend sah sie Mannlich in die Augen, nachdem beide Polizisten zugestimmt hatten.

»Der Nachlass von Marx und Engels«, so die Kuratorin, »inklusive deren mehrere zehntausend Briefe umfassender Korrespondenz sowie ihrer gesamten Bibliothek, in der viele Bände mit Kommentaren und kritischen Randbemerkungen von der Hand der beiden versehen waren, ging nach Engels'

Tod an August Bebel, Paul Singer und Eduard Bernstein als den Nachlassverwaltern der SPD, der deutschen Sozialdemokratie. Der handschriftliche Nachlass wurde dabei insgesamt nur oberflächlich dokumentiert und katalogisiert. Zudem verblieben wenige Handschriften bei den Parteigrößen und sozialdemokratischen Vordenkern Karl Kautsky und Eduard Bernstein, die sie – wie Engels zuvor – zur Veröffentlichung vorbereiten wollten. Man verbrachte die Bücher von Marx und Engels zuerst in die SPD-Bibliothek nach Berlin, wo man sie in den allgemeinen Bestand einsortierte. Erst Anfang der 1920er Jahre begann man damit, die Handschriften systematisch zu inventarisieren und zu fotokopieren. Die so entstandenen Kopien sandte man sodann nach Moskau, wo bereits gegen Ende der 1920er Jahre über Kopien fast der gesamte Nachlass zugänglich war. Dort, am bereits 1922 gegründeten Marx-Engels-Institut, sollte, so war der Plan, auch die erste Gesamtausgabe der Werke von Marx und Engels entstehen.«

Ferschweiler war ganz Ohr, ebenso de Boer.

»Auch aus dem Besitz der Marx'schen Nachfahren, also der Familien Lafargue und Longuet in Frankreich, gingen Konvolute an Manuskripten nach Moskau, unter anderem 1927 zum zehnten Jubiläum der Oktoberrevolution von 1917.«

»Waren da auch die Manuskripte dabei, um die es sich in unserem Fall handelt?«

Dr. Camphausen fingerte ununterbrochen an ihrem Kugelschreiber, wobei sie ansonsten überhaupt nicht nervös wirkte. »Das ist eine sehr schwierige Frage, die ich nicht zu beantworten vermag. Zum einen, weil ich nicht genau einzuschätzen weiß, um was für ein Manuskript es sich in unserem Fall handelt. Zum anderen aber auch, weil die meisten wichtigen Handschriften nicht aus dem Nachlass oder aus Schenkungen der Familie stammten, sondern aus dem direkten Vermächtnis von Marx beziehungsweise Engels.«

»Die uns hier interessierenden Handschriften«, hob Ferschweiler an, »befanden sich offensichtlich, als die beiden Holländer sie fanden, in einer schweren, eisenbeschlagenen Holzkiste mit einem in den Deckel eingebrannten Reichsadler und der Aufschrift ›Geheime Reichssache‹. Was mag das zu bedeuten haben?«

Dr. Camphausen sah erst Ferschweiler, dann de Boer an. »Möglicherweise deutet dies darauf hin, dass die in der Kiste enthaltenen Manuskripte während des Zweiten Weltkrieges von Verbänden der Wehrmacht oder der SS geraubt wurden und an einen zentralen Ort in Deutschland, etwa das geplante Führermuseum in Linz, gebracht werden sollten. Aber da habe ich keine Ahnung. Wissen Sie, woher die Kiste kam?«

De Boer schüttelte den Kopf. »Nein, wir stehen diesbezüglich mit unseren Recherchen erst am Anfang.«

»Nun ja«, Dr. Camphausen war in ihrem Element, »viele Möglichkeiten gibt es ja nicht, woher die Kiste gekommen sein könnte. Denn der Marx/Engels-Nachlass konzentrierte sich in den späten 1930er Jahren an zwei Stellen: in Amsterdam und in Moskau.«

»Warum genau dort?« Ferschweiler hatte noch Berlin im Kopf.

»Ausgelöst durch die Machtergreifung der Nationalsozialisten 1933«, fuhr Dr. Camphausen fort, »verbrachte die SPD auf durchaus abenteuerlichem Weg den Nachlass nach Kopenhagen und entzog ihn somit dem Macht- und Einflussbereich des NS-Regimes. Eingelagert in ein Schließfach in einer Bank überdauerten die Dokumente die Wirren bis 1935. In diesem Jahr schließlich sah sich die Auslands-SPD aufgrund extremer finanzieller Nöte gezwungen, den Nachlass zu veräußern. Moskau interessierte sich extrem für die Dokumente, doch erschwerten erst der geforderte hohe Preis und dann die Auswüchse der ersten stalinistischen Schauprozesse ab Sommer 1936 den Verkauf in die Sowjetunion. Zum Zug kam schließlich das in Amsterdam neu gegründete ›Internationale Institut für Sozialgeschichte‹, das mit Hilfe eines niederländischen Bankhauses die geforderte Summe aufbrachte und so den Nachlass erwerben konnte. Es war mittlerweile 1938 geworden.«

»Und während des Weltkrieges? Holland wurde ja wie Frankreich, Belgien und Luxemburg 1940 von der deutschen Wehrmacht besetzt.« De Boer sagte dies ganz ruhig.

»Alles wurde 1939 noch rechtzeitig nach England überführt, wo es den Krieg auch unbeschadet überdauerte. Lediglich 1936 war es dem Moskauer Marx-Engels-Institut gelungen, aus dem Besitz eines ehemaligen polnischen Mitarbeiters der SPD-Bibliothek in Berlin, der dort in den 1920er Jahren beschäftigt war, einige wichtige Dokumente, so etwa die sieben originalen Hefte mit den sogenannten ›Grundrissen der Kritik der politischen Ökonomie‹ von 1857/58 sowie die dreiundzwanzig Hefte des ökonomischen Manuskripts von 1861 bis 1863 und weitere ökonomische Dokumente zu erwerben. Ob der Verkäufer legal an die Handschriften gekommen war, wurde nie geklärt.«

»Ziemlich verworren.« Ferschweiler rieb sich das Kinn. »Aber selbst wenn die uns betreffenden Texte aus diesem russischen Fundus stammen sollten, was ist denn nun das Besondere an ihnen? Ich verstehe das noch nicht ganz. Die Forschung zu Marx und Engels scheint doch schon seit Langem offen und international zu sein.«

Dr. Camphausen musste lachen. »Inhaltlich haben Sie recht. Aber schauen Sie sich bitte einmal die Ausdrucke an, die ich Ihnen gegeben habe. Fällt Ihnen etwas auf?«

Ferschweiler sah nur Krickelkrakel. Lesen konnte er rein gar nichts. Selbst Buchstaben konnte er nicht identifizieren.

»Es handelt sich um zwei unterschiedliche Handschriften«, sagte de Boer nach kurzer Zeit der intensiven Betrachtung. »Eine ist kaum leserlich, die andere schon etwas mehr.«

»Und sehen Sie auch die dritte Handschrift?«, fragte Dr. Camphausen.

»Wo finde ich die?« Ferschweiler überflog die Zeilen. »Ich sehe sie nicht.«

Generaldirektor Mannlich schien mittlerweile zu kochen.

»Ist das hier nun etwa ein Propädeutikum in Handschriftenkunde?«, fragte er mit aggressionsgeladener Stimme. »Reicht Ihnen Ihr diesbezüglicher Lehrauftrag an der Universität in Mainz etwa nicht aus, Frau Dr. Camphausen?«

Nun wurde Ferschweiler ungehalten. »Lieber Herr Mannlich«, sagte er betont ruhig. »Ich habe bislang nicht verstanden, welche Rolle Sie heute hier am Tisch spielen. Für mich sieht es ganz danach aus, als ob Sie Ihre Mitarbeiter kontrollieren wollen und ein ureigenes Interesse daran haben, dass nicht zu viel über diese Manuskripte bekannt wird. Sollte ich mich irren, oder sind Sie über deren Auftauchen eigentlich trotz der Umstände, wie sie sich nun abzeichnen, sehr froh, da sie sich zu einer Sensation für Ihre Marx-Ausstellung entwickeln könnten? Und ist nicht ein jeder solcher Fund, wenn er denn spektakulär genug ist, ein Grund für so manches?«

Mannlich wurde puterrot und schnappte nach Luft. »Was bilden Sie sich eigentlich ein, Herr Kommissar«, blaffte er Ferschweiler direkt an. »Sie sind hier Gast in meinem Haus und unterstellen mir solche Dinge? Mäßigen Sie sich bitte, ja? Ansonsten beende ich sofort das Gespräch und beschwere mich bei Ihren Vorgesetzten.«

De Boer versuchte zu vermitteln. »Aber es geht doch auch um die Reputation Ihrer Ausstellung, Herr Mannlich. Und wer hat Ihnen denn unterstellt, mit den Manuskripten Politik betreiben zu wollen?«

Im Raum wurde es still.

»Ich«, sagte dann Dr. Michels. »Ich habe ihm das unterstellt. Ihm und Friederike. Es gab einen richtigen Streit zwischen uns, bevor Sie kamen, meine Herren. Ich denke nämlich wie Sie, dass man ein solches Stück Papier erst einmal genau untersuchen sollte, bevor man es in einer Ausstellung vermarktet beziehungsweise es als eine Sensation verkauft, die es im Nachhinein bei genauerer Recherche dann vielleicht gar nicht ist. Aber meine beiden Kollegen sahen das völlig anders. Für beide war es *die* Gelegenheit, sich zu profilieren. Karriere und Publikumszahlen sind heute halt alles. Und es mag schon sein, dass ein solcher Fund, in der Ausstellung präsentiert und vorher entsprechend vermarktet, einige zehntausend Besucher bringen könnte.« Dann schwieg Dr. Michels kurz, bevor er anfügte: »Nein, dürfte.«

Dr. Camphausen blickte ihn zornerfüllt an. »Hatten wir uns nicht im Vorfeld darauf geeinigt, in Gegenwart der Polizei nicht von dieser Diskussion zu sprechen?«

Auch Generaldirektor Mannlich wandte sich an Dr. Michels. »Das wird Konsequenzen haben, mein Lieber, aber fragen Sie jetzt noch nicht, welche.«

Dr. Michels selbst blieb denkbar ruhig. »Es klebt vermutlich Blut an diesen Seiten. Und Sie wollen sie einfach als Sensationsfund vermarkten? Wissen Sie eigentlich, was Sie da machen? Ist das für Sie Wissenschaft?«

»Moment einmal«, versuchte Ferschweiler wieder Herr der Situation zu werden. »Gerade sagten Sie noch, diese Dokumente seien vermutlich nicht besonders wertvoll oder wichtig. Nun behauptet Dr. Michels, Sie wollten sie als Sensation präsentieren. Was hat das zu bedeuten? Worin liegt die Sensation?«

Dr. Camphausen und Generaldirektor Mannlich schwiegen. Auch Dr. Michels schien sich nun an das offenbar vereinbarte, von ihm zuvor jedoch gebrochene Schweigegebot zu halten.

»Sie wollen mir also nicht antworten«, sagte Ferschweiler nach einer knappen Minute des allgemeinen Schweigens. »Gut. Dann werde ich Sie einzeln vorladen lassen und im Präsidium genauer befragen. Halten Sie sich bitte in den nächsten Tagen zu unserer Verfügung und verlassen Sie bitte nicht die Stadt – Herr Mannlich, Sie sind davon selbstverständlich ausgenommen.«

Auf der Allee vor dem Museum musste Ferschweiler erst einmal heftig husten. »So ein verlogenes Pack«, sagte er dann. »Zum einen überschütten sie uns mit Detailwissen, zum anderen geben sie aber nicht preis, was sie bewogen haben mag, das Schriftstück als Sensation einzustufen. Denn auf die Frage, was denn nun so besonders an dem Manuskript sei, hat die Camphausen nichts gesagt.«

»Da hast du wohl recht«, entgegnete de Boer. »Vielleicht sollten wir diesbezüglich einmal im Karl-Marx-Haus vorstellig werden. Die verstehen sich ja auch als wissenschaftliches Dokumentationszentrum und können uns bestimmt helfen. Ansonsten bleiben noch die Historiker an der Universität. Ich kenne da einen, der viel zu Holland unter der NS-Herrschaft gearbeitet hat. Vielleicht sollten wir den mal fragen?«

»Beim Karl-Marx-Haus können wir es natürlich versuchen. Das sollten wir auch. Nur sind die in das Ausstellungsprojekt ebenfalls federführend involviert. Meinst du, da bekommen wir eine neutrale Antwort? Aber wir werden sehen. Vielleicht ist die Konkurrenz zwischen den Institutionen bei einem solchen Großprojekt wie der Marx-Ausstellung doch größer, als man es sich von außen vorstellen kann. Die Idee mit dem Historiker ist allerdings gut. Aber nun lass uns erst einmal ins Büro zurückfahren. Wir müssen Möllemann informieren. Zudem glaube ich, dass wir noch ein oder zwei zusätzliche Kollegen als Hilfe gut gebrauchen könnten.«

»Kein Essen heute?« De Boer bewegte sich keinen Millimeter und schien enttäuscht. »Ich habe Hunger.«

Ferschweiler meinte sogar, den Magen seines Kollegen knurren zu hören.

»Okay«, sagte er, selbst schnell überzeugt, »fahren wir nach Trier-West zum ›Standhaften Legionär‹. Rosi hat bestimmt etwas Leckeres für uns auf dem Herd, das sie uns zügig servieren kann.«

***

Der Anblick des Innenraums von Rosis Kneipe verschlug de Boer fast die Sprache. Er kannte Rosi nun als Ferschweilers Freundin, seit er in Trier war, und er schätzte ihre Ruhe, Besonnenheit und gute bodenständige Küche. Auch den »L onär« hatte er als eine gemütliche Eckkneipe mit viel Holz, Butzenglasscheiben, Spielautomaten und runden Stammtischen kennen und schätzen gelernt, in die man gern ging, um nach Feierabend einen Absacker zu nehmen – egal, ob Viez, Bier oder etwas Hochprozentiges – oder um die Köstlichkeiten der Region zu genießen, die ansonsten großflächig von den Speisekarten der Stadt verschwunden waren. Aber das, was er nun sah, überraschte ihn doch sehr.

Ferschweiler, der de Boers Erstaunen bemerkt hatte, grummelte: »Sie nennt es Marketing, hat da so ein Seminar bei der DEHOGA in Bad Kreuznach besucht und versucht nun, ihre Gaststätte groß rauszubringen und im Marx-Jubiläumsjahr als *die* In-Kneipe zu platzieren.« Er setzte sich in der immer gleichen Ecke an den Tresen. »Aber ich weiß ja nicht …«

Noch bevor de Boer etwas erwidern konnte, war Rosi schon zur Stelle. »Na, die Herren. Treibt Sie etwa der Hunger zu so früher Stunde an meine Kochtöpfe?« Behände wischte sie mit einem Tuch über den Tresen und warf Ferschweiler einen kleinen Luftkuss zu.

»Meine Güte, Rosi«, sagte de Boer nach kurzer Pause anerkennend nickend, »du hast den Laden ja richtig umgekrempelt. Aber dankt es dir deine Klientel? Kommen noch alle?«

Rosi zuckte mit den Achseln. »Auf den einen oder anderen kann ich gern verzichten. Zudem habe ich den Laden so erst gestern spätabends eingerichtet. Selbst Rudi hat ihn gestern Abend zum ersten Mal so gesehen. Er ist, glaub ich, nicht so begeistert.«

Ferschweiler blickte gequält. »Mir gefiel es vorher besser«, sagte er. »Diese ganzen Marx-Devotionalien, Plakate und abfotografierten Dokumente sind nichts für mich. Ich habe es lieber einfach und authentisch. Nun sag, hast du tatsächlich auch die Karte geändert?«

»Ja klar«, antwortete Rosi mit triumphierendem Blick. Und zu de Boer gerichtet, fügte sie hinzu: »Ich habe jetzt sogar einen eigenen Koch. Stell dir vor, so muss ich nur noch hier vorn den

Thekenbetrieb schmeißen.« Sie strahlte über das ganze Gesicht. »Es brechen neue Zeiten bei mir an, Wim!«

»Wir haben Hunger«, unterbrach Ferschweiler die beiden. »Und wir wollen zwei Stubbi.«

»Für mich ein alkoholfreies Radler, bitte«, korrigierte de Boer ihn. »Kochst du denn noch moselfränkisch?«

Während Rosi die Flaschen aus einem unter der Theke verborgenen Kühlfach nahm und öffnete, antwortete sie: »Ich wollte eigentlich so kochen, wie bei Marxens in London gekocht worden ist. Aber da weiß man nichts Genaues drüber. Er hatte ja eine Haushälterin aus dem Saarland, aus St. Wendel, und die kochte für ihn bestimmt auch hin und wieder Dibbelabbes, Terdisch und so. Aber das wollte ich nicht mehr. Das hätte ja keiner mit der ›Großen Welt‹ verbunden. Auch weiß ich ja nicht, ob die erwarteten Touristen das überhaupt mögen. Und so hab ich mich entschieden, ganz was anderes auszuprobieren. Ich hab mir gedacht, ich versuche es mal exotisch. Mein Koch ist Kubaner – ein Letzter unter der Sonne von Marx. Er kommt aus der Nähe von Havanna und kocht viel mit Kochbananen, Maniok, Hühnchen, Ziege und Gewürzen. Ganz wie daheim. Willst du ihn kennenlernen?«

»Er ist ein Bild von einem Mann«, witzelte Ferschweiler. »Bin gespannt, wie lange ich überhaupt noch hier übernachten darf.«

»Nun hör aber auf, du Schwerenöter.« Rosi schlug mit dem Wischtuch spielerisch nach Ferschweiler. »Er ist nett und braucht das Geld. Schließlich will er sein Studium hier an der Universität schnell beenden und dann nach Kuba zurückkehren.« In Richtung Küche rief sie: »José? Kannst du mal bitte nach vorn kommen? Hier ist jemand, der dich kennenlernen möchte.«

Kurz darauf kam aus den Räumen hinter der Theke ein Mann um die fünfundzwanzig in weißem T-Shirt und langer schwarzer Trainingshose, der seine Filzlocken unter einer bunten Wollmütze gebändigt hatte. Herzlich lachend gab er de

Boer die Hand und winkte Ferschweiler freundlich zu, der den Gruß genervt erwiderte.

»Das ist José, meine neue Unterstützung«, sagte Rosi freudestrahlend. »José hat hier alles gut im Griff.«

»Oh Mann.« Ferschweiler schlug seine Hände vor sein Gesicht. »Ich glaub, ich hol mir eine Bratwurst beim Kaufland. Geht schneller. Denn wir müssen noch ins Büro, Wim. Denkst du daran?« Und schneller, als er gesprochen hatte, war er aufgestanden und hatte das Lokal verlassen.

»Was ist denn mit dem los?«, fragte de Boer verwundert.

»Ach«, entgegnete Rosi, »der ist nur eifersüchtig. Glaub mir, das tut ihm mal ganz gut.«

»Wenn du meinst«, sagte de Boer nachdenklich. »Ich weiß ja nicht so recht. Ich finde, er ist momentan nicht so stabil wie sonst.«

»Weil er eifersüchtig ist. Aber der fängt sich wieder, hab keine Sorge. Er hat ja schließlich auch keinen Grund, obwohl«, Rosi musste grinsen, »der José schon ziemlich süß ist. Aber nun hau auch ab, Wim. Die Arbeit scheint zu rufen, zumindest meint das dein Chef. José kocht dann eben ein anderes Mal für dich.«

Auf dem Bürgersteig vor dem »Standhaften Legionär« trat Ferschweiler ungeduldig von einem Fuß auf den anderen.

»Bitte keinen Kommentar«, war das Erste, was er zu de Boer sagte, als dieser auf ihn zuging. »Wir sollten jetzt schnell ins Büro fahren und mit der Möllemann reden. Sie hat offensichtlich schon mehrfach versucht, mich zu erreichen, aber wohl nie eine Verbindung bekommen. Es wird etwas Wichtiges sein.«

Keine fünf Minuten später überquerten die beiden Polizisten bei wenig Verkehr die Kaiser-Wilhelm-Brücke. Sie brauchten keine weiteren fünf Minuten, bis sie das Präsidium in der Nähe des Hauptbahnhofs erreicht hatten.

***

Im Büro hatte Kriminalrätin Möllemann auf Ferschweilers Schreibtisch einen großen gelben Zettel hinterlassen. »Bitte sofort bei mir melden!«, stand darauf. »Sofort« war doppelt unterstrichen. Also machten sich Ferschweiler und de Boer umgehend auf, das Büro ihrer Vorgesetzten eine Etage höher aufzusuchen.

Beim Eintreten irritierte Ferschweiler wie jedes Mal der große Block aus Kohle, den Möllemann sich als Andenken an ihren Vater mitten in ihrem Büro hatte aufstellen lassen.

»Da sind Sie ja endlich«, eröffnete sie ohne Begrüßung das Gespräch. »Es ist viel passiert, meine Herren, während Sie weg waren.«

»Wir hatten einen Termin im Landesmuseum und vorher verschiedene Ortstermine.« Ferschweiler lag viel daran, keinen falschen Eindruck aufkommen zu lassen. »Was ist denn so Wichtiges passiert?«

»Den Kollegen, die den Tatort im Ruwertal observierten, ist es gelungen, den Wagen, den der Vermieter des Ferienhauses dort bereits mehrfach gesehen haben will, tatsächlich in der Nähe des Tatorts zu lokalisieren und die beiden Fahrzeuginsassen in Sicherheitsverwahrung zu nehmen. Beide waren bewaffnet. Nun sitzen sie drüben im Befragungsraum eins. Wollen wir gemeinsam mit den Herren reden? Oder wollen Sie, Wim, das übernehmen? Es sind wohl, wie die Opfer, ebenfalls Holländer.«

De Boer zuckte mit den Achseln. »Ich kann das gern machen, kein Problem. Vielleicht ist es wegen der Sprache sogar besser.«

»Gut.« Möllemann war zufrieden. »Dann können wir beide«, sie zeigte abwechselnd auf Ferschweiler und sich selbst, »in der Zeit zum Polizeipräsidenten gehen, der einen ersten Lagebericht haben möchte. Sie kommen dann einfach nach, Wim, wenn es mit Ihren Landsleuten wider Erwarten schnell gehen sollte, okay?«

***

Polizeipräsident Dr. Süß war heute nicht gut gelaunt. Normalerweise fragte er sein Gegenüber immer nach seinem Befinden und dem Wohlergehen von Frau und Kindern. Heute jedoch war er kurz angebunden und hob noch nicht einmal den Kopf, als Möllemann und Ferschweiler sein geräumiges Büro betraten, sondern las und unterschrieb in Seelenruhe weiter einen Stapel vor ihm liegender Dokumente.

»Ich habe gerade wenig Zeit, da ich diesen Abend noch zu einer wichtigen Sitzung muss«, sagte er unzufrieden. »Zu viele Dinge müssen hier in Trier in zu kurzer Zeit geregelt werden. Es ist zum Verrücktwerden. Allein diese Marx-Ausstellung frisst so viel unserer Logistik und Personalkapazität. Da passt mir der Tod dieser holländischen Touristen gerade gar nicht in den Kram. So ein Mist aber auch.« Dr. Süß war sauer. Dennoch nahm er seine Lesebrille ab und sah zum ersten Mal von seinen Unterlagen auf. Durchaus versöhnlich sagte er: »Können wir etwas machen? Es ist wohl Schicksal. Haben Sie schon etwas zu dem vermissten Jungen? Bei verschwundenen Kindern ist die Presse immer ganz besonders schwierig. Doch nehmen Sie bitte erst einmal Platz.«

Ferschweiler empfand die Freischwinger, die vor Dr. Süß' riesigem Schreibtisch standen, als unbequem. Zudem war das unvermeidlich einsetzende Wippen für ihn nicht angemessen angesichts der Dinge, die hier besprochen wurden. Der Präsident hingegen war ein Fan solcher Möbel, und so musste halt beim Reden gewippt werden.

»Ja, wir haben einiges an Neuigkeiten«, hob Ferschweiler an, nachdem er ein zustimmendes Nicken von seiner Vorgesetzten erhalten hatte. »Den vermissten Jungen können wir als ›vermisst‹ streichen. Er entzieht sich uns, ist auf der Flucht.«

»Wie das?«, fragte Dr. Süß.

»Mein Kollege de Boer und ich waren heute noch einmal am Tatort, um mit etwas Abstand einen besseren Eindruck von der Situation dort zu gewinnen. Dabei mussten wir feststellen, dass eines unserer Siegel gelöst worden war und sich eine Person unerlaubt im Haus aufhielt. Wie sich herausstellte, war es der Junge, der sich sodann mittels des Einsatzes einer Schusswaffe unserem Zugriff entzog und in den nahen Wald flüchtete. Er gab zwei Schüsse auf uns ab, verletzte aber niemanden.«

»Tragen Sie mittlerweile wieder eine Waffe, Ferschweiler?« Als Ferschweiler kopfschüttelnd verneinte, sagte Dr. Süß mahnend: »Das sollten Sie sich aber überlegen. Wir brauchen Sie noch.« Dann faltete er die Hände. »Und weiter?«

»Wir haben ihn zur Fahndung mit dem Hinweis auf Waffenbesitz ausgeschrieben. Er hat sich im Ferienhaus offenbar mit Lebensmitteln eingedeckt. Ob er sonst noch etwas mitgenommen hat, wissen wir nicht.«

»Sollen wir den angrenzenden Wald noch einmal von einer Hundertschaft durchkämmen lassen, Frau Dr. Möllemann, was meinen Sie?«

»Ich glaube, das macht keinen Sinn, Herr Dr. Süß. Der Junge weiß nun, dass wir ihn suchen, und wird sich aus der näheren Umgebung verabschieden. Aber Sie können ja den Wald gemeinsam mit dem Förster, der sich dort gut auskennen sollte, nach möglichen Verstecken absuchen lassen. Das könnte zielführend sein. Denn wie ich weiß, muss es dort in dem Areal eine ganze Reihe von Höhlen und alten, noch aus der Römerzeit stammenden Kupferminen, die im Untertagebau betrieben wurden, geben. Als Verstecke eignen sich deren Gänge sicherlich bestens.«

Der Polizeipräsident dachte nach. »Sonst noch Ergebnisse?«, fragte er schließlich.

»Die beiden Holländer, Vater und Sohn, haben in der Kiste Manuskripte von der Hand von Karl Marx gefunden, die sie im Landesmuseum von den dortigen Wissenschaftlern auf ihre Echtheit hin haben einschätzen lassen und zu denen sie sich offenbar auch bei mindestens einem Antiquar in Trier eine preisliche Einschätzung ihres Fundes haben geben lassen. Letzteres wissen wir noch nicht sicher, aber die Indizien deuten in diese Richtung.«

Aus seiner Jacke zog Ferschweiler die Umlaufmappe, die er im Museum bekommen hatte, und legte deren Inhalt vor Dr. Süß und Möllemann auf den Tisch.

»Dies ist ein Farbausdruck der zwei Manuskriptseiten, die die Holländer im Landesmuseum der Chefkuratorin der kommenden Marx-Ausstellung, Dr. Friederike Camphausen, vorgezeigt haben. Und obwohl alle im Museum anwesenden Personen, inklusive des extra für unseren Termin angereisten Generaldirektors aus Koblenz, auf neutrale Wissenschaft machten und so taten, als seien die Blätter hier nichts allzu Besonderes, vermittelte sich gegen Ende unseres Gesprächs doch der Eindruck, das Manuskript könnte eine echte Sensation sein.«

»Der Mannlich war da?« Dr. Süß konnte es nicht glauben. »Extra gekommen? Na, dann muss es aber eine wirklich hohe Wichtigkeit haben. Was genau ist das denn für ein Manuskript?«

Möllemann sah Ferschweiler gespannt an, schließlich hatte sie ebenfalls noch keine Zusammenfassung der Gesprächsergebnisse aus dem Museum gehört.

»Die Experten vermuten, dass es sich um Seiten aus dem zweiten Band von ›Das Kapital‹ handeln könnte.«

»Ich kann nichts lesen«, sagte der Präsident und sah Möllemann fragend an. »Sie etwa?«

»Nein«, entgegnete diese, »aber Marx' Handschrift gilt gemeinhin als äußerst schwer lesbar.«

»Was Sie alles wissen, Frau Kollegin.«

»Aber sie hat recht.« Ferschweiler zwinkerte Möllemann anerkennend zu. »Genau das haben auch die Wissenschaftler im Museum gesagt. Mehr wissen wir allerdings noch nicht. Wobei ich glaube, dass sich dort noch etwas bewegen wird. Nun werden wir aber erst einmal versuchen, möglichst bald einen Termin im Karl-Marx-Haus und an der Universität zu bekommen, um in puncto Marx weiterzukommen. Denn möglicherweise liegt hier das Mordmotiv.«

Dr. Süß wurde ungehalten. »Wieso ›möglicherweise‹?«

»Weil wir auch das Motiv der Habsucht bislang nicht ausschließen können«, erklärte Möllemann. »Sie erinnern sich? Der Ermordete hatte hohe Schulden, wohl Spielschulden, sowie gleichzeitig ein hohes Barvermögen. Wir verhören gerade zwei holländische Staatsbürger, die bewaffnet in der Nähe des Tatorts dabei aufgegriffen wurden, wie sie das von den getöteten Holländern gemietete Ferienhaus beobachteten.«

»Da bin ich aber mal gespannt, wie sich der Fall entwickeln wird.« Dr. Süß lächelte zum ersten Mal seit dem Beginn des Gesprächs. »Gute Arbeit, weiter so. Nun lassen Sie mich bitte wieder allein. In Mainz erwartet man von mir bis morgen ein ausgearbeitetes Konzept zur Prävention von möglichem Terrorismus während der Marx-Ausstellung. Und bis zu meinem heutigen Abendtermin habe ich nur noch sechzig Minuten. Ob das reichen wird …«

Möllemann war längst aufgestanden, da saß Ferschweiler noch immer vor dem Schreibtisch von Dr. Süß.

»Ist noch was?«, fragte der Präsident und sah Ferschweiler über den oberen Rand seiner Lesebrille an.

Ferschweiler räusperte sich. »Ich wollte nachfragen, ob es möglich ist, ein bis zwei Kollegen zur Unterstützung zugeteilt zu bekommen. Es ist halt doch eine Menge Lektüre- und sonstige Recherchearbeit, die jetzt auf uns zukommt.«

»Darauf hat mich die Kriminalrätin schon angesprochen. Ich denke, ich habe einen guten Vorschlag zur Entspannung der Situation gemacht. Frau Möllemann wird Sie gleich unterrichten. Und nun lassen Sie mich bitte meine Arbeit erledigen. Danke.«

Auf dem Flur, der anders als der auf der Etage mit ihren Diensträumen nicht mit PVC, sondern mit edlem Eichenholzparkett ausgelegt war, sagte Ferschweiler zu Möllemann: »Er hat Ihnen Personal zugesagt? Das ist ja wunderbar!«

»Nicht zu früh freuen, Herr Kollege.« Möllemanns Gesicht zeigte kein zufriedenes Lachen. »Eigentlich hat er nur seine Nichte, die momentan bei der Sitte als Kriminologie-Studentin ein Pflichtpraktikum absolviert, zu uns abgeordnet. Sie sei etwas schwierig, so sagte er mir im persönlichen Gespräch. Sie habe Probleme mit Autoritäten und hätte deshalb im Umfeld ihrer Alma Mater schon durch ein einziges Praktikum bei der Staatsanwaltschaft in Bochum einen schlechten Leumund. Sie gelte, so der Chef, als schwierig zu führen und in ihren Initiativen zu impulsiv. Allerdings hat sie brillante Noten. Ob die allerdings eine Hilfe ist? Ich weiß ja nicht.«

»Besser eine als keine.« Ferschweiler hielt Möllemann die Tür zum zentralen Treppenhaus auf. »Nur … wenn sie nach dem Onkel schlägt, dann haben wir den Präsidenten immer dabei – und vor allem einen direkten Draht in die Parkettetage.«

»Na, vielleicht wird es ja nicht ganz so schlimm. Sie kommt heute kurz vor Dienstschluss vorbei und soll dann direkt eingewiesen werden. Sind Sie dann noch da? Und vor allem: Haben wir etwas für sie zu tun?«

Ferschweiler, der eigentlich gern wie stets den Abend und die Nacht bei Rosi in den Räumen des »Standhaften Legionärs« verbracht hätte, stimmte spontan zu. Denn auf den Geruch von Maniok und Süßkartoffeln, egal, ob mit Hund oder Ziege, hatte er heute keine Lust – und auf den Anblick von José schon gar nicht.

Als sie wieder auf ihrer Etage ankamen, saß de Boer noch immer mit den Holländern im Verhörzimmer. Der hinter der Beobachtungsscheibe postierte Uniformierte berichtete kurz, wie das Gespräch bisher gelaufen war. Demnach hatten die beiden zuerst alles abgestritten und behauptet, sie seien Personenschützer, die lediglich eine Pause an der entspannt plätschernden Ruwer hatten machen wollen. Kurz darauf dann, de Boer hatte wohl bereits Informationen aus Den Haag angefordert, hatten sie gestanden, für ein international tätiges Inkassobüro aus Rotterdam zu arbeiten und in Trier einen Job zu haben. Herauszubekommen, welcher das war, daran arbeitete de Boer hart.

»Soll ich ihn ablösen?« Ferschweiler verspürte zwar wenig Lust auf dieses Verhör, wollte sich aber kollegial zeigen.

Möllemann schüttelte den Kopf. »Nein«, sagte sie. »Lassen Sie ihn das machen. Er macht das sehr gut, und er wird es auch schaffen. Zudem ist er ja spitz auf seine Beförderung. Das ist ihm Ansporn genug.«

Im Verhörraum wurde es unruhig. Einer der beiden Holländer war aufgesprungen und hatte seinen Stuhl dabei umgestoßen. Bedrohlich baute er sich hinter dem sie trennenden Tisch vor de Boer auf. Sein von einem breiten Schnauzbart geschmücktes Gesicht bebte. Er schrie. Doch de Boer blieb ruhig und brachte ihn durch Zureden dazu, sich wieder hinzusetzen und die Hände aufgefaltet auf den Tisch zu legen.

»Bravo«, entfuhr es Möllemann. »Der Mann versteht zu deeskalieren.«

Ferschweiler stand ruhig daneben und hatte die Hände in den Taschen seines Cordsakkos versenkt.

Kurze Zeit später stand de Boer auf und kam aus dem Verhörzimmer heraus. »Was für harte Knochen«, sagte er. »Die machen das nicht zum ersten Mal mit.« Zielstrebig ging er zur Kaffeemaschine und nahm sich einen Becher Kaffee mit Milch und Zucker.

»Haben sie etwas Wesentliches gesagt?«, fragte Ferschweiler.

»Nein. Nur dass sie für ein Inkassounternehmen tätig sind und einen holländischen Staatsbürger namens Jan-Pieter van der Poelenburgh suchen. Er habe Spielschulden bei einem Casino in Scheveningen in genau der Höhe wie auch unser Holländer. Nur der Name ist ein anderer.«

»Dann werden wir das einmal durch die Computer laufen lassen. Wäre doch gelacht, wenn wir unseren Holländer danach nicht noch näher kennengelernt hätten als bis jetzt. Vielleicht ein viertes Pseudonym? Oder die beiden haben uns einfach mit dem Namen verarscht, und sie suchen doch van de Capellen.« Ferschweiler nickte bedeutungsschwer. »Mit den Morden haben die beiden aber nichts zu tun.«

De Boer hatte fast schon seinen gesamten Kaffee getrunken, heiß, wie er war. »Auch hatten sie keine Ahnung von den Morden«, ergänzte er. »Würden Mörder nach der Tat noch den Tatort beobachten?«

Möllemann dachte nach. »Eigentlich nicht, wieso auch? Was wollen die da?«, sagte sie dann. »Dass es Mörder immer wieder an den Tatort zurückziehe, hab ich immer schon für ein Gerücht gehalten. Bei Beziehungstaten vielleicht, da kann ich mir das sogar vorstellen. Aber bei einem Verbrechen aus Habsucht, wie wir es hier vielleicht vorliegen haben? Nein.«

»Müssen wir sie laufen lassen?«, fragte Ferschweiler.

De Boer blickte zu Boden. »Das werden wir wohl. Sie haben nicht wirklich etwas getan, das strafbar wäre. Und die Waffen, die sie bei sich führten, die durften sie tatsächlich tragen. Ihre Waffenbesitzkarten kamen vorhin als PDF-Kopien aus dem Zentralregister in Den Haag.«

»Okay, aber können wir die Variante ›Mord aus Habsucht‹ denn nicht ausschließen?« Ferschweiler schaute enttäuscht.

De Boer wollte antworten, doch Möllemann kam ihm zuvor.

»Ich würde damit noch warten«, sagte sie. »Schließlich will Vermieter Feller ja noch einen weiteren Wagen gesehen haben.«

***

Um kurz vor acht hatten sich alle im Büro von Ferschweiler und de Boer versammelt.

Um Punkt acht klopfte es an der Tür. Herein kam eine junge Frau, die anders war als alles, was Ferschweiler erwartet hatte. Sie war circa einen Meter achtzig groß, gertenschlank, hatte kurz geschorene wasserstoffblonde Haare und trug beide Ohren voller Piercings. Ihre Beine steckten in engen schwarzen Lederhosen, an deren Gürtel gut sichtbar ein leeres Pistolenholster saß. Die Ärmel ihres weißen, in der Hose steckenden Herrenoberhemds trug sie bis über ihre Ellenbogen hochgekrempelt, die obersten drei Knöpfe waren nicht geschlossen.

Ferschweilers Blick streifte flüchtig ihr Dekolleté, nicht ohne zu bemerken, dass sie einen schwarzen Spitzen-BH trug, der ihre Weiblichkeit elegant betonte.

»Guten Tag zusammen«, sagte die junge Frau und winkte. »Ich bin Eva-Brit Berswordt, Kriminologie-Studentin im siebten Master-Kernfach-Semester aus Bochum, von der Ruhr-Universität. Ich absolviere hier ein dreimonatiges Praktikum bei euch in Trier.« Ihr Blick wanderte durch die Runde. »Vielen Dank schon mal, dass ich die nächste Zeit bei euch bei der Mordkommission arbeiten kann. Ich werde mein Bestes geben.«

DREI

Als Ferschweiler am nächsten Morgen gegen sieben ins Büro kam, lachte ihm de Boer schon freudig entgegen. »Der Tag kann beginnen!«, rief er voller Freude. »Rudi, halt dich fest: Ich habe eine Erbschaft gemacht.«

»Sagtest du bereits«, erwiderte Ferschweiler grummelnd, der seine allgemeine Morgenmuffeligkeit noch nicht ganz abgelegt hatte. »Aber eigentlich hast du doch gar keine Verwandtschaft mehr.«

»Ich hab keine Eltern mehr, Rudi. Verwandte habe ich an vielen Stellen der Welt. Nun ist eine Tante von mir in Indonesien verstorben. Und rate mal, was sie mir hinterlassen hat.«

»Bist du etwa der Alleinerbe?«

»Ja, so wie es aussieht.« De Boer wirkte sichtlich zufrieden. »Ich habe zwei Hotels auf Bali geerbt sowie einige Shell-Aktien.«

»Glückwunsch, Wim«, sagte Ferschweiler, der seinen Rechner eingeschaltet hatte und darauf wartete, dass das System hochfuhr. »Dann machst du also doch bald den Abflug.«

»Aber nein, wie kommst du darauf. Erst einmal muss ich mir doch einen Eindruck von der Substanz der Hotels machen. Nur die Aktien werde ich wohl versilbern und mir endlich eine Wohnung hier in Trier kaufen.«

»Reicht es dafür?«

»Und für mehr.«

»Aber jetzt zurück in den Alltag.« Ferschweiler wollte gar nichts mehr hören. Nicht dass er Wim die Erbschaft nicht gönnte. Aber für ihn stand so ein Schicksal anscheinend nicht zur Debatte. Er hatte nie solches Glück, musste immer um alles kämpfen. Schließlich kam er von ganz unten und hatte sich jeden Luxus und jeden Erfolg selbst erworben. In Momenten wie diesen wurde er schlagartig tieftraurig, weil er erkannte, dass manches für ihn immer unerreichbar bleiben sollte. Selbst beim Lotto hatte es in all den Jahren, die er schon spielte, nur einmal zu einem Gewinn von dreihundert D-Mark gereicht. Und das war Jahre her. »Was steht heute auf dem Programm?« Ferschweiler hatte sich genauso schnell wieder gefangen, wie er melancholisch geworden war.

»Ich hab bereits gestern einen Termin für uns heute Vormittag um halb zehn bei Professor Stanneck, einem Historiker an der Trierer Universität, gemacht, der ein Spezialist für Raub- und Beutekunst im Dritten Reich ist. Auch habe ich, ebenfalls noch gestern per E-Mail, nach einem Termin im Karl-Marx-Haus angefragt. Dazu habe ich allerdings noch keine Antwort.«

»Ist ja auch noch ein bisschen früh, oder?«

Nachdem sich Ferschweiler eingeloggt und seine E-Mails gelesen hatte, fragte er: »Was macht eigentlich eine Kriminologie-Studentin?«

»Wo du es fragst.« De Boer musste lachen. »Auch ich hab gestern erst einmal nachschauen müssen.«

»Kannst du es mir kurz und knapp erklären?«

»Ich kann's versuchen.« De Boer sah Ferschweiler an. »Wenn ich es richtig verstanden habe, dann ist die Kriminologie eine Mischung aus Jura, Soziologie, Psychologie und wirtschaftswissenschaftlichen Zweigen, die zum Ziel hat, Kriminalität wissenschaftlich zu beschreiben und über Theoriebildung zu kategorisieren und zu erklären.«

»Muss ich das verstehen?« Ferschweiler kratzte sich am Kopf.

»Es ist wirklich nicht so einfach. Vielleicht fragen wir die Berswordt, wenn sie heute kommt, einmal selbst. Was meinst du?«

»Gute Idee.« Ferschweiler nickte. Dann nahm er einen Aktendeckel von einem Stapel auf seinem Schreibtisch und sagte: »Fahren wir so gegen acht fünfundvierzig hoch zur Uni? Dann hab ich jetzt noch etwas Zeit für meinen Bericht.«

***

Obwohl sie nun schon mehr als vierzig Jahre oben auf der grünen Wiese im Höhenstadtteil Tarforst stand, war die Universität Ferschweiler doch insgesamt fremd geblieben. Zwar hatte es ihn dienstlich bislang ein paarmal in seiner Karriere hierher verschlagen, aber er hatte sich immer unwohl in ihren Gebäuden und Räumlichkeiten gefühlt. Warum, das konnte er nicht genau benennen.

De Boer hingegen liebte die Universität. Nicht nur, dass er dort regelmäßig in seiner Freizeit Seminare und Vortragsveranstaltungen besuchte. Auch in der Original- und Abgusssammlung der Archäologen hielt er sich des Öfteren am Wochenende auf. Seit Neuestem kamen Projekte der experimentellen Archäologie hinzu, die das dortige Zentrum für Altertumskunde anbot und bei denen es um den Nachbau römischer Kriegs- wie Handelsschiffe ging. Viele Wochenenden hatte er schon dort verbracht.

»Wo genau müssen wir hin?«, fragte Ferschweiler, nachdem de Boer den Wagen auf den Mitarbeiter-Parkplatz vor dem A-Gebäude gesteuert hatte.

»Wir sind genau richtig. Professor Stanneck hat sein Büro in der zweiten Etage dieses Komplexes.«

Heute Morgen war an der Uni verhältnismäßig wenig los. De Boer fand gleich eine freie Parklücke. Dabei war es schon nach neun.

Gemeinsam nahmen sie den direkten, leicht ansteigenden Weg zum ältesten Gebäude der Universität. Vor der Eingangstür standen Raucher in kleinen Gruppen zusammen und sahen die beiden Kommissare neugierig an.

»Haben die etwa noch nie Erwachsene bei der Arbeit gesehen?«, fragte Ferschweiler, nachdem sie das Gebäude betreten hatten.

»Doch, bestimmt«, entgegnete de Boer, ohne Ferschweilers sarkastischen Unterton zu kommentieren, und wies mit seiner rechten Hand auf die seitlich im Foyer angebrachten Aufzüge. »Aber wir sehen nicht aus wie die typischen Gasthörer im Seniorenstudium. Dazu bist selbst du noch zu jung und zu schlecht gekleidet. Du trägst einfach die falschen Klamotten.«

Ferschweiler schluckte; de Boer hatte es doch bemerkt.

Das Büro von Professor Stanneck war auch gemessen an den Verhältnissen bei der Trierer Mordkommission eher als klein zu bezeichnen. Es hatte vielleicht zehn Quadratmeter mit einem Besprechungstisch in seiner Mitte und einem nach draußen ausgerichteten Schreibtisch vor dem Fenster. Der Historiker war im Moment selbst nicht vor Ort. Aber seine Sekretärin hatte die Kommissare hineingelassen und ihnen einen Kaffee angeboten, den beide gern annahmen.

Ferschweiler prüfte den Blick aus dem Fenster. »Eigentlich eine schöne Umgebung, um zu arbeiten«, sagte er hinsichtlich des Landschaftsparks, in den die Universität eingebettet war. »Besser zumindest als das, was wir sehen, wenn wir aus unserem Büro schauen.«

»Das freut mich zu hören«, erklang es plötzlich fröhlich vom Eingang des Raumes her. Ein großer, schlanker Mann mit grau meliertem Vollbart in einem eleganten anthrazitfarbenen Anzug, mit weißem Hemd und grüner Krawatte betrat freundlich lächelnd das Büro und schüttelte den Ermittlern die Hände. »Grüß Sie, Konstantin Stanneck mein Name«, stellte er sich vor. »Es arbeitet sich hier tatsächlich sehr gut, wenn es im Sommer auch manchmal zu heiß wird. Aber was soll man machen bei einem Büro, das auf der Südseite eines Gebäudes liegt.«

Nachdem er an seinem Besprechungstisch Platz genommen und seine Besucher aufgefordert hatte, es ihm gleichzutun, sagte er: »Womit genau kann ich Ihnen dienen? Am Telefon sprachen Sie von NS-Beutekunst. Das ist ein weites Feld.«

De Boer schilderte Professor Stanneck kurz den Stand ihrer Ermittlungen und endete mit ihrem Verdacht, dass ein Manuskript von Karl Marx Anlass für die Morde gegeben haben könnte.

»Enthalten war dieses Manuskript in einer schweren, eisenbeschlagenen Holzkiste, auf deren Deckel der Nazi-Reichsadler und der Schriftzug ›Geheime Reichssache‹ eingebrannt waren.«

»Haben Sie davon eine Fotografie?« Professor Stanneck war aufgestanden und zog ein dickleibiges Buch aus einem der übervollen Bücherregale, die fast drei Wände seines Büros bedeckten.

»Nein, aber eine Zeichnung, die ein Zeuge angefertigt hat, der die Kiste gesehen hat.« De Boer holte ein Blatt Papier aus seiner Tasche und legte es vor den Professor auf den Tisch. Diesmal hatte Ferschweiler seinen Notizblock gezückt.

»Allem Anschein nach haben wir es mit einer Transportkiste zu tun«, sagte der Professor, nachdem er sich wieder gesetzt und die Zeichnung ausführlich in Augenschein genommen hatte, »wie sie zum Hochsicherheitsversand von Archivalien, Noten, Büchern oder anderen Dingen aus Papier zwischen 1941 und 1944 genutzt wurde. Sehen Sie hier.« Stanneck legte das geöffnete Buch neben die Zeichnung auf den Tisch. »Hier ist der Prototyp einer solchen Kiste abgebildet.«

Die beiden Polizisten verglichen die Bilder.

»Man benutzte diese Kisten«, fuhr Professor Stanneck fort, »um wertvolle, in den von der Wehrmacht eroberten Gebieten konfiszierte Dokumente sicher und gleichzeitig geheim ins Reich zu überführen. Denn niemand außer den Absendern und den Empfängern wusste, was genau sich in den Kisten befand. Es gab zwar Begleitpapiere, aber die waren in den meisten Fällen nur vage formuliert, etwa ›Gemälde‹ oder ›Bücher‹. Nur die begleitenden Offiziere hatten genauere Kenntnisse, was sie eskortierten – wenn überhaupt.«

»Und wie transportierte man das alles?«

»Mit Lkws auf den Kurzstrecken und schließlich über weitere Distanzen mit der Reichsbahn. Es gab spezielle Züge, die aus den unterschiedlichen Städten und Regionen bestückt und dann in Sammelzentren geleitet wurden, wo man sie mit anderen Zügen zusammenkoppelte, um sie an ihre endgültigen Ziele gehen zu lassen. Und diese Ziele lagen zumeist in Süddeutschland.«

»Spielte Trier in diesem Transportnetz eine Rolle? Wissen Sie, wir fragen uns natürlich, wie die Kiste, die uns beschäftigt, überhaupt nach Trier gekommen ist. Wir vermuten, dass sie von den ermordeten Holländern irgendwo im Stadtgebiet, wir haben keine Ahnung, wo, aufgefunden wurde. Auch stellt sich die Frage, ob es nicht sogar noch mehr davon gibt.«

Professor Stanneck schaute ratlos. »Da kann ich Ihnen jetzt ad hoc keine Aussage zu machen. Sicherlich war Trier mit dem Eisenbahnausbesserungswerk in Trier-West und dem älteren in Konz ein wichtiges Drehkreuz für die Kriegslogistik. Aber ob auch Kunsttransporte über den hiesigen Bahnhof abgewickelt wurden, das weiß ich nicht. Ich würde an Ihrer Stelle dort suchen. Das Gelände in Trier-West ist doch – wenn ich mich nicht täusche – immer noch eine große Brache und harrt der Konversion.«

Er dachte kurz nach. »Am besten dürfte es wohl sein«, sagte er dann, »wenn Sie bezüglich eines möglichen Beutekunst-Transports über Trier einmal beim Hauptstaatsarchiv in Potsdam sowie beim ›Bundesamt für Zentrale Dienste und offene Vermögensfragen‹ nachhaken würden. Die verwalten die betreffenden Akten und sind mit der Klärung von offenen Ansprüchen befasst. Da könnten Sie wohl am ehesten Antworten auf Ihre Fragen bekommen.«

Ferschweiler hatte sich die Namen beider Institutionen aufgeschrieben. »Ein weiteres Detail interessiert mich noch«, sagte er. »Was hat es eigentlich mit diesem Kunstraub, wie Sie es nennen, auf sich? Warum konfiszierten denn die deutschen Besatzer in den besiegten Ländern all diese Dokumente? Was war die Absicht dahinter? Die Bibliotheken, Archive und Museen hierzulande waren damals doch auch nicht gerade leer, oder?«

Professor Stanneck streckte sich in seinem Stuhl. »Da geben Sie mir aber eine große Nuss zum Knacken. Über dieses Thema könnte man eine ganze Vorlesung halten. Denn Kunstraub an sich, aber auch die speziell von den Nazis praktizierte Form, ist ein sehr vielfältiges Phänomen. Da wird es schwer, eine allgemein verständliche und dabei nicht zu verkürzende Beschreibung zu geben. Vielleicht aber so viel.« Nun hatte auch de Boer seinen Notizblock geöffnet. »Grundsätzlich muss erst einmal festgehalten werden, dass zum Prinzip des Kunstraubs nicht nur die entschädigungslose Enteignung gehörte, sondern auch, dass sie die Besitzer von Kunstwerken zwangen, ihre Schätze weit unter Wert an staatliche Stellen zu veräußern. Und dies praktizierten die Nazis besonders mit jüdischen Mitbürgerinnen und Mitbürgern in Deutschland vor dem Krieg und dann in den besetzten Ländern. Denn nach der NS-Ideologie und deren Definition von Rasse waren diese Menschen ja keine Mitbürger.«

Professor Stanneck nahm einen Schluck aus der vor ihm stehenden Kaffeetasse, die seine Sekretärin vor wenigen Minuten gemeinsam mit den beiden Tassen für die Kommissare in den Raum gebracht hatte. Auch de Boer trank einen Schluck.

»Insgesamt war Kunstraub ein Kernbereich der Kulturpolitik Hitlers. Die auf diesem Weg – ich mag es gar nicht so bezeichnen –«, Stanneck schüttelte den Kopf, »erworbenen Werke sollten auf verschiedene Museen in Deutschland verteilt werden, die besonders im zu schaffenden sogenannten Lebensraum im Osten aufgebaut werden sollten. Eine zentrale Rolle in diesem Konzept spielte auch das ›Führermuseum‹, das Hitler in Linz an der Donau errichten wollte. Sein Bestand sollte den Weltherrschaftsanspruch Deutschlands als Kulturnation nach außen tragen.«

De Boer erlaubte sich, den Professor zu unterbrechen. »Das klingt so ein wenig nach den Plänen, die Napoleon ursprünglich für den Louvre hatte, kann das sein?«

»Genau.« Stanneck nickte anerkennend und trotz der Unterbrechung seiner Ausführungen keinesfalls beleidigt. »Da bezog sich ein Imperator auf den anderen und versuchte, das Konzept seines Vorgängers in abgewandelter Form umzusetzen. Nur dass Napoleon kurz nach 1800 sein Museum tatsächlich einige Jahre betreiben konnte. Paris wurde so zur Präsentationsfläche für all die Kunstwerke, die damals zum Kanon und damit im allgemeinen Verständnis der Zeitgenossen zur absoluten Spitzenklasse der Kunst gehörten. Denken Sie nur an den Laokoon aus Rom oder an den ›Genter Altar‹ der Gebrüder van Eyck. Hitlers Museum in Linz hingegen kam nie über den bloßen Konzeptstatus hinaus. Darüber können auch die erhaltenen Architekturmodelle nicht hinwegtäuschen oder die akribisch ausgearbeiteten Listen, die noch heute zu zeigen vermögen, was dort an der Donau hätte zu sehen sein sollen. Aber realisiert wurde davon Gott sei Dank nie etwas.«

»Plante Hitler das alles selbst?«, fragte Ferschweiler.

»Nein. Er hätte es sicherlich gern getan. Irgendwie verstand er sich ja wohl als Künstler. Aber dazu hätte er als Diktator und größter Feldherr aller Zeiten dann doch nicht die Zeit gehabt. Vielmehr beauftragte er mit der Durchführung des Programms einen ausgewiesenen Kenner der Szene, wie wir heute sagen würden: den Direktor der Dresdner Gemäldegalerie, Hans Posse, einen brillanten, aber offensichtlich zur Korruption neigenden Wissenschaftler. Was Hitler und Posse als ›Geheimsache‹ behandelten, wird seit Kurzem von der Wissenschaft verstärkt und mit Nachdruck aufgedeckt und verfolgt. Denn viele der damals gestohlenen Kunstwerke sind noch immer nicht an ihre einstigen Besitzer oder an deren Erben oder Rechtsnachfolger zurückgegeben, geschweige denn, dass Ausgleichszahlungen oder Ähnliches getätigt worden wären.«

Auch de Boer erlaubte sich nun eine Frage: »Aber Dokumente von Karl Marx als einem Denker, der von der NS-Ideologie ausdrücklich abgelehnt wurde, gehörten doch nicht in solch einen Sammlungskontext, oder etwa doch?«

Stanneck musste lächeln. »Sicherlich nicht. Wobei die Nationalsozialisten schon so einige in der Rückschau kurios-makabre Projekte verfolgten, wie etwa das ›Museum einer unterge nen Rasse‹, auch ›Jüdisches Zentralmuseum‹ genannt, das von 1942 bis 1945 in Prag existierte beziehungsweise aufgebaut wurde.«

Als er merkte, dass den Kommissaren dies nichts sagte, referierte der Professor weiter. »In Prag ließen die Nazis in den Synagogen der sogenannten Judenstadt alle aus den Gotteshäusern und Privathaushalten der deportierten Juden des damals ›Reichsprotektorat Böhmen und Mähren‹ genannten Gebietes stammenden, konfiszierten Hinterlassenschaften an Alltags- wie Sakralobjekten, auch Thora-Rollen, zusammenführen. Es entstand so die weltweit größte Sammlung von Judaica, die die Nazis sodann zu Propagandazwecken ausschlachten wollten. Eben um die vermeintliche Überlegenheit der arischen Rasse anschaulich zu machen.«

»Das ist ja pervers.« Ferschweilers Urteil ließ keinen Zweifel an seinen Gedanken und seiner Gesinnung aufkommen.

»Ja, und ähnlich mag man sich auch vorgestellt haben, Dokumente des Sozialismus beziehungsweise Kommunismus auszuschlachten. Ein bekannter Fall dafür ist die Diskussion über den unehelichen Sohn von Karl Marx, die die stalinistische Sowjetunion lange durch die Unterdrückung von Dokumenten verhindern wollte.«

»Karl Marx hatte einen unehelichen Sohn?« Ferschweiler konnte es nicht fassen. »Das war mir gar nicht bekannt. Wusstest du davon, Wim?«

Auch de Boer hatte davon keine Ahnung gehabt und schüttelte den Kopf. »Nein«, sagte er. »Kein Eintrag. Aber was ist denn an dieser Tatsache so brisant, dass die Nazis das verwendet haben?«

Stanneck sah die Polizisten fast mitleidig an. »Meine Herren. Zum einen haben die Nazis das nicht getan. Entschuldigen Sie bitte, wenn ich mich da falsch ausgedrückt haben sollte. Diese Diskussion ist viel älter als der Nationalsozialismus. Wir leben in den Jahren vor dem Zweiten Weltkrieg. Da war alles nicht so liberal wie heute, trotz der ›Wilden Zwanziger‹ und so. Schon bei Marx in der Familie selbst dachte man sich kurz nach der Geburt des Knaben in den 1850er Jahren Konstruktionen aus, wie die Vaterschaft am besten vertuscht werden konnte. Man fürchtete sowohl seitens der Familie als auch seitens des entstehenden SPD-Establishments in Deutschland einen schlechten Ruf ihres Familienoberhauptes und Vordenkers der Arbeiterbewegung nach dem Motto ›Predigt Wasser, trinkt Wein‹. Und das wollte man offensichtlich unter allen Umständen verhindern.«

»Und es gelang tatsächlich, alles unter einem Mantel des Schweigens zu halten? Das ist ja fast nicht vorzustellen.«

»Na ja, die Mutter des unehelichen Kindes war die Haushälterin der Familie Marx, eine gewisse Helena Demuth, genannt Lenchen oder Nim beziehungsweise Nimmche. Und da auch Friedrich Engels des Öfteren mit der Demuth im Hause von Marx in London in Kontakt gekommen war … nicht so, wie Sie jetzt denken«, ergänzte der Professor mit Blick auf den in diesem Moment belustigt schauenden de Boer, »ließ er sich breitschlagen, auf Nachfrage als Vater des Marx'schen Bastards aufzutreten. Und es dauerte exakt bis 1972, bis erstmals offen über Marx und seinen unehelichen Sohn berichtet wurde. Der Berichterstatter war kein Historiker, sondern ein vierundzwanzigjähriger Journalist aus England. Dies nur zu Ihrer Information.«

»Und was könnten unsere Dokumente damit zu tun haben?« Ferschweiler versuchte, bei all den für ihn neuen Informationen und Details wieder Boden unter den Füßen zu gewinnen.

»Erst einmal nichts«, sagte Professor Stanneck. »Aber es könnte ja sein – rein hypothetisch gedacht, versteht sich –, dass das Ihnen vorliegende Dokument auch eine Karl Marx als Person oder Denker kompromittierende Dimension hat und deshalb von den Nazis geraubt worden ist. Ob aus Amsterdam, wo sich der Nachlass ja von Mai 1938 bis April 1939 im sogenannten Internationalen Institut für Sozialgeschichte befand, oder aus der UdSSR. Dazu kann ich Ihnen nichts sagen. Zumindest wird es auch in Stalins Sowjetunion Unterlagen gegeben haben, die der Diktator nicht ans Licht der Öffentlichkeit kommen lassen wollte. Schließlich erklärte er im Januar 1934 alle in der UdSSR befindlichen diesbezüglichen Dokumente als ›streng geheim‹ und entzog sie somit komplett der Forschung – bis heute übrigens.«

Ferschweiler war, während der Professor sprach, sehr nachdenklich geworden. »Nehmen wir einmal an, es ginge bei dem Raub des Dokuments … – denn dass es sich dabei um ein solches handelt, darüber lässt ja die Kiste, in die es verpackt war, keinen Zweifel aufkommen, oder?«

»Exakt.« Stanneck nickte zustimmend und nahm erneut, ohne dabei unaufmerksam zu werden, einen Schluck aus seiner Kaffeetasse.

»… um einen Akt möglicher Propaganda. Nehmen wir zudem einfach einmal an, die Nazis hätten das Dokument zu einem späteren Zeitpunkt dazu einsetzen wollen, durch seine Publikation Marx zu kompromittieren und damit der Sowjetunion und ihrem Gesellschaftssystem zu schaden …«

Wieder nickte der Professor zustimmend.

»… dann müsste es ja eine enorme Sprengkraft in sich bergen.«

»Die, wenn Sie mich fragen, auch einen Mord als gerechtfertigt erscheinen lassen würde, wenn man an den aus den geschilderten Gründen heraus abgeleiteten Wert – finanziell wie ideologisch – der Handschrift denkt. Exakt. Ihre Analyse ist treffend, Herr Ferschweiler.«

Stanneck sah in die Runde. »Bitte verstehen Sie mich jetzt nicht falsch«, sagte er in freundlichem Ton. »Nicht dass ich einen Mord gutheißen würde, Gott bewahre. Aber wenn ich die Geschichte betrachte, ach wo, ein Blick auf die Gegenwart reicht auch schon aus, dann ist schon aus ganz anderen, weniger gewichtigen Gründen getötet worden. Und über die Macht von Dokumenten, die kompromittieren, müssen wir in unserem heutigen Medienzeitalter ja wohl nicht mehr grundsätzlich sprechen, oder?«

Professor Stanneck stand, nachdem er durch ein kurzes Schweigen seinen Worten das entsprechende Gewicht verliehen hatte, auf.

»Meine Herren«, sagte er. »Es ist kurz nach zehn Uhr. Seien Sie mir bitte nicht böse und interpretieren Sie es nicht als eine Unhöflichkeit meinerseits, aber ich habe in knapp acht Minuten meine Vorlesung über die Geschichte der KPdSU und ihre Beziehungen zu Westeuropa in den 1950er Jahren zu halten. Und da möchte ich nicht zu spät kommen. Pünktlichkeit erwarte ich auch von meinen Studierenden. Sollten Sie jedoch noch Fragen haben, so wissen Sie ja jetzt, wie Sie mich finden. Es hat mich sehr gefreut, Sie kennenzulernen.«

Dann nahm er sich eine Dokumentenmappe und seine Laptoptasche und verließ den Raum. »Sie finden selbst hinaus, oder?«, war das Letzte, was Ferschweiler und de Boer von ihm hörten.

Beide traten auf den Flur, und die Sekretärin von Professor Stanneck schloss das Büro hinter ihnen ab.

»Sollen wir hier im Bistro noch einen Kaffee nehmen oder lieber Möllemann informieren und mit ihr gemeinsam die neuen Informationen diskutieren?«, fragte Ferschweiler.

»Ich denke«, antwortete de Boer, ohne nachzudenken, »wir sollten wieder ins Büro fahren. Vielleicht hat ja Eva-Brit Berswordt auch schon einige Ergebnisse produziert. Wir wollen sehen.«

***

Zurück im Büro, besprachen sich Ferschweiler und de Boer mit Möllemann und verabredeten, nach dem nun anstehenden Besuch im Karl-Marx-Haus eine Konferenz aller am Fall Beteiligten für den Abend einzuberufen. Auch Wingertszahn-Lichtmeß hatte sich per SMS gemeldet und angedeutet, er habe

›interessante‹ Neuigkeiten. Also rief Ferschweiler ihn an und bat ihn, ebenfalls an dem Treffen teilzunehmen.

Während Ferschweiler sich an seinen Schreibtisch setzte und versuchte, die Berichte zu den Vorgängen der letzten Tage zu aktualisieren, entschwand de Boer in die Kantine, wo es heute holländische Bohnensuppe mit Speck und Kartoffeln gab. Zudem wollte er in Ruhe mit dem indonesischen Generalkonsulat in Frankfurt telefonieren.

Als alle aus Ferschweilers Büro verschwunden waren, schloss er die Augen und wachte erst wieder auf, als de Boer ihn leicht anstieß und sagte: »Komm, wir haben einen Termin in der Stadt.«

Ferschweiler sah verstört auf seine Armbanduhr. Er hatte fast anderthalb Stunden geschlafen.

***

Vor dem Karl-Marx-Haus in der Brückenstraße herrschte reges Treiben. Mindestens zwei Busladungen mit chinesischen Touristen warteten geordnet und in völliger Ruhe darauf, an die Stätte vorgelassen zu werden, an der der »Erfinder« ihrer Ideologie vor genau zweihundert Jahren das Licht der Welt erblickt hatte.

Ferschweiler und de Boer schoben sich an der mehrfach gewundenen Schlange vorbei und erlangten, nachdem sie ihre Dienstausweise vorgezeigt hatten, unverzüglich Zutritt zum Gebäude.

Sie hatten einen Termin mit Dr. Luis Lütgenau, dem – wie ihnen versichert wurde – Fachmann für Originaldokumente von Karl Marx in den Diensten der das Karl-Marx-Haus betreibenden Friedrich-Ebert-Stiftung.

»Ich verstehe bis heute nicht«, sagte Ferschweiler, während sie im hinteren, angebauten Gebäudeteil auf den Aufzug warteten, der sie zu Dr. Lütgenaus Büro im dritten Stock befördern sollte, »warum die Brückenstraße hier Brückenstraße und einige Meter nach dem Karl-Marx-Haus dann urplötzlich Karl-Marx-Straße heißt. Weißt du das?«

De Boer versuchte ruhig zu bleiben. »Ist das dein Ernst, Rudi?«, fragte er dann bereits lachend. »Sie heißt so, weil sie, als Karl Marx geboren wurde, schon Brückenstraße hieß und somit das Haus noch die alte Adresse hat. Erst später ist die Straße in Teilen umbenannt worden – Gott sei Dank nicht im Ganzen, denn dann wäre Marx ja in der Karl-Marx-Straße geboren worden. Diesen Kalauer wollte man sich in Trier ersparen.«

»Hm.« Ferschweiler tat wie ertappt. »So einfach soll das sein? Na ja. Wenn das mal nicht nur erfunden ist, Wim.«

Als sich die Fahrstuhltür in der dritten Etage öffnete, erwartete die Polizisten auf dem Flur ein Mann Ende fünfzig, der Ferschweiler sofort frappierend an den hier geborenen Philosophen erinnerte.

»Viele schauen zuerst einmal erstaunt, wenn Sie mich sehen«, sagte der Mann, bevor er die Kommissare begrüßte, als hätte er Ferschweilers Gedanken erraten. »Aber ich trage diese Frisur schon, seit ich ein junger Referendar war. Und da hab ich noch bei Krupp in Essen im Archiv gearbeitet.«

De Boer musste lachen. »Eine gute Geschichte: damals auf der Villa Hügel, heute im Karl-Marx-Haus – Glückwunsch! Sie müssen Dr. Lütgenau sein.«

»Genau«, sagte der und erwiderte das offene Lachen. Auch Ferschweiler stimmte ein.

»Ich bin hier im Haus der Handschriftenfachmann. Bitte folgen Sie mir doch in mein Büro.«

Nachdem ihnen Dr. Lütgenau die Jacken abgenommen und an einen hinter seiner Bürotür versteckten Kleiderständer gehängt hatte, bat er seine Gäste, Platz zu nehmen. »Ich habe mir erlaubt, für eine kleine Erfrischung zu sorgen«, sagte er mit Hinweis auf die auf dem Tisch stehenden Mineralwasser- und Apfelsaftfläschchen. »Bitte greifen Sie zu.«

Dann nahm er einen kleinen Block aus einer Schublade und richtete seinen Blick erwartungsvoll auf Ferschweiler und de

Boer. »Was genau kann ich für Sie tun? Bislang weiß ich nur, dass es womöglich um ein Manuskript von Karl Marx geht.«

Ferschweiler nahm aus seiner Tasche die Umlaufmappe heraus, die er im Landesmuseum bekommen hatte, und breitete deren Inhalt auf dem Tisch vor Dr. Lütgenau aus. Gleichzeitig schilderte de Boer zusammenfassend den momentanen Stand der Ermittlungen, soweit sie Dr. Lütgenau zu interessieren hatten. Er schloss mit dem Satz: »Und so sind wir nun hier bei Ihnen, um etwas über diese dritte Handschrift in Erfahrung zu bringen.«

Dr. Lütgenau hatte mittlerweile eine Lupe zur Hand genommen und betrachtete die ihm vorliegenden farbfotokopierten Schriftstücke intensiv. Es vergingen Minuten. Ferschweiler wurde heiß. Er nahm sich eine kleine Flasche Sprudel, schenkte sich ein und trank in hektischen Zügen. De Boer wirkte seelenruhig.

»Da geben Sie mir aber ein echtes Rätsel auf«, sagte der Wissenschaftler, nachdem er erstmals wieder von dem Schriftstück aufgesehen hatte. »Ich kenne sie alle, die Handschriften von Liebknecht, Kautsky, Engels sowieso, aber auch die der Marx-Töchter und ihrer Ehemänner. Aber diese hier ist mir noch nie untergekommen. Sind Sie sicher, dass das Dokument echt ist?«

»Wir haben bislang nur diese Fotokopien, Herr Dr. Lütgenau. Aber Dr. Camphausen, die Kuratorin der großen Marx-Ausstellung, hat uns bestätigt, dass es sich bei den anderen Handschriften um die von Marx und Engels handelt und dass das Papier zeitgenössisch ist, also zumindest vordergründig keine Fälschung vorliegen dürfte. Sie wollte aber noch kurzfristig ein papiertechnologisches Gutachten in Auftrag geben, um den Fälschungsverdacht auszuschließen.«

»Ja, Marx und Engels sind eindeutig. Da besteht keine Unsicherheit. Aber die dritte Handschrift …«

»Wer käme denn Ihrer Meinung nach überhaupt noch als zusätzlicher Mitarbeiter an der Endfassung des zweiten Bandes vom ›Kapital‹ in Frage?«, fragte Ferschweiler.

Dr. Lütgenau überlegte. »Eigentlich keiner. Denn das letztendlich verwendete Manuskript dazu wurde erst nach dem Tode von Marx in seiner Bibliothek aufgefunden und dann sofort an Friedrich Engels übergeben.«

»Also gab es noch andere Manuskriptfassungen?«

»Ja, durchaus. Der zweite Band des ›Kapitals‹ hat Marx intensiv über Jahre hinweg beschäftigt. Der Forschung sind bis heute allein für die Zeit nach 1864/65 sieben Manuskriptentwürfe bekannt und überliefert. Engels wählte für die Fertigstellung des Bandes das sogenannte ›Manuskript II‹ von 1868/70. Das ist das, was in der Marx'schen Bibliothek nach Marx' Tod aufgefunden wurde. Es war das am meisten ausgearbeitete.«

»Das hat uns Dr. Camphausen auch schon mitgeteilt. Aber können Sie uns sagen, ob dieses ›Manuskript II‹ eventuell eine Abschrift des uns in zwei Blättern vorliegenden Manuskripts ist, das mit der dritten Handschrift versehen ist?«

»Sicherlich geht das. Warten Sie«, sagte Dr. Lütgenau und ging an seinen Schreibtisch, um eine CD-ROM in seinen Rechner einzulegen. »Ich habe einen Scan des der Edition zugrunde liegenden Manuskripts vorliegen. Wir können die betreffenden Stellen schnell einmal vergleichen.«

Es dauerte knapp zwei Minuten, bis der Computer betriebsbereit war.

»Würden Sie mir bitte die Fotokopien reichen, Herr de Boer?«, fragte Dr. Lütgenau und streckte seine Hand aus.

De Boer tat wie ihm befohlen.

»Dann wollen wir mal sehen. Am besten suchen wir nach ganzen Passagen.« Dr. Lütgenau gab einige Sätze im Zehnfingersystem in den Rechner ein und drückte auf Enter. »In der Hamburger Erstausgabe von 1885 findet sich die Passage auf Seite fünfzig«, sagte er völlig überrascht. »Aber das gibt es ja nicht. Sie haben vollkommen recht, meine Herren, sehen Sie hier.« Der Wissenschaftler drehte den Bildschirm so, dass die beiden Kommissare etwas sehen konnten. »In der edierten

Version, die auch Teil der Marx-Engels-Gesamtausgabe ist, heißt es: ›Die Massenproduktion kann für ihren unmittelbaren Käufer, ausser andern industriellen Kapitalisten, nur den Grosskaufmann haben. Innerhalb gewisser Grenzen kann der Reproduktionsprocess auf derselben oder erweiterten Stufe vorgehn, obgleich die aus ihm ausgestossnen Waaren nicht wirklich in die individuelle oder produktive Konsumtion eingegangen sind.‹ Und in dem von Ihnen mitgebrachten Manuskript heißt es – wohlgemerkt vor der Korrektur, die sodann dem letztendlich edierten Text entspricht: ›Die Produktion kann für den Käufer nur den Kaufmann als Zwischenhändler haben. Nur so kann sich das Kapital reproduzieren, obgleich die aus ihm ausgestossenen Produkte nicht direkt konsumiert werden.‹«

Dr. Lütgenau fiel wie getroffen in seinen Bürostuhl. »Es scheinen ja auf den ersten Blick nur Kleinigkeiten zu sein, die da verändert worden sind.« Aufgeregt rieb er sich die Nase. »Aber nur auf den ersten Blick. Rechnet man das einmal hoch, was die Begrifflichkeiten und so weiter angeht, so glaube ich nicht, dass man die Brisanz dieser Entdeckung unterschätzen sollte. Können Sie sich überhaupt vorstellen, was Sie da haben?«

Als Ferschweiler und de Boer nicht direkt antworteten, fügte Dr. Lütgenau hinzu: »Es ist eine Bombe, eine richtige Bombe.«

»Den Eindruck, dass es sich bei diesem Schriftstück tatsächlich um etwas Wichtiges handelt, haben wir mittlerweile auch gewonnen«, sagte de Boer. »Die Reaktionen Ihrer Kollegen im Landesmuseum sprachen in diesem Zusammenhang Bände. Aber eine Bombe? Wir verstehen bislang noch nicht, was hinter dem Ganzen steckt. Ist das alles denn noch so aktuell, mit Marx und der Abfassung seiner Ideen und Theorien?«

Dr. Lütgenau lächelte. »Sie glauben gar nicht, was Marx heute noch bedeutet und bewegt. Wie er polarisieren kann, das haben Sie im letzten Jahr im Zusammenhang mit der von

China gestifteten Statue erleben können. Die Reaktionen reichten von absolut begeistert bis total entsetzt. Und genauso debattiert man auch insgesamt über den Philosophen. Die einen werfen ihm vor, ein Kultur- und Werteverräter sowie ein Menschheitsverbrecher zu sein, während die anderen in ihm einen echten Propheten und Vordenker einer neuen, gerechteren und humaneren Zeit erkennen. Das Spektrum der Einschätzung von Marx und seinem Lebenswerk in der nichtwissenschaftlichen Öffentlichkeit ist ziemlich weit. Seine Pole bilden Extreme.«

»Aber warum wird die Frage nach dem eigentlichen Urheber der korrigierenden Gedanken dann von so Leuten wie Dr. Camphausen vertagt? Tut man das bloß, weil man tatsächlich keine Antwort weiß? Wo bliebe denn da die historisch-kritische Wissenschaft? Oder reicht die Tatsache mittlerweile aus, dass es einen Unbekannten gab, der offensichtlich an Marx' Theorien mitarbeitete, um Marx und seinem Lebenswerk zu schaden? Denn darum scheint es mir im Umgang mit den uns beschäftigenden Dokumenten vor allem zu gehen. Will man denn gar nicht wirklich wissen, wer nun hinter Marx und den Ideen im zweiten Band des ›Kapitals‹ steckt?«

Dr. Lütgenau hatte de Boer ausreden lassen. »Ich verstehe Ihr Erstaunen voll und ganz, und ich teile Ihre Einstellung sogar. Aber es gibt auch in der Wissenschaft wie im Bereich des öffentlichen Lebens Dinge, die man nicht versteht, und«, hier musste der Wissenschaftler leicht grinsen, »manchmal durchdringt das eine das andere ja sogar, der Elfenbeinturm hat ja auch unterschiedlich große Fenster, wenn Sie wissen, was ich meine. Wenn Sie mich also fragen würden, warum Dr. Camphausen den für mich skandalösen Schritt in die Öffentlichkeit machen könnte, dann könnte ich Ihnen nur antworten: aus reiner Sensationsgier. Entweder, weil sie als Wissenschaftlerin im Rampenlicht stehen wollte, oder weil ihre Chefs sie dazu gedrängt haben, um der bald eröffnenden Marx-Ausstellung zusätzliche Publicity und einen gehörigen Rückenwind beim

Marketing zu verschaffen. Seriös ist das nicht. Aber es mag viele tausend Besucher zusätzlich bringen, die sich für den Skandal interessieren und denen Marx schon immer suspekt war. Aspekt ›Geisterbahn‹, wie ich es immer nenne. Da spielt es nur eine nachgeordnete Rolle, wer es war. Das ›dass‹ ist völlig ausreichend.«

***

Zurück im Büro, setzte sich Ferschweiler an seinen Schreibtisch und begann, die Ergebnisse der letzten Stunden in das Protokoll einzuarbeiten, mit dem er am Vortag bereits begonnen hatte. Er hasste diese Schreibarbeiten und wäre sehr dankbar gewesen, wenn de Boer sie ihm wie auch sonst abgenommen hätte. Aber der war kurz in die Bibliothek des Präsidiums gegangen, um dort den Artikel zu suchen, der Anfang der 1970er Jahre die Diskussion über Marx' angeblich uneheliches Kind mit Lenchen Demuth ins Rollen gebracht hatte. De Boer vermutete eine mögliche Verbindung beider Fälle, was Ferschweiler selbst jedoch für abwegig hielt. Aber vielleicht fand de Boer ja doch etwas. Jedenfalls wollte er in einer guten Viertelstunde auch im Büro sein.

Das auf seinem Bürotelefon eingehende Gespräch nahm Ferschweiler bereits nach dem zweiten Klingeln an. Es war Eleonore Dengels, die Haushälterin des Antiquars Hans-Jacob Meitner aus der Ostallee.

»Herr Kommissar, gut, dass ich Sie so schnell erreiche. Sie sind es doch, oder?«, sagte sie aufgebracht, noch bevor sich Ferschweiler richtig melden konnte. »Mein Hans-Jacob lässt mich nicht mehr in seine Wohnung.«

»Jetzt beruhigen Sie sich erst einmal, Frau Dengels«, versuchte er die alte Dame zu besänftigen. »Vielleicht ist er ja gar nicht da.«

»Ja, ich komm aber auch nicht rein. Es ist so, als würde in allen Schlössern, zu denen ich einen Schlüssel habe, von innen ein Schlüssel stecken. Ich kann die Türen nicht öffnen. Anscheinend will er nicht, dass ich zu ihm komme. Und das ist mehr als sonderbar nach all den Jahren.«

»Vielleicht will Herr Meitner ja allein sein«, sagte Ferschweiler etwas unbedacht.

»Papperlapapp. Das wollte er noch nie. Und es ist auch niemand bei ihm drin. Kein Auto steht auf dem Parkplatz. Und ans Telefon geht er auch nicht.«

»Sind Sie denn sicher, dass er überhaupt da ist?«

»Er muss da sein. Er wartet doch auf sein tägliches Stück Torte von mir. Und wie sonst sollten von innen überall Schlüssel in den Türen stecken? Zudem ist Licht an im Verkaufsraum. Und das löscht er immer, wenn er geht. Er hat es noch nie angelassen. Er ist sparsam, wissen Sie.« Eleonore Dengels wirkte verzweifelt. Ferschweiler konnte sie weinen hören. »Können Sie bitte vorbeikommen, Herr Kommissar, und nachsehen? Bitte, bitte. Ich habe Angst, dass etwas passiert sein könnte.«

Keine zwanzig Minuten später waren Ferschweiler und de Boer, der bereits kurz nachdem Ferschweiler das Gespräch mit Eleonore Dengels beendet hatte, aus der Bibliothek wieder im Büro erschienen war, in der Ostallee.

»Gut, dass Sie so schnell kommen konnten. Ich bin Ihnen so dankbar.« Eleonore Dengels begrüßte sie am Hintereingang des Hauses. »Ich hätte nicht gewusst, an wen ich mich sonst hätte wenden sollen.«

»Kein Problem, Frau Dengels«, sagte de Boer und trat im Hausflur an die Tür, die Eleonore Dengels ihm als Zugang zur Meitner'schen Wohnküche gezeigt hatte. Behände nahm er einen Dietrich aus seiner Jackentasche, führte einen der Metallstifte in das Schloss, ruckelte zwei-, dreimal und konnte dann die Tür mit der Schulter aufdrücken.

Tatsächlich steckte von innen ein Schlüssel, der aber offensichtlich nicht im Profildoppelzylinder des Schlosses verkantet gewesen war.

»Voilà«, sagte de Boer und ließ Ferschweiler den Vortritt in die Wohnung des Antiquars.

»Herr Meitner!«, rief Ferschweiler, während er sich vorsichtig und unter höchster Konzentration durch die Küche bewegte. De Boer folgte ihm mit gezogener Waffe. »Herr Meitner, sind Sie hier? Ich bin Rudolph Ferschweiler von der Trierer Kriminalpolizei. Wir kennen uns bereits. Ich war vor gar nicht allzu langer Zeit schon einmal bei Ihnen.« Er wartete einige Sekunden, dann rief er erneut: »Herr Meitner, wo stecken Sie?«

De Boer hatte ihn mittlerweile überholt und sicherte routiniert die von der Küche abgehenden Zimmer. Als er in den ebenfalls durch einen kleinen Flur mit der Küche verbundenen Verkaufsraum trat, ließ er seine Waffe sinken.

»Hier ist er, Rudi. Er scheint leblos zu sein.«

Ferschweiler war mit wenigen Schritten bei Meitner, der rücklings wie gefallen in einem schweren Lehnstuhl saß und alle viere von sich streckte. Seine Augen waren trüb, standen aber weit offen.

»Er hat keinen Puls mehr«, sagte Ferschweiler, nachdem er ihm seine Finger kontrollierend an den Hals gelegt hatte. »Er ist tot. Auch ist er nicht mehr warm.«

»Tot?« Eleonore Dengels, die nun ebenfalls in den Verkaufsraum getreten war, konnte es nicht glauben. »Hans-Jacob ist tot? *Mein* Hans-Jacob, der stets so fröhliche Bub? Wie kann das denn sein? Er war doch heut Morgen noch quicklebendig und plante eine Reise.«

»Tja.« De Boer wurde philosophisch. »Die Dominikaner sagen: ›Mitten im Leben sind wir vom Tode umfangen.‹ Und sie haben, wenn Sie mich fragen, recht.«

»War Meitner denn gesund?«, wollte Ferschweiler wissen.

»Gesund, was heißt das schon?«, antwortete Eleonore Dengels ausweichend. »Er hatte schon seit Jahren Diabetes mellitus, war aber gut eingestellt und lebte weitgehend danach. Ansonsten ein paar Probleme mit der Prostata. Weiteres ist mir nicht bekannt. Sein Herz jedenfalls war tipptopp.«

Ferschweiler griff zum Telefon und informierte die Kriminaltechnik.

»Die Kollegen sind in ein paar Minuten hier. Bitte lassen Sie alles so, wie es momentan ist, Frau Dengels. Alles, bitte.«

Wie erwischt stellte die ältere Dame drei Gläser wieder auf den Besprechungstisch in der hinteren Ecke des Raumes zurück, die sie gerade zwecks Abräumens aufgenommen hatte. »Entschuldigen Sie bitte, es steckt so drin.«

»Wissen Sie, welchen Typ Diabetes mellitus Herr Meitner gehabt hat?«, fragte de Boer. »Musste er ständig spritzen?«

»Ja«, sagte Eleonore Dengels. »Aber das Spritzen habe ich stets für ihn übernommen. Er konnte das nicht. Hatte totale Probleme mit dem Ablesen des Blutzuckerwerts.«

»Denkst du, er hat einen Schock wegen Unterzuckerung und Insulinmangel erlitten?« Ferschweiler sah de Boer zu, der den Toten an den freiliegenden Hautbereichen von Händen, Unterarmen, Hals und Gesicht untersuchte. »Was hoffst du zu finden, Wim?«

»Eine Einstichstelle«, sagte de Boer. »Wenn Meitner sich tatsächlich nie selbst eine Injektion gesetzt hat, wieso sollte er es ausgerechnet heute tun? Das stinkt doch zum Himmel.«

»Aber vielleicht ist er ja auch gar nicht mehr an sein Medikament herangekommen …«

»Siehst du es irgendwo hier im Raum? Siehst du hier irgendwo das typische ›Besteck‹ eines Diabetikers?«

De Boer hatte recht. Ferschweiler konnte tatsächlich die entsprechenden Utensilien nicht sehen.

»Bingo«, entfuhr es plötzlich de Boer. »Sieh mal hier, Rudi. Da, am Arm, da ist der Einstich. Klein, aber noch gut zu sehen. Mit einer leichten schwellungsbedingten Korona um das Injektionsloch.«

Ferschweiler trat näher und erkannte einen kleinen, äußerst unscheinbaren Punkt mit einer ebenso fast nicht sichtbaren blutverkrusteten Mitte, um die herum die Haut des Verstorbenen noch eine leichte Schwellung aufwies.

»Meinst du, da hat jemand Meitner eine Insulininjektion verabreicht?«

»Vermutlich eine, die eine absolute Überdosierung war. Und wir können von Glück reden, dass Frau Dengels uns so schnell gerufen hat. Wären wir einige Stunden später gekommen, hätten wir die Einstichstelle nicht mehr gefunden und das Insulin hätte sich vermutlich auch schon komplett in Meitners Körper abgebaut.« De Boer machte mit seinem Handy mehrere Aufnahmen von der mutmaßlichen Einstichstelle. »So können wir vielleicht noch Glück haben, dass die Gerichtsmedizin etwas wird nachweisen können – wenn sich die KTU denn beeilen würde.«

Ferschweiler wandte sich wieder Eleonore Dengels zu, die, nachdem sie zuerst wie zur Kompensation ihrer Trauer und Aufgeregtheit emotionslos geschäftig gewesen war, nun offensichtlich die Situation richtig einschätzte und mittlerweile schluchzend in der Ecke des Verkaufsraums in einem riesigen Ledersofa neben einem beinahe monströs großen barocken Standglobus saß.

»Wer wusste eigentlich von der Diabetes von Herrn Meitner?«

Die alte Dame brauchte nicht lange zu überlegen. »Keiner außer mir und den paar engen Freunden, die Hans-Jacob hatte. Und von denen sind die meisten schon tot oder ins Ausland gegangen. Ich jedenfalls hab seit Jahren keinen mehr gesehen.«

»Und wo bewahrte Herr Meitner seine Medikamente auf?«

»In der Küche«, sagte Eleonore Dengels und stand auf. Sie hatte sich wieder ein wenig gefasst. »Kommen Sie, ich zeig's Ihnen.«

In der geräumigen Wohnküche mit ihrem zentral gestellten Eichentisch angekommen, wies sie auf den Kühlschrank. »Dort in einer kleinen Metalldose im Gemüsefach hat Hans-Jacob seine Ampullen gelagert. Und bevor Sie fragen«, Eleonore Dengels hob die Hand, »die Ampullen, die ja eigentlich Kapseln sind, habe ich ihm immer aus der Apotheke geholt. Immer.«

Ferschweiler schaute in den Kühlschrank und sah im Gemüsefach nach. »Hier ist keine Dose«, sagte er zu der Haushälterin. »Und wo sind seine Insulin-Pens und seine Blutzuckermessgeräte?«

»Die liegen oben auf dem Kühlschrank. Die einmal angebrochenen Insulinkapseln dürfen ja nicht gekühlt gelagert werden.«

»Auch da ist nichts.« Ferschweiler sah Eleonore Dengels an. »Haben Sie ansonsten vielleicht den Eindruck, Frau Dengels, dass darüber hinaus in der Wohnung beziehungsweise im Verkaufsraum noch etwas verändert worden ist oder gar fehlt?«

Eleonore Dengels schüttelte unsicher den Kopf. »Ach, ich weiß nicht. Was sollte es denn schon sein?«

»Schauen Sie sich bitte noch einmal in Ruhe um. Es ist für uns von entscheidender Wichtigkeit.«

Die alte Dame tat wie ihr geraten. »Nein«, sagte sie dann nach einigen Minuten, in denen sie durch die verschiedenen Räume gegangen war – Ferschweiler war zu de Boer in den Verkaufsraum zurückgekehrt –, »alles wie immer. Oder ... halt, nein, doch nicht. Dort über dem Kamin, der Rahmen mit dem Rubens-Stich, der hängt schief. Seltsam, so etwas wäre meinem Hans-Jacob nie passiert. Er war immer äußerst exakt, müssen Sie wissen, fast schon ein Pedant, wenn Sie wissen, was ich meine. Schief, auch nur leicht, durften Bilder nie hängen.«

»Befindet sich nicht dahinter ein Tresor?« Ferschweiler dachte mehr laut nach, als dass er fragte, und trat an das Bild heran.

»Ja, aber der war in der Regel leer. Hans-Jacob gab immer alles mir zum Aufbewahren, was ihm lieb, gut und teuer war. Er meinte, die Wohnung einer alten Schachtel wie mir sei der beste Safe.«

Ferschweiler lächelte höflich und nahm den Stich von der Wand. Dahinter kam tatsächlich ein kleiner Wandtresor mit Ziffernfeld zum Vorschein. Am Rand der geschlossenen Tresortür gab es Spuren eines Aufbruchversuchs. Ob diese älteren oder jüngeren Datums waren, würde die KTU klären müssen.

»Kennen Sie den Code?«, fragte er Eleonore Dengels.

»Sicher«, sagte sie. »Er lautet 0-4-1-1-1-8-9-0.«

»Das klingt fast wie ein Datum.« De Boer war ebenfalls vor den Tresor getreten, als Ferschweiler die Zahlen eingab und den in die Wand eingelassenen Panzerschrank öffnete.

»Ich glaube, es ist auch eins«, sagte Eleonore Dengels. »Hans-Jacob hat es geändert, kurz nachdem Sie das erste Mal hier gewesen waren.«

Das Innere des Safes war bis auf zwei weiße Briefumschläge und eine alte, ungeladene Pistole sowie eine danebenstehende Schachtel mit Munition vollständig leer. Beide Umschläge waren aufgerissen worden.

»Wissen Sie, was Herr Meitner in diesen Umschlägen aufbewahrt haben könnte?«, fragte Ferschweiler Eleonore Dengels und zeigte ihr beide Kuverts, von denen eines sehr ausgebeult wirkte. »Etwa Geld?«

»Ja, es war sein Notgroschen, wie Hans-Jacob es nannte. Eine Rücklage für schlechte Zeiten oder eine Art Grundfinanzierung, falls er einmal plötzlich vereisen musste und vorher nicht mehr zur Bank kam. Es waren immer zwischen zwanzig- und dreißigtausend Euro, die er im Safe hatte. Warum dort ein zweiter Umschlag liegt, weiß ich nicht. Aber dass Hans-Jacob zwei aufgerissene Umschläge nicht in seinen Tresor gelegt hätte, das kann ich Ihnen sagen. Sie wären bei ihm sofort im Abfall gelandet. Selbst in solchen Details achtete er stets auf Ordnung und Stil. Er nahm immer ganz neue, saubere, makellose Kuverts. Selbst wenn er nur kurz an den Inhalt heranwollte, etwa um Geld zu wechseln, so nahm er danach immer wieder ein neues. Wie hätte das denn ausgesehen? Aufgerissene Umschläge …«

»Fehlt sonst noch etwas, Frau Dengels?« Ferschweiler fragte noch einmal. »Vielleicht von den wertvollen Büchern oder den Stichen und Skulpturen?«

Wieder sah sich Eleonore Dengels um. Diesmal ganz genau. Es schien, als ob sie die Bücherreihen geradezu scannen würde. Während sie dies tat, trafen die Mitarbeiter der Kriminaltechnik ein. De Boer ließ sie ins Haus. Leise besprach er mit Wingertszahn-Lichtmeß in der Küche das weitere Vorgehen und auf was es zu achten galt. Dann kam er zurück in den Verkaufsraum.

»Schorsch hat schon die Kollegen von der Gerichtsmedizin in Saarbrücken angefordert. Sie werden voraussichtlich in einer Stunde hier sein. Ich hab ihm meine Aufnahmen des Toten bereits geschickt. Sie könnten ermittlungsentscheidend sein.«

»Gut gemacht«, lobte Ferschweiler de Boer und dessen Weitblick. Und gegenüber Eleonore Dengels, die gerade die letzten Vitrinen im Fensterbereich des Raumes in Augenschein nahm, stellte er die Frage: »Fehlt etwas, was meinen Sie?«

Sie sah ihn an, dann fiel ihr Blick zum ersten Mal seit einiger Zeit wieder auf den Toten im Lehnstuhl. »Es fehlt nichts. Zumindest kann ich nichts benennen. Nur Hans-Jacob, der fehlt mir schon jetzt. Bitte finden Sie seinen Mörder, denn von Mord gehen Sie ja wohl aus, Herr Kommissar, oder?«

Wieder im Auto, musste Ferschweiler erst einmal durchatmen.

»Sag mal, Wim, hätten wir nicht besser den psychologischen Dienst anfordern sollen?«, fragte er dann.

»Ich weiß es nicht«, sagte de Boer gedankenverloren und blickte auf das Display seines Handys. »Frau Dengels wirkt doch eigentlich ganz stabil.«

»Ist was?«

»Ich habe gerade eine E-Mail vom Indonesischen Generalkonsulat aus Frankfurt bekommen. Es geht um meine Erbschaft.«

»Und?«

Da klopfte es auf Ferschweilers Seite an die Scheibe des Autos. Es war Eleonore Dengels. »Ich werde vergesslich, Herr Ferschweiler, bitte entschuldigen Sie. Ich muss Ihnen doch noch etwas geben.« Sprach's und reichte Ferschweiler in einer geblümten Plastiktüte ein schweres, mittelgroßes, in dickes braunes Packpapier eingeschlagenes und auf das sorgfältigste verschnürtes Päckchen durch die geöffnete Scheibe der Beifahrertür. Dabei lächelte sie. »Hans-Jacob hat mir dies zum Aufbewahren gegeben, bevor ich zu meiner kurzen Reise aufgebrochen bin. Es ging nach Schlangenbad zu einer alten Freundin. Ich sollte es mitnehmen und auf Hans-Jacobs Wunsch hin in den Rhein werfen.« Sie kicherte verlegen, so als hätte sie etwas Unmoralisches gestanden. »Aber dazu ist es dann ja nicht mehr gekommen.«

Ferschweiler hörte, wie sich eine leichte Trauer in Eleonore Dengels Stimme ausbreitete.

»Mich wird diesbezüglich doch wohl jetzt niemand belangen wollen wegen versuchter Umweltverschmutzung, oder? Also nehmen Sie es lieber mit. Ich weiß nicht, was es ist. Aber vielleicht hat es ja sogar mit dem Fall zu tun und kann Ihnen bei Ihren Ermittlungen nützen. Ich jedenfalls hätte es jetzt nur in den Hausmüll geworfen.«

Als Eleonore Dengels die Haustür hinter sich geschlossen hatte, öffnete Ferschweiler das Paket. »Es ist richtig schwer und sperrig«, sagte er, während er die sehr sorgfältige Verklebung aufriss. »Das wird doch nicht etwa …«

Dann, als er die Hülle aufgebrochen hatte, zog er aus dem Packpapier einen Colt Magnum Anaconda, Kaliber 44, mit kurzem Lauf.

De Boer pfiff durch die Zähne. »Sieht ganz so aus, als ob wir gerade die Waffe gefunden hätten, mit der der Holländer auf seinen Mörder geschossen hat.«

Auf der gesamten Fahrt zum Präsidium schwiegen Ferschweiler und de Boer. Erst nachdem sie die Waffe bei den Kollegen vom Dauerdienst abgegeben hatten mit der Bitte, sie umgehend als zu untersuchendes Beweisstück an Wingertszahn-Lichtmeß von der KTU weiterzuleiten, brach de Boer das Schweigen. »Was für ein Fund«, sagte er. »Dann war Hans-Jacob Meitner der Mörder der Holländer.«

»Vorsicht«, entgegnete Ferschweiler. »Erst muss Schorsch kontrollieren, ob das tatsächlich die vermisste Waffe ist und ob die Gewebereste, die der Holländer unter seinen Fingernägeln hatte, tatsächlich von Meitner stammen. Vorher würde ich mich da nicht aus dem Fenster lehnen.«

»Aber warum sollte die Dengels denn sonst das gute Stück in den Rhein schmeißen?«

»Ich sag ja nicht, dass du unrecht hast, Wim. Aber lass uns mit einem Urteil lieber noch warten.«

»Okay.« De Boer klang versöhnlich. »Sollen wir jetzt nicht etwas trinken und essen gehen, Rudi? Es ist schon nach acht, und ich habe Hunger. Ehrlich gesagt hängt mir sogar der Magen zwischen den Kniekehlen – oder wie sagt man das auf Deutsch?«

Ferschweiler nickte und zeigte einen nach oben gereckten Daumen. »Ich hab nichts dagegen«, sagte er. »Sollen wir zu Rosi fahren?« Doch genau in dem Moment, in dem er es gesagt hatte, bereute er auch schon, diesen Vorschlag gemacht zu haben.

»Warum eigentlich nicht«, sagte de Boer, der freudig auf den Vorschlag einstieg. »Gute Idee. Ich hab noch nie kubanisch-karibische Küche genossen. Und wo kann man das außerhalb der Studierendenwohnheime ansonsten in Trier, Rudi?«

Ferschweiler grummelte ein wenig, machte aber keine weiteren Einwände. Und so betraten die beiden Kommissare kurze Zeit später den »Standhaften Legionär«.

Ferschweiler meinte, die Kneipe fast nicht wiederzuerkennen. Das veränderte Interieur kannte er ja schon, auch den Koch hatte er bereits gesehen. Was ihn nun allerdings überraschte, waren die Gerüche – de Boer sprach von Düften – sowie die Musik, die den Raum leise, aber gut hörbar erfüllte. Ferschweiler fühlte sich an Reggae erinnert, merkte aber schnell, dass es das nicht genau traf.

Rosi stand in einer bunt gemusterten Schürze mit kurzen Puffärmeln hinter der Theke und winkte ihnen wie immer herzlich zu, als sie eintraten. Im Haar trug sie eine violett geflammte Orchideenblüte.

»Das finde ich ja nun wirklich mutig von dir, Rudi, Hut ab, dass du tatsächlich gekommen bist, um den neuen ›Legionär‹ auszuprobieren. Oder hast *du* dafür gesorgt, dass er gekommen ist, Wim?« Rosi lachte de Boer offen an.

»Nein«, sagte dieser, »Rudi ist freiwillig hier.« Er nahm Ferschweiler andeutungsweise in den Arm. »Mach es ihm nicht so schwer, Rosi. Er ist halt ein konservativer Trierer Knochen, was willst du da machen?«

Rosi wies beiden einen kleinen Tisch im mehr als zur Hälfte gefüllten Gastraum zu und stellte eine große schwarze Schieferplatte vor ihnen auf einen weiteren Stuhl.

»Voilà, meine neue Speisekarte. Klein, aber fein. Ich erläutere sie euch gern, wenn ihr wollt.«

De Boer nickte, Ferschweiler blieb stumm.

»Also, es gibt heute ›Kubanische schwarze Bohnensuppe mit Haxenfleisch‹ für siebzehn fünfzig, ›Überbackene gefüllte Chayote-Pfeffer mit Cheddar‹ für acht achtzig oder – als besondere Empfehlung meines Kochs – ›Scharfe Garnelen-Bananen-Bällchen mit Knoblauch‹ für vierzehn neunzig. Über den Nachtisch können wir dann vielleicht nachher reden. Wenn denn noch Hunger bleiben sollte.« Sie kicherte bedeutungsvoll.

»Wow, das klingt ja alles ganz phantastisch.« De Boer war schier aus dem Häuschen. »So etwas habe ich das letzte Mal vor Jahren in Amsterdam angeboten bekommen.« Und nach einer kurzen Pause fügte er hinzu: »Für mich bitte einmal die Garnelen-Bananen-Bällchen, aber nur mittelscharf, wenn es geht.«

»Selbstverständlich«, trällerte Rosi zufrieden. »Und der Herr Hauptkommissar?«

»Dem wird gerade schlecht, der muss raus.« Wie von der Tarantel gestochen, stand Ferschweiler auf, griff sich seinen Mantel und verließ, sehr zur Verwunderung aller übrigen Gäste, ohne sich noch einmal umzusehen oder zu grüßen, das Lokal. Draußen begann er zu laufen, bis er merkte, dass die Schmerzen im Knie wieder überhandnahmen. Er humpelte weiter.

Erst als Ferschweiler die Bahnüberführung am Brückenkopf der Römerbrücke neben dem alten Westbahnhof hinaufgegangen war, blieb er stehen und verharrte einige Minuten lang auf der Brücke über den Gleisen, um seinen Gedanken nachzuhängen.

Ganz plötzlich musste er an seine Mutter denken. Früher hatten sie oft gemeinsam an dieser Stelle gestanden und den für Ferschweiler damals endlos langen Güterzügen nachgesehen, die Kohle aus dem Saargebiet oder Metall nach Lothringen transportierten. »Rudi«, hatte seine Mutter damals immer zu ihm gesagt, »wie schön wäre es, wenn wir einfach auf einen dieser Züge aufspringen könnten und so aus dem ganzen Schlamassel hier herauskämen?« Doch die Sehnsucht war geblieben, zumindest in Ferschweilers Herzen. Seine Mutter ertränkte ihre Gefühle wie jeden Abend in Alkohol.

Heute, nach all den Jahren erneut auf dieser Brücke stehend, wurde ihm klar, dass er sie vielleicht mal wieder im Seniorenzentrum der Barmherzigen Brüder besuchen sollte. Sie war für ihn, seit er unabhängig von seiner Familie geworden war, ein rotes Tuch gewesen. Sie verkörperte für ihn alles, was ihm als typisch für das Milieu erschien, aus dem er sich mühsam herausgearbeitet hatte.

Eigentlich hatte er sich mit ihren Alkoholexzessen sowie mit ihren kleineren Betrügereien und Diebstählen nicht mehr auseinandersetzen wollen. Er hatte das noch nie gewollt. Aber er war stets angerufen worden, vom Ortsvorsteher, vom Pfarrer, vom Sozialarbeiter, später auch von den Kollegen, die ihn dann stets baten, doch bitte seine Mutter abzuholen. Ansonsten müsse man, das war die Alternative, gegen sie vorgehen und Anzeige erstatten.

Über die Jahre war die »Blaue Käthe«, wie alle im Kiez seine Mutter nannten, die einzige kleinkriminelle Alkoholikerin aus Trier-West gewesen, die niemals mit dem Gesetz konsequent in Berührung gekommen war. Ferschweiler aber hatte oft mitleidige Blicke in der Kantine ertragen und sich wohlmeinende

Kommentare anhören oder sich an den Supermarktkassen oder in den Imbissbuden entschuldigen müssen, wenn wieder etwas vorgefallen war. All dies setzte ihm schon sehr zu, nahm ihm oft sogar regelrecht die Lust an allem. Manchmal hätte er sich einfach nur verkriechen wollen.

Doch was hätte das gebracht? Nichts. Stattdessen investierte er all seine Kraft in seinen Job, den er schon immer, seit er darüber nachdenken konnte, als den einzig richtigen angesehen hatte. Hier wollte er einen Ausgleich schaffen, wollte etwas zurückgeben. In den ersten Jahren hatte das auch immer geklappt. Doch nun? Langsam wurde er älter – und dünnhäutiger, wie er zugeben musste. Sollte er aufhören? Er wusste es nicht. Leisten konnte er es sich nicht. Dazu war er noch zu jung. Aber er könnte ja etwas anderes machen, Schwimmmeister etwa oder Lagerist im Supermarkt. Da hätte er zudem auch geregelte Arbeitszeiten.

Langsam setzte er sich wieder in Bewegung, nachdem ein Güterzug nach Lothringen oder an die Saar mit einer scheinbar unendlichen Anzahl an Waggons unter der Brücke, auf der er stand, hindurchgedonnert war – *dada dong, dada dong, dada dong*. Für mehr als anderthalb Minuten war das seine Melodie gewesen, wie so oft nachts, wenn er auf dem Balkon stand, seinen Gedanken nachhing und nicht in den Schlaf fand.

Er ging weiter in Richtung Dauner Straße, in der er schon wohnte, seit er damals bei seiner Mutter ausgezogen war, und erreichte keine zehn Minuten später den Eingang zu dem Hochhaus, in dem sich seine kleine Zwei-Zimmer-Küche-Bad-Wohnung in einem der obersten Stockwerke befand.

Es war keine leichte Entscheidung für Ferschweiler gewesen, seine Mutter zu verlassen. Doch nachdem sein Bruder, der mit ihm ein Zimmer geteilt hatte, aufgrund eines Lottogewinns seine Zelte in Trier abgebrochen hatte, konnte er dem Druck zu Hause nicht länger standhalten und suchte sich eine eigene kleine Behausung. Mehr als zwanzig Jahre war das nun her. Aber er hatte noch immer daran zu knacken, zumal das Verhältnis zu seiner alkoholkranken Mutter danach fast einen Tiefpunkt erreicht hatte. Und auch die restliche Familie empfand ihn mit seinem Beruf als Polizist als eine Art Nestbeschmutzer, mit dem man am besten nichts zu tun hatte.

Als Ferschweiler die Eingangstür zum Hochhaus in der Dauner Straße aufschließen wollte, erlebte er eine Überraschung.

»Mensch, Rudi! Was machst du denn zu dieser Zeit an diesem unwirtlichen Platz?«

Er wusste zunächst nicht, mit wem er sprach. »Ich wohne hier, verzeihen Sie, schon seit vielen Jahren«, sagte er und sah suchend in das Dunkel des Hausflurs.

»Die Lampen sind wieder mal kaputt geschmissen worden, scheiß Blagen«, sagte die Ferschweiler irgendwie nicht unbekannte weibliche Stimme. »Aber komm doch rein. Du wohnst hier? Ich auch. Aber erst seit Kurzem. Ich hab ein möbliertes Zimmer zur Untermiete genommen. Bei meinem Onkel wollte ich nicht absteigen. Der wohnt zu weit ab, wenn du mich fragst, in Eitelsbach. Ich wollte aber nicht aufs Dorf, sondern in die pulsierende Cityrandlage.«

Nun erst erkannte Ferschweiler die Stimme. »Frau Berswordt?«, fragte er skeptisch. »Sind Sie das?«

»Klar, mein Lieber«, sagte Eva-Brit Berswordt freudestrahlend und warf einen Blick auf ihre mindestens schon dreißig Jahre alte, schwere Herrenarmbanduhr. »Ist ja schon fast neun. Für heute haben wir nun wirklich genug ermittelt, oder? Jetzt gibt es erst einmal etwas Gutes zwischen die Kiemen. Also, komm mit. Du bist eingeladen. Oder hast du schon etwas anderes vor?« Als sie merkte, dass Ferschweiler leicht den Kopf schüttelte, fügte sie an: »Na, dann komm mal … Mateusz ist sicher auch schon aus Mannheim zurück, und Ayshe hat den ›Imam‹ bestimmt schon ins Rohr geschoben.«

Ferschweiler ging das alles zu schnell, aber er folgte Eva-Brit Berswordt ohne Widerspruch schweigend, weil nachdenklich, aus dem Foyer zu ihrer Wohnung im Erdgeschoss.

Kaum hatte Berswordt die Eingangstür geöffnet, hörte Ferschweiler lautes Fluchen aus einem der hinteren Zimmer, deren Türen alle geschlossen waren.

»Das ist Mateusz«, sagte Berswordt wie entschuldigend, »er ist also tatsächlich schon da und hatte offensichtlich einen anstrengenden Tag.«

Ferschweiler antwortete nicht. Das Geschimpfe schwoll noch lauter an. Es war warm in der Wohnung, wärmer als draußen, und das gefiel ihm gar nicht.

Schnell legte Berswordt die Schlüssel auf einen kleinen Schuhschrank im Flur, hängte ihre Tasche aus Lkw-Plane an die aus Holz gefertigte Garderobe und bat Ferschweiler in den nächsten Raum, der offenbar das Zentrum der Wohnung bildete.

Eine Küche wie diese hatte Ferschweiler noch nie gesehen. Allerdings kannte er so etwas aus den vielen Möbelprospekten, die er bei seiner Großmutter in den 1960er Jahren ausführlich hatte studieren können: Es war purer »Gelsenkirchener Barock«, was sich ihm hier präsentierte, nussbaumfurniert und mit einer für ihn seltsamen Kombination aus pseudo-elegantem Wohnen und praktischem Kochen, die er noch nie verstanden hatte. Aber die Mutter seines Vaters konnte sich damals auch für diese Einrichtungen begeistern, hatte sie doch selbst so eine Einrichtung vor dem großen, verheerenden Bombenangriff auf Trier ihr Eigen genannt und wollte nach der vermeintlichen Stunde null wieder so offensichtlich verdient und augenscheinlich elegant wohnen wie ehedem zuvor. Farbig durfte es aber nicht sein, braun war immer noch tonangebend.

Am Herd in der Küche stand eine hübsche junge, mehr als große Frau, die so gar nicht in das Ensemble aus geschwungenem Holz und poliertem Messing passen wollte. Sie trug eine auffällig geblümte Schürze und hatte elegant verschleierte Haare, was, wie Ferschweiler fand, gar nicht mit ihrer sonstigen Erscheinung harmonierte: Alles, was sie trug, war in Rosa und Türkisblau gehalten.

»Hallo, Ayshe«, sagte Berswordt und winkte der jungen Frau zu. »Das hier ist Rudi Ferschweiler, der öffentlich-rechtliche Schnüffler, bei dem ich seit gestern mein Praktikum fortsetze. Er ist schon ganz scharf auf deinen ›Imam‹. Zumindest knurrt sein Magen mehr als hörbar.«

Ayshe grinste Ferschweiler breit an und reichte ihm ihre mit Henna bemalte Hand.

»Alles klar, Herr Kommissar?«, fragte sie mit lasziver Stimme. »Ich bin Ayshe Trott, und ich freue mich auf deine Anwesenheit heute in unserem bescheidenen Domizil. Ich hoffe, du wirst es bei uns genießen und dich wohlfühlen. Eva-Brit hat schon so einiges von dir und deinem Kollegen berichtet.«

Ferschweiler grüßte höflich zurück. Auch der schnauzbärtige Mann am Küchentisch hatte mittlerweile aufgehört zu fluchen und blickte erwartungsvoll zu ihnen hin. Als er bemerkte, dass die Vorstellungsrunde der Damen vorbei war, polterte er mit ausladender Geste über der vor ihm auf dem Tisch aufgeschlagenen Tageszeitung: »Schau dir das mal an, Eva-Brit. Schau mal, was der ›Trierische Volksfreund‹ heute schreibt.«

Berswordt klopfte Ferschweiler auf die Schulter und signalisierte ihm, doch auch am Küchentisch Platz zu nehmen. Ihm war nie aufgefallen, dass es in seinem Wohnhaus eine so illustre Wohngemeinschaft gab.

»Was ist denn, Herr Blasczykowski?«, fragte Berswordt in einem Tonfall, dessen Mitgefühl vermittelndes Tremolo Ferschweiler bei einer Kriminologie-Studentin so nie für möglich gehalten hätte. Sie zwinkerte ihm dabei komplizenhaft zu. »Was schreibt das Käseblatt denn, das dich trotz deiner Engelsgeduld so aufregt?«

»Ach, es ist gar nicht die Zeitung an sich. Die finde ich gut. Große Buchstaben, viele Bilder. Nein, es sind diese verfluchten Holländer!«, blaffte sie Mateusz sichtlich erregt an. »Schau mal, was so ein bekloppter Käskopp gemacht hat.« Er wies mit seiner Rechten auf einen kleinen Artikel mit Bild. »Er hat meine Idee geklaut und seine tote Katze zu einem Helikopter umgebaut.«

»Einem was?« Ferschweiler war urplötzlich aus seiner Lethargie erwacht. »Einem Hubschrauber?«

»Ja, verdammt.« Mateusz hieb heftig mit seiner Faust auf die Tischplatte und funkelte Ferschweiler feindselig an. »Er hat das Tier kreuzförmig aufgespannt, auf Kufen montiert und in seine Extremitäten kleine Rotoren eingebaut, so Dinger wie bei einer Drohne. Und dann hat er den Balg fliegen lassen. In einer Kunstgalerie! Und wisst ihr, was er als Preisvorstellung für dieses Ding hat?« Provokant nickend sah er in die kleine, betreten schweigende Runde. »Einhunderttausend Euro! Einhunderttausend!«, schrie er sodann mit bebendem Schnauzbart und weit ausgebreiteten Armen. »Einhunderttausend! Und irgend so ein hirnamputierter Ami oder Saudi will tatsächlich diese Summe für den Ulk bezahlen. Könnt ihr euch das vorstellen?«

Ferschweiler schüttelte den Kopf. Schon wieder so ein Wahnsinn aus der Welt der Kunst und des Ausstellungswesens, dachte er. Ging es denn überall nur noch ums Geld?

»Aber Mateusz«, sagte Ayshe nach einigen Sekunden des allgemeinen Schweigens und legte ihre Hände tröstend auf die breiten Schultern ihres übergewichtigen Mitbewohners. »Du bist doch nur sauer, weil du deinen kürzlich verstorbenen Kater Levandowski nicht auch für so viel Kohle verkaufen kannst.«

»Ich, Levandowski verkaufen?« Mateusz warf seinen Kopf zurück und ließ ein Gewitter an bösen Blicken und ebensolchen Gesten auf Ayshe Trott niedergehen. Voller Erregung war er mittlerweile aufgesprungen. »Meinst du, du bonbonfarbene Türkenschlampe, ich hätte meinen Levandowski wirklich verkauft? Meinst du, ich könnte das?« Aggressiv schüttelte er seine Faust vor Ayshes Gesicht.

»Nun macht mal halblang, ihr beiden Streithammel«, sagte Berswordt in kühlem Ton, den Ferschweiler in jedem Verhörzimmer für mehr als angemessen empfunden hätte, aber hier in der ihr heimischen Küche unter Freunden? »Ihr hättet es doch beide gemocht, wenn der olle Kater hier bei uns im Garten seine Runden gezogen oder am Triolago holländische Camper erschreckt hätte. Also lasst es gut sein … Und du«, setzte sie in Richtung des immer noch vor Erregung bebenden Mateusz nach, »was würdest du denn mit einhunderttausend Schleifen anfangen? Du kannst doch gar nicht mit Geld umgehen, noch nicht mal mit deinem schmalen Ausbeutergehalt, das du für deine halsbrecherischen Touren bekommst.«

Mateusz knurrte missmutig, ließ aber seine Schultern sinken und winkte ab.

Ferschweiler war allerdings wieder hellwach. »Eine fliegende Katze? Hier bei euch?«

Ayshe ging laut lachend zurück zum Herd und schaute nach dem hörbar brutzelnden »Imam« im Backofen, während Berswordt ihrerseits Ferschweiler sacht ihre Hand auf den Unterarm legte.

»Mateusz hat ein besonderes Verhältnis zu Tieren«, versuchte sie leicht ironisch zu erklären, während sie den immer noch stehenden Mateusz spöttisch anblickte. »Es resultiert quasi aus seiner für manche Zeitgenossen knochenbrecherischen Profession, dem Lkw-Fahren.«

Ferschweiler hatte viele Fragen.

»Jetzt wohnt sie gerade mal eine Woche bei uns«, sagte Mateusz, der Ferschweilers fragenden Blick bemerkt hatte, lachend, während er sich wieder setzte, »und meint schon beurteilen zu können, dass ich eine sonderbare Art habe, mit dem Opfertod umzugehen. Du musst wissen, ich bin – anders als die beiden Damen hier – sehr katholisch und das seit Langem praktizierend. Ich lebe meinen Glauben sehr intensiv. Regelmäßige Wallfahrten zu Obraz Matki Boskiej Częstochowskiej – oder wie ihr hier einfach sagt: nach Tschenstochau –, nach Fátima, Lourdes und so sind für mich selbstverständlich. Und zum Heiligen Rock war ich beim letzten Mal mehrmals die Woche. Hab sogar einmal Theologie studiert – acht Semester.«

Gedankenverloren kratzte er sich an seinem mächtigen Kinn.

»Jedenfalls kann ich nicht akzeptieren, dass Gottes Kreaturen, die ich wegen meines Berufs und dem damit verbundenen Stress fast wöchentlich irgendwo auf Europas Straßen ins Jenseits befördere, einfach so sang- und klanglos vergessen werden. Das geht für mich nicht.«

Bestimmt schüttelte er den Kopf, sodass sein von Bartstoppeln übersätes Doppelkinn hin und her waberte.

»Nein, es sind anonyme Opfer, zu denen keiner je etwas schreiben würde, die keinem als Exemplum dienen, die noch nicht einmal irgendwem etwas bedeuten. Niemand interessiert sich für ihr Opfer. Niemand vermisst sie. Niemand schaut auch nur nach ihnen, wenn sie da so am Straßenrand oder auf der Fahrbahn liegen.«

Fast meinte Ferschweiler, ein Zittern in Mateusz' Stimme zu hören, während dieser sprach.

»Und meinen Chefs muss ich noch meine Verzögerungen zwischen A und B erklären. Aber verklickere denen mal, diesen eiskalten, aalglatten Kapitalistenschweinen, dass du eine von dir versehentlich überfahrene Katze – oder was es auch immer war – aus Ehrfurcht aufgehoben und mitgenommen hast. Keine Chance. Denen ist das egal. Die wollen nur Profit. Der Einzelne, das Tier, gar die Kreatur, ist denen vollständig unwichtig. Doch mir ist deren Haltung egal, scheißegal sogar. Die sollen zur Hölle fahren! Ich ehre das Leben!«

Mateusz machte nacheinander erst eine abfällige Handbewegung, um sich danach direkt zu bekreuzigen.

Ferschweiler, der inzwischen wieder nur noch phlegmatisch zuhörte, war überrascht, einen gebildeten Lkw-Fahrer vor sich zu haben, und fühlte sich an seinen Kommunionsunterricht in Christkönig in Trier-West erinnert, wo der Pfarrer auch Begriffe wie »Kreatur« und »Ehrfurcht vor dem Leben« benutzt hatte. Müde nickte er zur Rede seines Gegenübers. Doch der hatte noch lange nicht genug.

»Rudi«, sagte Mateusz, »ich darf dich doch so nennen, oder? Du bist ja wohl auch ein guter Katholik, einer sogar, der im ältesten Bistum Deutschlands geboren wurde, oder etwa nicht? Komm mal mit, ich zeige dir meine Reliquiensammlung, meinen Andachtsraum.«

Ferschweiler wollte eigentlich nicht aufstehen, doch Mateusz packte ihn mit seinen riesigen Händen und riss ihn förmlich von seinem Stuhl.

»Es ist zwar nicht die Tunika Christi«, sagte er belehrend, »aber es ist etwas ganz Besonderes. Es sind die Katakombenheiligen des 21. Jahrhunderts.«

Berswordt signalisierte Ferschweiler lachend mit flüchtig vor den Augen wedelnder Hand, was sie von Blasczykowskis Sammlung hielt. Doch er hatte keine Chance. Eisern war Mateusz' Griff.

»Es ist meine Kapelle«, sagte er, während er die Tür zu einem direkt an die Küche angrenzenden Raum aufschloss. »Hier finde ich meine Ruhe, hier philosophiere ich über das Leben und gewinne Kraft, weiterzumachen.«

Ferschweiler wurde in einen Raum geschoben, wie er ihn noch nie gesehen hatte. Es wäre ihm schier unmöglich gewesen, sich eine solche Einrichtung überhaupt vorzustellen. An den Wänden hingen, über einer geblümten, in braun gehaltenen Tapete, auf Holzschilde aufgebrachte Tierköpfe. Ihm stockte der Atem. Doch Mateusz schob ihn weiter in die Mitte des Raumes und zeigte auf eine der beiden Längswände.

»Schau«, sagte er voller Begeisterung, »dort sind all die Märtyrer des modernen Güterverkehrs zur Verehrung präsentiert, die ich in Deutschland überfahren habe. Auf der gegenüberliegenden Wand die aus dem restlichen Teil Europas.«

Ferschweiler blickte auf eine schier endlose Reihe von kunstvoll präparierten Köpfen der unterschiedlichsten Tiere: Katzen, Igel, Hasen, Hunde, Iltisse, Hamster, Mäuse, Ratten, ein Dachs, zwei Kühe, sechs Habichte, drei Möwen, zudem Wildschweine, Füchse, verschiedene kleinere Vögel mit buntem Kopfgefieder sowie drei Fische und andere Tiere, die er so schnell nicht identifizieren und benennen konnte. Sie alle schienen ihn aus ihren trüben Glasaugen anzublicken.

»Ich nehme sie jedes Mal mit, wenn ich denn bemerke, dass ich ein Lebewesen überrollt habe«, sagte Mateusz mit vor Tränen glasigen Augen. »Aber ich bemerke natürlich nicht alle, beileibe nicht, sondern nur einen verschwindend geringen Teil. Gott möge mir dafür gnädig sein.«

Sachte legte er Ferschweiler seine mächtige Hand auf die Schulter.

»Es ist nicht einfach, eine Aufgabe zu haben, mein Freund«, sagte er. »Es ist nicht einfach. Aber wir müssen es schaffen. Wir sind dazu bestimmt. Jeder muss seinen Weg gehen, und jeder muss Gerechtigkeit walten lassen. Du auch, mein Freund.«

Ferschweiler schwirrte der Kopf. »Fische?«, stieß er hervor. »Sie haben Fische überfahren? Als Lkw-Fahrer?«

»Ja, sicher«, antwortete Mateusz, ohne zu zögern. »Sie meinen, weil wir die sprichwörtlichen ›Herren der Straße‹ sind?« Wieder musste er lachen. »Klar, auf den ersten Blick hast du recht, Rudi. Aber vor einigen Jahren war ich beim Oderhochwasser im Einsatz. Musste Windeln und Katzenfutter in den Oderbruch bringen. Und da waren die Straßen überflutet. Ich bin quasi durch den Fischteich hindurchgefahren. Es war gar nicht so einfach, die Opfer anschließend einzusammeln …«

Wieder zurück in der Küche, nahm Ferschweiler sich erst einmal ein Bier. Berswordt hatte mittlerweile den Fernseher angestellt. Es lief das erste Programm. Bald würden die »Tagesthemen« beginnen.

»Na, zu viel versprochen?« Sie sah Ferschweiler lachend an.

»Ist der verrückt?«, fragte er. »So etwas habe ich noch nie gesehen.«

»Das kann ich mir vorstellen«, erwiderte Berswordt, »aber seine dahintersteckende Philosophie ist interessant. Er hat ein Ziel, das er verfolgt. Es geht ihm um Gerechtigkeit für jeden Einzelnen, egal, ob groß oder klein, dick oder dünn, mächtig oder machtlos und auf sich allein gestellt. Für mich ist er gewissermaßen sogar ein Vorbild. Denn er steht zu seinen Idealen – unabänderlich.«

Ferschweiler hatte einen großen Schluck Bier aus der Flasche genommen. »Wieso? Sie haben es nicht nötig, unzufrieden zu sein. Sie gehören doch auch zu den Gewinnern in der Gesellschaft.«

Nun lachte Berswordt erneut, aber anders als vorher. »Meinen Sie, nur weil ich zufällig einen Polizeipräsidenten zum Onkel habe, der mich mit Praktika versorgt, oder Eltern, die mir ein sorgenfreies Studium ermöglichen, habe ich es besser? Mensch, Rudi, da hätte ich Sie aber für tiefschürfender gehalten.« Wie um ihren Worten mehr Nachdruck zu verleihen, setzte sie sich aufrecht an den Tisch. »Sehen Sie, in meinem Studium und auch in meinem sonstigen Leben habe ich bislang eine wichtige Erkenntnis gewonnen: Nur weil einer vielleicht keinen akademischen Titel hat oder nicht reich und wichtig ist, muss er nicht gleich zwangsläufig nichts auf dem Kasten haben – im Gegenteil. Es sind gerade diese Menschen, die sich vielfach für die anderen einsetzen. Sie zeigen oft Rückgrat wie niemand sonst. Stehen mit dem wenigen, was sie haben, für ein höheres Ideal ein und lassen sich nicht unterkriegen. Man muss – und das kann ich Ihnen nur aus meinem eigenen Leben bestätigen – ein Auftreten haben, und schon passiert etwas. Kommen Auftreten und Überzeugung zusammen, mag Charisma entstehen. Und solche Leute übersieht man dann nicht mehr so leicht.«

Ferschweiler, der sich selbst aus prekären Verhältnissen hatte hochkämpfen müssen und den immer noch so manche Episode aus seiner größtenteils von älteren Frauen und Prügeln bestimmten Jugend beschäftigte, nuckelte förmlich an seinem Stubbi. »Sie meinen, dass auch ganz kleine Lichter ganz Großes bewirken können, hab ich Sie richtig verstanden?«

»Ja, durchaus, solange sie an den richtigen Stellen sitzen und Einfluss gewinnen können, wie auch immer. Möglicherweise nicht unbedingt vorn auf der Bühne der Weltpolitik und Weltgeschichte. Aber viele wirken doch sehr effektiv im Kleinen. Oder meinen Sie etwa, dass Karl Marx und seine Frau Jenny von Westphalen, so verpeilt, unorganisiert und elitär, wie die beiden waren, ihren Alltag gemanagt bekommen hätten ohne diese Frau da aus St. Wendel?«

»Wie kommen Sie jetzt darauf?« Ferschweiler konnte Berswordts Gedanken nicht recht folgen.

»Rudi, ich bin doch jetzt bei dir«, sie wechselte plötzlich zum Du, »und de Boer im Team, oder?«

Ferschweiler nickte. Das Duzen war ihr wohl nicht auszutreiben.

»Und wir haben gemeinsam in dieser Zeit bereits viel über die unbekannte dritte Handschrift auf den Manuskripten gesprochen.«

Wieder nickte Ferschweiler.

»Was wäre denn, wenn diese Handschrift von just jener Dame aus St. Wendel stammen würde, die als Haushälterin bei Marx und später bei Friedrich Engels beschäftigt gewesen war?«

»Von Helena Demuth?« Ferschweiler musste lachen. »Aber da haben uns doch alle Fachleute bislang bestätigt, dass die keine Schulausbildung genossen hat, aus einfachsten Verhältnissen kam und seit ihrem achten Lebensjahr im Haushalt zuerst der Baronin von Westphalen und dann in dem ihrer Tochter Jenny, also bei Marx, gearbeitet habe. Von der Welt und den sie bewegenden Konflikten, Tendenzen und Ideen kannte sie nichts. Wie auch?«

»Wer hat euch das denn schon bestätigt?«, insistierte Berswordt. »Doch nur die Kuratorin vom Museum, Dr. Camphausen, sowie der Generaldirektor.«

»Den Vertreter des Karl-Marx-Hauses bitte nicht vergessen. Und den Historiker von der Universität. Aber der war sich nicht sicher. Und de Boer hatte selbst schon ein wenig im Internet recherchiert und war dort ebenfalls nur auf diese Information gestoßen.«

Berswordt war aufgestanden. »Ach, das Internet. Da steht alles und nichts. Und Professor Stanneck, okay. Er war sich nicht sicher. Aber ausschließen konnte er es auch nicht. Allerdings ist er kein ausgewiesener Kenner der Familiengeschichte von Marx; zumindest ist er noch nie durch einen Vortrag oder eine Publikation darüber in Erscheinung getreten.«

»Bleibt Dr. Lütgenau.«

»Genau. Aber selbst er konnte keine Quellen nennen, aus denen Lenchen Demuths Nicht-Lese- und Schreibfähigkeit unzweifelhaft hervorgeht. Im Übrigen hab ich bei vielen dieser Forscher das Gefühl – und das hast du selbst doch schon gesagt –, dass ihr Eigeninteresse an einer möglichen Falscheinschätzung größer gewesen ist als die wissenschaftliche Korrektheit, mit der sie sich sonst immer gern brüsten.«

Ferschweiler wurde sichtbar nachdenklich und begann gedankenverloren an seinen Ohren zu fummeln, was er stets dann tat, wenn er Dinge grundsätzlich durchdachte.

***

Was er immer wieder faszinierend fand, seit er sich im Wald verstecken musste, waren die Glühwürmchen, die, wenn auf die Dämmerung die Dunkelheit folgte, den Wald wie ein Weihnachtswunderland mit hell leuchtenden Punkten überzogen. So etwas hatte er noch nie zuvor gesehen. Zugegeben, er hatte sich noch nie lange und vor allem nachts in einem Wald aufgehalten. Aber ob es dort, wo er herkam, überhaupt Glühwürmchen gab, hätte er nicht sagen können. Dort, wo er herkam, hatte man um neunzehn Uhr spätestens drinnen sein müssen. Abendspaziergänge gab es keine. Und wenn er und seine damaligen Freunde einmal auf eine Veranstaltung wollten, die erst abends stattfand, dann musste das lange im Voraus angemeldet werden. Zudem mussten sie einen von den Erziehern davon überzeugen, dass er sie begleitete und dass sie es sich verdient hatten, überhaupt ausgehen zu dürfen. Es waren harte Zeiten gewesen.

Er konnte sich noch genau daran erinnern, wie er mit fünf zum ersten Mal aus der Familie genommen worden war. Damals hatte sein Vater im Vollrausch seine Mutter so schwer verprügelt, dass sie für fast zwei Wochen nicht aus dem Krankenhaus nach Hause kommen konnte. Es war allerdings nur die Spitze des Eisbergs gewesen, die das Jugendamt der Kommune, in der sie damals in der Nähe von Hannover lebten, mitbekommen hatte. All die Misshandlungen, die er, seine kleinere Schwester und die Mutter zuvor hatten erdulden müssen, waren unentdeckt geblieben. Was hatte er zu lügen gelernt, um von Mitschülern und Lehrern bemerkte Verletzungen, blaue Flecken sowie beschädigte und verschmutzte Kleidung in der Schule zu rechtfertigen. Über die Jahre war er darin zum Meister geworden.

Auch das Klauen hatte er sich systematisch beigebracht und mit der Zeit perfektioniert. Auf diesem Wege konnte er für sich und seine Schwester zum einen nötige Dinge des Alltags besorgen, an die sie über ihre Eltern, die alles Geld in Schnaps investierten, nicht hatten kommen können. Zum anderen merkte er schnell, dass er seine Situation besser ertragen konnte, wenn er ebenfalls diese Tabletten nahm, die seine neuen Kumpel schluckten, mit denen er oft hinter dem Hauptbahnhof in Hannover abhing.

Und nun hier diese Glühwürmchen und endlich ein erster Hauch der echten Freiheit, nach der er schon so lange suchte. Mehrmals hatte er versucht, aus der Jugendhilfeeinrichtung zu entkommen, in der ihn das Jugendamt zunächst untergebracht hatte. Auch nicht besser als zu Hause, hatte er immer gedacht. Doch jedes Mal war er wieder aufgegriffen und zurückgebracht worden.

Dann hatte er, da war er elf, entdeckt, dass er nur eine Chance haben würde, um von dem Ort, an dem er bekannt war, wegzukommen und in der Ferne zu versuchen, sein Glück zu machen. Also hatte er – nach seinen Gedanken folgerichtig – probiert, ein Auto zu stehlen, um abhauen zu können. Den Besitzer, der kam, als die Alarmanlage des Wagens anging, hatte er niedergestochen.

Wenn er heute an diese Situation zurückdachte, wunderte er sich immer wieder, wie naiv er gewesen war. Natürlich hatte er zuvor noch nie am Steuer eines Autos gesessen, hatte daher gar nicht gewusst, wie mit den Pedalen und dem ganzen Rest umzugehen war. Er kannte es aus Filmen und aus dem Fernsehen, auch hatte er es bei Kumpeln schon einmal genau beobachtet. Aber ob es gereicht hätte?

Also war er damals, nach der Tat, kopflos mit der Regionalbahn getürmt. An nächsten Tag, zweihundert Kilometer entfernt im westfälischen Münster, hatte er in der Nähe des Hauptbahnhofs ein Pärchen zu beklauen versucht. Und damit war sein weiteres Schicksal besiegelt gewesen. Denn dieses Pärchen waren Hans-Frieso van de Capellen und seine Lebensgefährtin, die ihn beim Klauen erwischten. Weshalb, wusste er eigentlich bis heute nicht, aber sie lieferten ihn nicht bei der Polizei ab, sondern nahmen ihn mit. Sie besorgten ihm neue Klamotten, einen Ausweis vom Schwarzmarkt und gaben ihm fortan einen Platz in ihrem Wohnwagengespann, mit dem sie quer durch Deutschland fuhren.

Zunächst war es eine gute Zeit gewesen. Mann, was hatten sie gemeinsam Spaß gehabt. Er erinnerte sich gern daran. Beide waren cool, hatten ebenso bewegte Geschichten wie er – und hatten es geschafft. Zwar blieben sie nie länger als eine Woche an einem Ort, weil sie sich vor Verfolgern fürchteten, die angeblich schon seit Längerem hinter ihnen her waren. Aber trotz dieser Sorgen und der ständig präsenten Bedrohung fühlte er sich wohl und lernte viel bei ihnen. Vor allem bei Hans-Frieso, der ihm Klettern, Fotografieren und »Geschäftemachen« beibrachte. Und darin war Hans-Frieso gut. Nichts, was er fand, ließ sich nicht zu Geld machen. Egal, ob Altmetall aus Abbruchhäusern oder von Baustellen, Möbel oder Türen aus dem Sperrmüll oder den Altmöbelbörsen oder andere »Fundsachen«, wie er es selbst immer nannte. Es reichte für ein gutes Leben.

Bald nun würde auch er es geschafft haben, würde endlich frei und unabhängig sein. Der gefälschte Ausweis war noch drei Jahre lang »gültig«. Bis dahin musste er eine dauerhafte Lösung für sich geschaffen oder zumindest so viel Geld zusammengebracht haben, dass er sich eine »Verlängerung« würde leisten können.

Klar, die letzten Jahre wollte er nicht missen. Aber er war halt doch immer nur das fünfte Rad am Wagen gewesen und von den van de Capellens vielfach gegängelt worden. Abends mal allein weg war auch nicht möglich. Freunde finden, gar eine Freundin – Fehlanzeige. Aber das alles wollte er nun. Er wollte auf eigenen Füßen stehen.

Als er von seinem provisorischen Lager aufstand, das ihm bereits seit mehr als zwei Tagen als Unterschlupf diente, war es still im Wald. Selbst die Wildschweine, die in den letzten Nächten immer um diese Zeit angefangen hatten, ihr Unwesen zu treiben, waren nicht zu hören. Also machte er sich auf den Weg zum Versteck der Kiste, um endlich aus ihrem Inneren die restlichen Kladden zu holen, die er dem Käufer für einen ganzen Batzen Geld angeboten hatte. Der Typ war darauf eingegangen, sofort. Im Nachhinein machte ihn das skeptisch. Hätte er mehr verlangen sollen? War er etwa zu bescheiden gewesen? Egal. Dreißigtausend Euro waren für ihn sehr viel Geld. Falls alles klappen sollte, hätte er es geschafft.

Auf dem Weg über den Hang hinter den letzten Häusern von Riveris hatte er keine Probleme mehr. Hier kannte er sich mittlerweile aus wie in seiner Westentasche. Noch zweihundert Meter ansteigend, dann halb links wieder fünfzig Meter hügelabwärts bis zur dort stehenden, von Moos überwucherten alten Bank, dann wieder nach rechts. Keine zweihundert Meter weiter hatte er die Kiste unter einem Geröllhaufen versteckt. Er kontrollierte ihren Zustand jeden Tag zwei Mal: frühmorgens und nachts.

Besonders wichtig war ein genauer Blick auf die beiden in unmittelbarer Nähe stehenden Hochsitze. Vor dem einen kirrte ein Jäger Wild an, vermutlich Wildschweine, wie er an den Spuren zu erkennen glaubte, die überall in der Umgebung sichtbar waren. Dort war nun jede Nacht die Hölle los.

Noch war der Jäger nachts nicht da. Er wartete vermutlich, bis die allnächtliche Rotte an der Kirrung groß genug sein würde. Aber es bestand kein Zweifel, dass er bald kommen würde, um seine Ernte einzufahren. Es war also gut, wenn der Verkauf bald über die Bühne ging. Denn absolut sicher konnte er sich hier nicht mehr fühlen. Selbst der Wald war mittlerweile zu belebt, um in ihm längere Zeit unerkannt leben zu können.

Er entschied sich, die Kisten heute Nacht zu leeren und die Kladden in seinen Rucksack zu packen, der zum Transport von Lebensmitteln momentan nicht gebraucht wurde. Als er die Kiste freigelegt hatte, zählte er die in ihr gelagerten Kladden. Alle waren sie noch da, keine war feucht geworden. Zufrieden entnahm er sie Stück für Stück, wickelte jede einzelne in Frischhaltefolie, die er vor zwei Tagen in einem Supermarkt in Waldrach geklaut hatte, und verstaute alles in seinem Rucksack. Dann deckte er die Kiste so gut es ging wieder mit Steinen, Zweigen und Moos ab und machte sich auf den Weg zurück zu seinem Schlafplatz. Den entscheidenden Anruf erwartete er für morgen früh.

***

Plötzlich stellte Ayshe die »Tagesthemen« lauter. »Da«, sagte sie, »sie berichten über die Morde in Trier und einen möglichen Zusammenhang mit Karl Marx.«

Auf dem Bildschirm erschien das Innere des Landesmuseums mit der im Aufbau befindlichen Marx-Ausstellung. Dann schwenkte die Kamera auf Dr. Camphausen und den Generaldirektor, die vor einer Vitrine mit Manuskripten standen und die Ferschweiler bestens bekannten, fotokopierten Dokumente in den Händen hielten.

»Infolge eines tragischen Kapitalverbrechens mit zwei Toten sind in Trier historische Dokumente aufgetaucht, die Wissenschaftler an der Autorenschaft von Karl Marx an seiner zentralen Schrift ›Das Kapital‹ zweifeln lassen«, kommentierte der Sprecher. »Und das, kurz bevor in der Moselmetropole, in der Marx am 5. Mai 1818 geboren wurde, sein zweihundertster Geburtstag mit einer großen Ausstellungskooperation zwischen den Museen der Stadt begangen werden soll. Dr. Friederike Camphausen, die Kuratorin dieser Großausstellung, kommentiert den Fund folgendermaßen«, die Kamera zoomte an Dr. Camphausen heran, »Wir sind seit einigen Tagen im Besitz von bislang völlig unbekannten Dokumenten, die den Schluss nahelegen, dass Karl Marx bei der Abfassung des ›Kapitals‹ nicht nur nicht allein gewesen war, sondern dass er grundsätzliche Hilfe beansprucht hatte, die ihn als Autor des ›Kapitals‹ insgesamt in Frage stellt. Noch wissen wir nicht, wer ihn unterstützte beziehungsweise ihm die Hand führte. Aber unsere Ausstellung wird durch die Integration dieser Dokumente zu einem Ort der lebendigen Forschung. Wir hoffen, durch die nun einsetzende Debatte noch während der Laufzeit der Ausstellung Ergebnisse präsentieren zu können.«

»Mhh«, entfuhr es Ferschweiler unvermittelt, nachdem der Beitrag geendet und die Moderatorin zum Sportteil übergeleitet hatte. »Tatsächlich hat sich mehr als bestätigt, dass Dr. Camphausen zusammen mit ihrem Vorgesetzten den Fund zu eigenen Zwecken ausschlachten will, wobei sie ja insgesamt ziemlich vage bleibt, was sie denn da überhaupt gefunden hat. Oder hab ich das eben nur so wahrgenommen oder gar missverstanden?«

»Keineswegs.« Mittlerweile hatte Ayshe den »Imam« aus dem Backofen geholt. »Wollt ihr tatsächlich nur fernsehen, ihr beiden?«, fragte sie. »Oder sollten wir nicht lieber bald essen? Besser wird der ›Imam‹ nämlich nicht.«

»Gleich«, entgegnete Berswordt. »Du kannst ja schon mal den Tisch decken.« Wieder zu Ferschweiler gewandt, sagte sie:

»Du hast völlig recht. Die Meldung war ziemlich vage. Wenn du mich fragst, wissen die entweder tatsächlich selbst nicht, von wem die dritte Handschrift stammt, oder sie wissen es doch und die dazugehörige Person ist für das allgemeine Profil von Marx und seine Reputation so rufschädigend, dass man darüber nur reden würde, wenn man Marx als Denker ruinieren und unmöglich machen wollte. Und wer käme aus seinem näheren Umkreis dafür in Frage? Seine Frau Jenny? Nein, sie hat mit dem wissenschaftlichen Werk von Marx nichts zu tun. Da bin ich mir sicher. Bei der Tochter der beiden, die auch Jenny heißt, liegt es schon anders. Deren Schrift kennen wir, und ihre Beteiligung an Marx' philosophischem Schaffen ist ja auch bekannt und unumstritten.«

»Und wenn es sich um eine erst nach Engels Tod angefügte Handschrift handelt?«

»Gute Idee, Rudi. Aber zwei Dinge sollten wir nicht vergessen: Warum sollte die damalige SPD mit ihren zentralen Vertretern wie Liebknecht, Bebel oder Kautsky die ansonsten von ihr so gepflegten und gehüteten Hinterlassenschaften ihres Vordenkers manipulieren? Und zweitens, es gibt auf den uns bekannten Seiten bereits eine Art Dialog zwischen den Handschriften: Engels hat mehr als einmal die unidentifizierte Handschrift ausgestrichen und ›zu radikal‹ danebengeschrieben. Das passt chronologisch nicht zusammen.«

Ferschweiler war aufgestanden und stellte sich an ein geöffnetes Fenster. Im Hintergrund war Ayshe fast damit fertig, den Tisch zu decken. Momentan entkorkte sie eine Flasche türkischen Rotwein.

»Sie haben recht, Frau Berswordt. Sie meinen, Helena Demuth könnte ein größerer Anteil an den Gedanken von Marx zukommen als bislang angenommen?«

Berswordt lachte. »Ja, das meine ich. Bislang hat sie gar keinen Anteil. Punkt. Sie existiert nur als der gute Hausgeist, der ›Majordomus‹ oder ›der Generalbevollmächtigte‹, wie sie wohl in der Familie oft selbst genannt wurde. Sie war sozusagen der

Hauself ›Dobby‹ der Familie Marx. Du erinnerst dich doch noch an das, was du von den Aussagen im Karl-Marx-Haus berichtet hast? Danach hatte sich die Demuth nur um die Küche und den Haushalt, die Kinder und den Einkauf bei Familie Marx gekümmert. Schließlich habe sie ja auch gar nicht lesen und schreiben können.«

»Aber Dr. Lütgenau hatte doch auch Belege für diese Aussage.«

»Ja klar. Unter anderem das am 4. November 1890 niedergelegte Testament von Helena Demuth. Ein ohne jeden Zweifel echtes und belastbares Dokument. Aber hat er auch gesagt, so hast du es zumindest berichtet, dass Lenchen bereits fast im Koma lag, zumindest nicht mehr ganz Herrin ihres Körpers war, als sie es verfasste? Und dass sie das ganze Testament einem herbeigerufenen Schreiber diktierte? Schließlich war sie jedenfalls zu schwach und selbst nicht mehr in der Lage, noch eigenhändig ihren Namen darunterzusetzen. Daher die drei X. Aber sie hat damals zu Protokoll gegeben – und so steht es auch im Originaldokument –, wer die Zeugen bei ihrer so geleisteten Unterschrift waren. Diese Zeugen haben das Dokument sogar selbst gegengezeichnet: Es waren keine Geringeren als Friedrich Engels, Eleanor Marx-Aveling und Edward Aveling. Sie ließ wörtlich niederschreiben, ich erinnere mich genau: ›und da ich körperlich zu schwach bin, meinen Namen zu unterschreiben, habe ich das Gegenwärtige mit meinem Zeichen gezeichnet, in Gegenwart der unterzeichnenden Zeugen.‹ Mensch, Ferschweiler, es ging damals um nicht einmal einhundert läppische Pfund Sterling.«

»Kann ja sein.« Ferschweiler wand sich, ließ aber nicht locker. »Und warum hat die Demuth dann, wie Dr. Lütgenau ebenfalls gesagt hat, das ›confession book‹, quasi das Poesiealbum von Jenny Marx, der Tochter von Marx, 1868 nicht selbst ausgefüllt?«

»Die Frage stellst du nicht im Ernst, Rudi, oder?«

»Doch, ich spaße keinesfalls.«

»Helena Demuth war die Haushälterin, Köchin und Alleinunterhalterin für die Kinder und Herrschaften der Familie. Hast du, während du Hausarbeiten verrichtest – und da dürfte die Demuth eigentlich permanent von morgens bis nachts mit beschäftigt gewesen sein –, noch Zeit, mit Muße selbst ein solches Album auszufüllen?«

Ferschweiler schwieg.

»Wohl eher nicht, oder? Also mag sie ihre Antworten wohl diktiert haben, während sie Suppe kochte oder Löcher stopfte oder sogar beides gleichzeitig tat. Mir leuchtet das ein. Kann es mir geradezu plastisch vorstellen: Lenchen am Herd, Jenny sitzt auf der Eckbank neben dem bullernden Ofen bei ihr in der Küche und fragt ihrer mütterlichen Freundin förmlich Löcher in den Bauch. Aber wahrscheinlich hat Dr. Lütgenau jemanden zu Hause, der das alles für ihn erledigt und ihm ebenfalls von solchen Nichtigkeiten den Rücken freihält.«

»Haben wir sonst noch Belege für Ihre Theorie, Frau Berswordt? Und, wenn ich fragen darf, woher sind Sie eigentlich so gut vertraut mit Marx und seiner Familiengeschichte?«

Berswordt wurde leicht ungehalten und trat neben Ferschweiler ans Fenster. »Ach«, sagte sie. »Ich hab doch Politische Ideengeschichte mit dem Schwerpunkt Marxismus studiert. Aber zur Geschichte habt ihr bei der Polizei hier keine echte Beziehung, oder? Habt ihr eigentlich keinen wissenschaftlichen Dienst bei euch, der euch mal in Bereichen wie diesen unter die Arme greifen könnte? Ich hab das Gefühl, dass ihr diesen Fall so behandelt wie irgendeinen beliebigen Mordfall im Milieu. Es geht aber hier um Historisches. Dort, in der Geschichte, liegt das Motiv für die beiden, nein, nunmehr drei Tötungen.«

Sie wandte sich ab und half Ayshe still bei den letzten Vorbereitungen des Abendessens.

»Im Übrigen gibt es einen Brief vom 25. März 1883, lieber Rudi, in dem Engels der Marx-Tochter Laura Lafargue mitteilte, dass die Demuth beim Räumen und Sortieren unter den Manuskripten in Marx' nachgelassener Bibliothek ein großes

Paket gefunden habe, das den wohl größten Teil zu Marx' zweitem Band des ›Kapitals‹ umfasste«, fügte sie hinzu, während das duftende Gericht aus geschmorten Auberginen und Tomaten, der »Imam bayildi«, serviert wurde. »Wie soll eine Analphabetin solche Funde machen können? Wie sollte sie beim ›Räumen und Sortieren‹ helfen? Mochte Engels seine Bibliothek nach den Farben der Buchrücken und deren Größe sortiert?« Als sie bemerkte, dass Ferschweiler sich nicht vom Fleck bewegte, fügte sie an: »Nun komm aber her, der ›Imam‹ will verspeist werden. Wie der duftet! Über alles Weitere können wir morgen sprechen.«

VIER

Als Eva-Brit Berswordt am nächsten Morgen im Büro eintraf, war sie nicht die Erste. Ferschweiler und de Boer saßen bereits an ihren Schreibtischen.

»Sind eigentlich alle Verbrecher frühe Würmer?«, fragte sie belustigt in die Runde. »Oder warum hängt ihr hier schon so früh ab?«

De Boer, der die gesamte vergangene Nacht erst in der Universitätsbibliothek und dann im Präsidium mit Recherche verbracht hatte, konnte nur müde lächeln.

Ferschweiler verzog keine Miene. »Hättest ja mal für einen Kaffee sorgen können, wenn du doch weißt, dass die frühen Vögel auf keine Würmer treffen würden und daher Hunger und Durst schieben mussten. Woher kommt eigentlich deine burschikose Aufsässigkeit?«

Berswordt warf Ferschweiler einen Luftkuss zu. »Ach, die hab ich schon immer. Ist eine Familienkrankheit. Musst mal meinen Vater erleben, dann kannst du verstehen, dass man nur so bei uns daheim überleben konnte. Aber sag, lieber Rudi, hast du gestern Abend schon einmal über Helena Demuth nachdenken können?«

De Boer horchte auf. »Die Demuth? Lenchen Demuth? Was hat die denn plötzlich mit uns zu tun?«

»Unsere vorlaute Kriminologie-Praktikantin meint«, Ferschweiler lehnte sich amüsiert zurück und verschränkte die Arme über dem Bauch, »auch Helena Demuth käme als dritte Schreiberin am Marx-Manuskript in Frage. Tolle Idee, oder?«

»Du bist echt gemein, Ferschweiler.« Berswordt wurde sauer. »Nur weil ich nicht so phlegmatisch bin wie du und dir der Gedanke nicht selbst gekommen ist, bin ich jetzt blöd und vorlaut und das, was ich sage, ist Quatsch, oder was? Rudi, ich glaube, du hast ein Problem mit Frauen.«

Ferschweiler schaute selbstgerecht drein, fühlte sich aber ertappt.

»Ich habe auch schon über diese Variante nachgedacht, Rudi, nicht über dein Problem mit den Frauen, sondern das mit der Demuth«, sagte de Boer zu Ferschweilers Überraschung. »Und auch mir kommt sie nicht als ganz von der Hand zu weisen vor. Es gibt da nämlich diesen Brief vom 25. März 1883 an die Marx-Tochter Laura nach Frankreich –«

»Sag ich doch«, unterbrach Berswordt de Boer mit triumphierendem Unterton, »davon hab ich Rudi schon gestern Abend berichtet. Aber der Herr Kommissar meint ja, ein Studium der Politischen Ideengeschichte mit Schwerpunkt auf Marxismus wäre nur etwas für den launigen Zeitvertreib. Muss eine echt böse, aber nur die eigene Population ansteckende Polizistenkrankheit sein. Mein Onkel ein paar Etagen höher meint das nämlich auch. Herzlichen Glückwunsch.«

»Schluss hier. Was ist das denn für eine sonderbare Art der Unterhaltung? Das kenn ich so gar nicht von der Trierer Polizei.« Judith Möllemann war ins Büro getreten und stand plötzlich mit in die Hüften gestemmten Armen vor den streitenden Kollegen. »Darf ich um Aufklärung bitten?«

Ferschweiler stand von seinem Schreibtisch auf und ging zum Fenster.

»Wir haben keinen Streit«, sagte er. »Wir diskutieren nur kontrovers mit der jungen Kollegin aus dem Kriminologie- und Politische-Ideengeschichte-Studium. Sie denkt, Helena Demuth, der Haushälterin von Marx und später von Engels, könnte die dritte Handschrift vielleicht zuzuordnen sein. Das würde allerdings«, er blickte in die Runde der Kollegen, »bedeuten, dass Helena Demuth nicht nur keine, wie uns bislang alle Wissenschaftler haben weismachen wollen, Analphabetin gewesen ist, sondern dass sie auch über ein profundes wirtschaftstheoretisches und philosophisches Wissen verfügte. Können wir das nachweisen?«

Im Raum wurde es still.

»Und wenn es uns gelingt, ihre Handschrift eindeutig zu belegen?« De Boer war der Erste, der wieder Worte fand.

»Das würde einiges helfen. Aber wie sollen wir das anstellen? Sowohl die Fachleute im Landesmuseum als auch die im Karl-Marx-Haus haben übereinstimmend gesagt, es gebe keine eindeutig Helena Demuth zuzuweisenden Schriftdokumente. Wie auch, sie war nach deren Lesart des Schreibens ja unkundig.«

»Dann ist das wohl eine tote Spur«, schlussfolgerte Möllemann. »Oder ist jemand anderer Ansicht?«

Alle schwiegen, nur Eva-Brit Berswordt war ihr Widerspruch deutlich anzusehen.

»Frau Berswordt?«, fragte Möllemann sie deshalb freiheraus. »Sie wirken unzufrieden. Haben Sie eine andere zündende Idee?«

»Ja«, sagte Berswordt nach kurzem Überlegen. »Die habe ich. Geben Sie mir nur den heutigen Tag Zeit und einen Wagen, okay?«

Nachdem Berswordt mit dem Schlüssel von Möllemanns Pkw entschwunden war, setzte sich die Kriminalrätin an den Besprechungstisch in Ferschweilers und de Boers Büro.

»Sonst noch etwas Neues, die Herren?«, fragte sie gespannt.

De Boer sah Ferschweiler an. »Wie man's nimmt«, sagte er. »Ich war gestern Abend nach einem vorzüglichen Essen noch einmal hier im Büro und hab einige Stunden Recherche zu unserem Antiquar betrieben. Mein lieber Scholli, was der in seinem Leben schon so alles gemacht hat.«

Ferschweiler sah betreten auf den Boden neben seinem Schreibtisch und sagte nichts.

»Auch etwas Einschlägiges im Zusammenhang mit unserem Fall?«, fragte Möllemann interessiert.

»Ich würde sagen, ja. Meitner hat Geschichte, Philosophie und Politikwissenschaften in Berlin und Mainz studiert, Magister in Geschichte 1988 in Mainz, dann ein Promotionsstudium, das er aber einige Jahre später ergebnislos abgebrochen hat. Warum, erklärt sich aus seiner politischen Karriere. Er war seit seinen frühesten Studententagen erst Mitglied in der Deutschen Kommunistischen Partei, der DKP, die vor 1990 die mitgliederstärkste Partei in Deutschland links von der SPD und den Grünen war. Dann, nach dem Ausbleiben von politischen Erfolgen der Partei auf Landes- wie Bundesebene, wechselte er 1991, wohl auch aus Enttäuschung über die Wiedervereinigung, zur viel kleineren MLPD, der Marxistisch-Leninistischen Partei Deutschlands. Er kümmerte sich dort um die Archivarbeit und um Kontakte in den Ostblock, speziell in die Sowjetunion. Zudem arbeitete er unter Pseudonym auch im Verlag der Partei mit. 2002 tritt er dann ganz plötzlich aus der Partei aus und konzentriert sich vollständig auf das Geschäft mit Büchern, wobei er bereits seit den Zeiten seines Studiums ein Versandantiquariat unterhielt und schließlich seit 1994 sein Hauptbetätigungsfeld auf dem Verauktionieren von Gelehrtenbibliotheken hauptsächlich aus dem linken Intellektuellenlager hatte. Die Kataloge dieser Bibliotheken, so findet es sich im Börsenblatt des deutschen Buchhandels noch 2012 verzeichnet, gelten noch heute aufgrund ihrer bibliografischen Genauigkeit als vorbildlich und sind für den Bereich der marxistischen Literatur gesuchte Referenzobjekte.«

»Warum ist er denn so plötzlich ausgetreten? Komisch. Gibt es da Gründe, die bekannt sind?« Ferschweiler konnte sich kein rechtes Bild machen.

»Keine ersichtlichen. Ich müsste diesbezüglich noch weiter recherchieren. Auffällig ist nur, dass er ab diesem Zeitpunkt regelmäßig, das heißt einmal im Monat für jeweils drei bis vier Tage, nach Holland reiste. Aber ob das mit dem Austritt in einem ursächlichen Zusammenhang steht, kann ich nicht beurteilen.«

»Wieder Holland«, dachte Möllemann laut nach. »Gibt es eigentlich Verbindungen zu unseren anderen Toten oder zu deren Umfeld?«

»Keine, die sich dokumentieren ließen.«

»Aber was die Dokumente angeht, hätte Meitner durchaus aus seiner früheren Beschäftigung mit diesem Feld Bescheid wissen können, um einzuschätzen, worum es sich bei den Manuskripten handelte.« Möllemann sah Ferschweiler an, der sich mit einem großen Stofftaschentuch die Stirn tupfte. »Geht es Ihnen heute nicht gut, Rudi? Haben Sie schlecht geschlafen?«

»Es geht schon wieder. Die Nacht war wirklich nicht gut. Ich habe tatsächlich nur wenig geschlafen und viel über die Motivationen der einzelnen am Fall Beteiligten nachgedacht. Aber ich kann mir immer noch keinen Reim auf vieles machen. Ist Meitner getötet worden, weil er zu viel wusste? Und wer hätte ein Interesse daran haben können, dass er sich nicht mehr einmischt? Dr. Camphausen, die ihre Ausstellung mit den Manuskripten zu einem noch größeren Publikumsmagneten machen möchte und sich selbst zu einer Leitfigur der aktuellen Marx-Forschung? Skandale sind ja diesbezüglich sicherlich verkaufsfördernd.«

»Ihr Auftritt gestern im Fernsehen mag einen solchen Schluss durchaus nahelegen.« De Boer widersprach Ferschweiler nicht. Und auch Möllemann machte keine Anstalten.

»Aber können Sie sich Dr. Camphausen als Mörderin vorstellen?«, fragte Ferschweiler. »Und dann Insulin als Mordwaffe? Dazu hätte sie ja wissen müssen, dass Meitner an Diabetes mellitus litt.«

»Auch ein Nicht-Zuckerkranker kann doch durch die Injektion von zu viel Insulin ums Leben gebracht werden, Rudi. Da gehört nicht viel dazu«, sagte de Boer.

Ferschweiler stellte die entscheidende Frage: »Wusste Dr. Camphausen denn überhaupt, dass Meitner eine Kladde des Dokuments in seiner Verwahrung hatte?«

Möllemann blickte nach Antwort suchend in die Runde. »Hatte er denn überhaupt eine Kladde, oder waren es auch nur Einzelseiten? Wissen wir das?«

»Nein«, sagte Ferschweiler, »wissen wir nicht.«

»Denn auch Dr. Camphausen selbst hat ja«, setzte Möllemann ihren Gedanken fort, »immer noch nur die Fotokopien, wie wir in den ›Tagesthemen‹ gesehen haben. Und sie sprach auch nicht von einem schnellen Forschungserfolg, sondern von einer Debatte, die sich jetzt erst einmal während der Laufzeit der Ausstellung entwickeln solle. Das klingt, wenn man es mal genau unter die Lupe nimmt, doch alles ziemlich vage.«

»Also hat sie die bei Meitner lagernden Dokumente nie gesehen?«, schlussfolgerte de Boer.

»Wenn Sie mich fragen, Wim, nein. Vielleicht lagerten dort im Safe aber auch überhaupt keine ganzen Kladden.«

»Aber wer könnte es denn dann gewesen sein? Mit wem könnten die Holländer denn noch über ihren Besitz gesprochen haben? Und vor allem wann?« Ferschweiler rieb sich seine Ohren. »Und die zweite, momentan vielleicht sogar noch entscheidendere Frage lautet: Was hat der Täter mit den Dokumenten vor? Würde er weiter morden?«

Auf Ferschweilers Schreibtisch klingelte das Telefon. Es war der Dauerdienst. Für die Eberhardstraße 44, erstes Obergeschoss, in Trier-Süd war ein Einbruch gemeldet worden. Die Wohnungsinhaberin hieß Friederike Camphausen. Die Dame am Telefon, Annemarie Dixius, habe ausdrücklich nach Rudolph Ferschweiler gefragt. Zudem habe sie sehr verunsichert und ängstlich geklungen. Ferschweiler solle sich bei ihr im Haus gegenüber melden. Ihre Freundin, Friederike Camphausen, sei nicht in der Wohnung und auch ansonsten nicht zu erreichen.

Möllemann entschloss sich spontan dazu, sofort gemeinsam mit Ferschweiler in die Südstadt zu fahren. De Boer hingegen hatte andere Pläne. Er meinte, als fünftes Rad am Wagen würde er nur stören, zumal noch die Kollegen von der KTU dabei sein würden. An Sachverstand würde es nicht mangeln. Stattdessen würde er die Zeit lieber nutzen, um noch einmal den Weg der Holländer vom Tag vor ihrer Ermordung nachzuvollziehen und zu schauen, ob sich nicht doch noch etwas in Erfahrung bringen ließe. Man wisse ja nie.

***

Als de Boer Möllemann und Ferschweiler kurze Zeit später in der Eberhardstraße absetzte, war von Polizei in der Straße wenig zu sehen. Lediglich eine Beamtin stand vor dem Haus Nummer 44 und kontrollierte den Zugang. Hinter den Fenstern in der ersten Etage konnte Ferschweiler jedoch die weißen Overalls der Mitarbeiter der KTU ausmachen.

»Wollen wir uns erst vor Ort ein Bild machen oder direkt zu Frau Dixius gehen?«, fragte Möllemann.

»Erst zum Tatort, bitte«, entgegnete Ferschweiler. »Sonst fehlen uns nachher beim Gespräch wichtige Eindrücke oder Informationen aus erster Hand.«

Sie stiegen die breite, im Dunkeln liegende, allerdings stark knarzende Treppe im Hausflur nach oben – das Flurlicht war offensichtlich defekt – und betraten das kleine Appartement durch eine offen stehende doppelflügelige, verglaste Holztür, deren Schloss unbeschädigt aussah. Ein Polizist sicherte den Zugang.

»Ah, die Kavallerie kommt«, hörte Ferschweiler Wingertszahn-Lichtmeß rufen, der einen Raum weiter damit beschäftigt war, mittels eines Pinsels und transparenter Klebestreifen Fingerabdruckspuren zu sichern. »Ich hab euch schon unten auf der Straße gesehen.«

»Was ist passiert?«, fragte Ferschweiler, während er sich umsah. »Habt ihr schon was?«

Es sah fürchterlich aus. Kein Buch stand mehr im Regal, keine Schublade lag nicht mit ausgekipptem Inhalt am Boden.

»Da hat jemand eindeutig etwas ganz Bestimmtes gesucht«, schlussfolgerte Möllemann.

»Ja, und die Suche wirklich auch systematisch betrieben.« Wingertszahn-Lichtmeß war an seine beiden Kollegen herangetreten. »Selbst die Zuckerdose in der Küche ist ausgeleert, nichts, aber auch wirklich nichts ist unberührt. Der Täter muss hier sicherlich zwei Stunden gewütet haben.«

»Hat das im Haus denn niemand bemerkt?« Ferschweiler konnte es nicht glauben.

»Doch«, sagte der Kriminaltechniker, »die Leute gegenüber und auch das Ehepaar, das über der Camphausen wohnt, haben etwas mitbekommen. Aber da die Camphausen wohl oft abends Lärm macht, vor allem laute Musik hört und auch schon mal nachts staubsaugt oder Reparaturarbeiten ausführt, haben sie sich nichts dabei gedacht.«

»Und gesehen haben sie natürlich auch nichts?«

»Genau, nichts.«

»Gibt es sonst Auffälligkeiten?« Ferschweiler dachte an Schmierereien oder zurückgelassene Dinge.

»Fehlanzeige, auch da nichts«, sagte Wingertszahn-Lichtmeß. »Alles ist so weit clean. Der Täter hat durchgehend Handschuhe getragen. Selbst seine Schuhe müssen in Überziehern gesteckt haben, wie wir sie auch verwenden.«

»Dann macht mal weiter. Wir sind im Haus gegenüber bei einer Annemarie Dixius, die den Einbruch gemeldet hat.« Ferschweiler wandte sich zum Gehen, drehte sich dann aber noch einmal um. »Sonst schon was Neues aus Saarbrücken von der Gerichtsmedizin?«

Auch hier musste Wingertszahn-Lichtmeß passen. »Ich informiere dich, sobald etwas hereinkommt.«

***

Annemarie Dixius war eine Frau um die siebzig mit grau gelocktem, wohlfrisiertem Haar. Als sie Möllemann und Ferschweiler ihre Wohnungstür öffnete und die beiden hereinließ, trug sie ein elegantes orangefarbenes Strickkostüm und eine schlichte weiße Bluse.

»Es ist gut, dass Sie so schnell kommen konnten, Herr Ferschweiler.« Annemarie Dixius gab Möllemann zwar die

Hand, wandte ihren Blick dabei aber nicht von Ferschweiler ab. »Sie müssen nämlich wissen, dass Friederike nie über Nacht wegbleibt, ohne mir Bescheid zu geben.«

»Und gestern ist sie einfach gegangen?«

»Nein, sie ist erst gar nicht nach Hause gekommen. Sie hatte diesen Termin mit dem SWR-Fernsehen, das die Aufnahmen für die ›Tagesthemen‹ gemacht hat. Danach wollte sie zu mir kommen, um zu feiern. Ich hatte extra einen Champagner kalt stellen sollen. Den Auftritt im Fernsehen sah sie wohl als großen Erfolg und als Meilenstein in ihrer Karriere. Wissen Sie, wir sind sehr gut befreundet und kochen mehrfach die Woche miteinander.«

»Kennen Sie sich schon lange?«, fragte Möllemann.

»Nein, nicht wirklich. Friederike ist ja erst seit knapp einem Jahr hier, seit sie die Stelle bei der Marx-Ausstellungsgesellschaft angetreten hat. Vorher lebte sie nicht in Trier oder in der näheren Umgebung.«

»Und wie haben Sie sich kennengelernt? Oder sind Sie auch Historikerin?«

»Gott behüte, nein. Ich war in Luxemburg bei einer Bank beschäftigt und bin nun seit knapp zehn Jahren im Ruhestand. Aber dennoch bin und war ich immer historisch interessiert. Über das Historische bin ich allerdings nicht mit Friederike in Kontakt gekommen. Wir haben uns vielmehr in einem Sprachkurs der Volkshochschule kennengelernt, Niederländisch für Anfänger. Und als wir bemerkten, dass wir Nachbarinnen waren, haben wir uns das eine oder andere Mal privat getroffen. Erst in Bistros oder kleineren Restaurants, dann daheim. Daraus ist inzwischen eine echte Freundschaft geworden.« Zu Möllemann gerichtet, fügte sie an: »So etwas passiert einem in meinem Alter nicht mehr allzu oft.«

Dann bat sie die beiden Polizisten in ihr Wohnzimmer und wies mit einladender Geste auf eine hell bezogene Sitzgruppe. »Bitte nehmen Sie doch Platz. Darf ich Ihnen etwas anbieten? Einen Kaffee vielleicht? Oder einen Tee?«

Sowohl Möllemann als auch Ferschweiler entschieden sich für Kaffee.

Als Annemarie Dixius kurz darauf mit einem Tablett mit Kaffeekanne und -tassen wieder zu ihnen zurückkam, fragte Möllemann: »Können Sie sich vorstellen, wo Frau Dr. Camphausen sich aufhält? Sie sagten, sie sei gestern nach der Arbeit gar nicht nach Hause gekommen. Vielleicht hat sie einen neuen Verehrer, von dem sie Ihnen noch nichts erzählt hat.«

Annemarie Dixius reichte erst Ferschweiler, dann Möllemann eine Tasse mit Kaffee und bat sie gestenreich, sich doch an Sahne und Zucker selbst zu bedienen. »Das ist es ja gerade«, sagte sie schließlich. »In den letzten Monaten war Friederike nie über Nacht weg, nie. Sie hat auch in Trier außer mir keine wirklichen Freunde. Okay, da sind einige Arbeitskolleginnen, mit denen sie manchmal Squash spielen oder schwimmen geht. Abends ist sie jedoch stets wieder daheim. Aber sie ist ja eine attraktive Frau.«

»Sie gehen davon aus, dass Dr. Camphausen etwas zugestoßen sein könnte?«, fragte Ferschweiler, der sich die Zunge am Kaffee verbrannt hatte.

»Ich weiß nicht, möchte es mir auch gar nicht ausmalen. Aber ich habe keine andere Erklärung. Außer dass sie tatsächlich einen neuen Freund hat.« Besorgt knetete Annemarie Dixius ein kleines Sofakissen.

»Wann haben Sie bemerkt, dass in Dr. Camphausens Wohnung eingebrochen worden ist?«

»Heute am späteren Vormittag, als die Sonne so stand, dass man von meinem Küchenfenster aus in ihr Wohnzimmer schauen konnte. Da hab ich das dort herrschende Chaos gesehen, und mir war sofort klar, dass das nicht von Friederike stammen konnte. Sie ist nämlich eine sehr ordentliche und verlässliche Person, müssen Sie wissen. Beruflich wie privat.«

»Hat Frau Dr. Camphausen Ihnen gegenüber in letzter Zeit einmal geäußert, dass sie Angst habe, beobachtet zu werden, oder merkwürdige Anrufe bekomme?«

Annemarie Dixius legte das Kissen auf ihren Schoß und strich es glatt. »Nein«, sagte sie. »Sie war wie immer. Vielleicht ein wenig aufgeregter als sonst wegen dieser Marx-Manuskripte, mit denen sie seit einigen Tagen zu tun hatte. Sie witterte darin eine echte Chance für einen Karrieresprung und stand entsprechend unter Strom. Aber ansonsten war da nichts Auffälliges. Angst hatte sie keine.«

Ferschweilers Handy klingelte. Es war Wingertszahn-Lichtmeß, der ihm mitteilte, dass die KTU in der Wohnung fertig sei und sie herüberkommen könnten, um sich ungestört umzusehen.

»Vielen Dank, Frau Dixius«, sagte Ferschweiler daraufhin, entnahm seiner Sakkoinnentasche eine Visitenkarte und reichte sie Annemarie Dixius. »Wir schauen uns jetzt noch etwas in der Wohnung Ihrer Freundin um. Vielleicht finden wir ja einen Hinweis. Wenn Ihnen noch etwas einfällt, rufen Sie mich bitte umgehend an, egal, zu welcher Tages- oder Nachtzeit. Wir melden uns ebenfalls bei Ihnen, wenn wir Neuigkeiten haben.«

Die Polizisten erhoben sich, gaben Annemarie Dixius zum Abschied die Hand und waren kurze Zeit später wieder in Dr. Camphausens Wohnung auf der anderen Straßenseite.

»Denken Sie, was ich denke?«, fragte Möllemann.

»Wie soll ich denn hinter Ihre Stirn schauen? Aber ich vermute, dass Sie denken, die Camphausen sei wegen der Marx-Fotokopien verschwunden.«

»Sie können ja doch Gedanken lesen, Rudi. Genau das ist meine Theorie. Da will jemand unbedingt diesen Teil des Manuskripts an sich bringen. Das Original lag vermutlich bei Meitner im Safe, und sein Mörder hat es mitgenommen. Aber der will auch die Kopie. Vermutlich sind der Mörder von Meitner und der Einbrecher ein und dieselbe Person.«

»Schon möglich, gut kombiniert.« Ferschweiler schaute an allen ihm einfallenden ungewöhnlichen Orten, die als Versteck für Papiere in Frage kamen, nach. Aber überall war der Einbrecher bereits vor ihm gewesen.

»Auf jeden Fall ist unser Mann ein Profi. Er versteht sein Handwerk. Es gibt hier wirklich keinen Ort, den er nicht abgesucht hat. Ob er fündig geworden ist?«

»Hm«, Möllemann dachte nach. »Ich würde vermuten, dass die Camphausen nicht so unvorsichtig war, die ihr so wichtigen Kopien aus dem hoch gesicherten Landesmuseum mit ins nicht gesicherte Heim zu nehmen. Das wäre purer Leichtsinn gewesen.«

»Also hängt ihr Verschwinden mit dem Nicht-Finden zusammen.« Ferschweiler ging ans Fenster und bemerkte auf der anderen Straßenseite Annemarie Dixius hinter ihrem Küchenfenster. Als sie ihn ihrerseits erkannte, trat sie wie ertappt ins Dunkel ihrer Küche zurück. »Vielleicht hat er sie entführt, um sie zu zwingen, ihm Zutritt zum Museum zu verschaffen.«

»Oder er will, dass sie jemand anders dazu bringt, für sie die Kopien im Museum abzuholen.«

»Dann müssen wir wohl noch einmal mit Frau Dixius sprechen. Sofort.«

***

De Boer hatte es fast schon genossen, bei strahlendem Sonnenschein mehrere Stunden allein von Antiquariat zu Antiquariat und von Antiquitätenladen zu Antiquitätenladen zu gehen. Dabei waren Erinnerungen in ihm aufgekommen an die Zeit, als er noch selbst exzessiv alte Bücher und künstlerisch gestaltete Weinetiketten gesammelt hatte. Aber das war für ihn Geschichte. Dennoch mochte er den Geruch von altem Leder und Papier bis heute.

In den meisten Läden konnten sich die Geschäftsinhaber oder Mitarbeiter an die beiden Holländer, Vater und Sohn, gut erinnern und hatten sich bereits auf den Suchaufruf vor ein paar Tagen in der Zeitung gemeldet. De Boer hatte ihre Namen auf einer Liste, die ihm die Kollegen vom Dauerdienst [illegible] engestellt hatten. Die meisten konnten ihm allerdings nichts weiter berichten als das, was er ohnehin schon wusste. Dass nämlich die beiden mit Manuskripten unterwegs gewesen waren, die sie die Buchhandlungsinhaber zu identifizieren und zu taxieren baten. Keiner von ihnen hatte ihnen jedoch helfen können. Stattdessen verwiesen sie die beiden an Meitner als den Bibliophilie-Experten mit der meisten Erfahrung in Trier.

Bei zwei der Antiquare hatte de Boer dennoch Glück. Sie hatten Videoüberwachung in ihren Geschäftsräumen und überließen die Aufzeichnungen vom betreffenden Tag, die noch nicht gelöscht oder überschrieben worden waren, bereitwillig der Mordkommission zur Auswertung.

De Boer wusste zunächst nicht, inwieweit ihnen die Bänder, die lediglich die Innenräume der Buchhandlungen zeigten, hilfreich sein würden. Dennoch nahm er sie erst einmal mit.

Nachdem er auch bei »Antiquitäten Kottmeier« in Trier-Pallien keinen Erfolg gehabt hatte, fuhr er zurück in sein Büro, holte sich einen Kaffee aus der Cafeteria des Präsidiums und setzte sich an den Rechner, um die Videoaufzeichnungen zu sichten.

Er lud die Bänder hoch, spulte vor, bis die Holländer ankamen – und traute schon kurz darauf seinen Augen nicht.

***

Annemarie Dixius öffnete bereits, bevor die Kommissare klingeln konnten.

»Ich wusste, dass Sie noch einmal zurückkommen würden. Und Sie haben ja recht. Ich hätte es Ihnen sofort sagen sollen.«

Ferschweiler tat, als ob er tatsächlich Bescheid wisse, wovon Annemarie Dixius sprach. In Wahrheit ahnungslos, spielte er mit. Schließlich hatten Möllemann und er ja einen Verdacht. »Wollen Sie es uns jetzt erzählen?«, fragte er freundlich.

»Kommen Sie bitte noch einmal herein.«

»Wann hat er Sie angerufen?«

Annemarie Dixius wirkte sehr unsicher, fasste sich aber schnell wieder und sagte mit leicht belegter Stimme: »Heute Mittag, kurz nachdem ich die Polizei wegen des Einbruchs verständigt hatte.«

»Und was wollte er von Ihnen? Sollten Sie im Landesmuseum etwas abholen?«

Annemarie Dixius sah Ferschweiler erstaunt an. »Woher wissen Sie das? Wird mein Telefon etwa überwacht?«

»Nein«, Ferschweiler musste lachen, »keine Sorge. Kriminalrätin Möllemann und ich hatten so einen Verdacht, der sich nun bestätigt.«

»Es war schrecklich. Er drohte mir, Friederike etwas anzutun, wenn ich nicht das tun würde, was er wolle.«

»Und?«, fragte nun Möllemann voller Anspannung. »Haben Sie eingewilligt?«

Annemarie Dixius sah sie aus erstaunten Augen an. »Natürlich nicht, wo denken Sie hin? Ich lasse mich nicht erpressen. Ich habe ihm gesagt, dass er sich zum Teufel scheren soll. Ich werde doch keinem abscheulichen Verbrecher willfährig sein. Dann habe ich aufgelegt.«

Ferschweiler nickte anerkennend. »Das war sehr mutig von Ihnen, Frau Dixius. Ob es gut für Dr. Camphausen war, weiß ich allerdings nicht.«

»Aber er wollte mir keine Sicherheiten geben«, sagte Dixius. »Noch nicht einmal mit Friederike wollte er mich sprechen lassen. Woher hätte ich wissen sollen, ob es ihr gut geht, ob sie überhaupt noch lebt? Oder ob sie vielleicht gar nicht in seiner Gewalt ist? Nein«, ihre Züge wurden hart, »ohne Sicherheiten kein Geschäft. Das war schon bei der Bank in Luxemburg so, bei der ich gearbeitet habe. Es gibt schließlich Regeln. Und die hat man nicht umsonst gemacht.«

»Hat er noch einmal angerufen?«, wollte Möllemann wissen.

»Nein«, kam es als knappe Antwort von Annemarie Dixius. »Die Nummer würde ich wiedererkennen.«

»Sie kennen seine Rufnummer?« Ferschweiler wurde hellhörig. »Stand sie etwa im Display Ihres Telefons?«

»Ja, kurios, nicht?«

»Haben Sie sie aufgeschrieben?«

»Nein«, sagte Dixius. »Aber ich habe sie mir gemerkt. Denken Sie etwa, ich wäre schon meschugge oder so? Oder ich könnte nicht mehr mit Zahlen umgehen?«

Ferschweilers Telefon klingelte. Diesmal war es de Boer, der nachfragte, wann sie wieder ins Präsidium kämen. Er habe Neuigkeiten, die sie sicherlich interessierten.

***

Möllemann und Ferschweiler nahmen für den Rückweg zum Präsidium ein Taxi. Bereits während der Fahrt versuchte Möllemann, den Inhaber der Rufnummer in Erfahrung zu bringen, die Annemarie Dixius ihnen soeben gegeben hatte. Doch sie hatten sich zu früh gefreut. Der Anschluss lief auf das Landesmuseum, und der betreffende Apparat stand an der Garderobe im Untergeschoss.

»Da hätte nun wirklich fast jeder drankommen können. Es bringt uns kein Stück weiter«, sagte sie.

»Wie man es nimmt«, antwortete Ferschweiler, der im Taxi hinten saß. »Immerhin wissen wir nun, dass es eine Verbindung zwischen dem Entführer und dem Landesmuseum geben muss.«

»Und wer soll da konkret in Frage kommen? Dr. Michels? Haben Sie den eigentlich schon eingehend geprüft? Oder der Generaldirektor? Die beiden Assistenten von Dr. Camphausen?«

»Letztere scheiden aus. Sie waren zum Zeitpunkt der Tat gar nicht in Trier. Der eine überwacht den Druck des Ausstellungskatalogs in Paderborn, die andere begleitet einen Objektsammeltransport mit Marx-Leihgaben aus den USA, der erst in drei Tagen in Trier erwartet wird.«

»Und Dr. Michels?«

»Da muss ich Wim fragen. Wir sind ja gleich da.«

Im Büro der Mordkommission saß de Boer hinter seinem Rechner und tippte die Ergänzungen zu den Ermittlungsberichten der letzten Tage.

»Ein großes Hallo, ihr beiden«, schmetterte er ihnen gut gelaunt entgegen, als Ferschweiler und Möllemann den Raum betraten. »Ich glaube, wir haben den Durchbruch geschafft.«

»Wieso?« Ferschweiler half Möllemann aus ihrer Jacke und hängte sie zusammen mit seiner eigenen an den Garderobenständer hinter der Tür. Dann riss er das Bürofenster auf. »Ist die Klimaanlage kaputt?«, fragte er.

»Es gibt doch gar keine«, konterte Möllemann genervt. »Also«, sagte sie dann. »Was hast du Neues, Wim? Wieso sprichst du von Durchbruch?«

»Na, kommt mal hinter meinen Schreibtisch.« De Boer rückte zur Seite. »Insgesamt war meine Ausbeute heute eher mäßig. Ich bin den Weg abgelaufen, den die Holländer am Tag vor ihrem Tod in der Innenstadt genommen haben, bin in jeden Laden gegangen, in dem sie auch waren, und hab überall nach ihnen gefragt. Alle konnten sich erinnern, aber neue Erkenntnisse hab ich nicht gewonnen. Bis auf das Antiquariat nahe dem Viehmarkt und das neben der Pauluskirche am Paulusplatz. Dort gab es Videoüberwachung. Und nun schaut einmal, was ich auf den Bändern gefunden habe.«

Mit einem Klick startete er das erste Video.

Ferschweiler und Möllemann sahen einen Buchladen ohne Kunden von innen. Dann traten die Holländer ein und sprachen mit dem Besitzer. Kurze Zeit später gingen sie wieder hinaus.

»Und?«, fragte de Boer. »Habt ihr etwas gesehen?«

Verständnislos schüttelten die Ermittler unisono den Kopf – fast wie beim Synchronschwimmen. Keiner sagte ein Wort.

»Okay, dann seht euch jetzt einmal das zweite Video an. Vielleicht gibt euch das ja mehr.«

Zuerst war Ferschweiler enttäuscht, denn auch hier passierte dasselbe, was im ersten Video zu sehen gewesen war, nur in einem anderen Buchladen. Doch plötzlich rief er: »Stopp! Der Typ da, vor dem Schaufenster. Kennen wir den? Oder war der gerade auf dem ersten Video auch zu sehen?«

»Rudi, ich wusste, dass du mich nicht enttäuschen würdest. Bingo!« De Boer war schier aus dem Häuschen. »Genau. Auch im ersten Video ist er vor dem Ladenfenster zu sehen. Er steht dort und beobachtet das Geschehen im Inneren des Geschäfts genau, tut aber so, als ob er nur die Auslagen betrachten würde. Und genau dasselbe macht er auch auf dem zweiten Video. Ein Zufall?«

»Kaum«, sagte Möllemann. »Es sieht vielmehr so aus, als ob er die beiden beschattet hätte. Denn zwischen den Buchläden liegen doch einige Meter – oder sind sie benachbart?«

»Keinesfalls«, sagte de Boer. »Ich schätze die Entfernung auf fußläufig neunhundert bis tausend Meter.«

»Kannst du den Typen heranzoomen?«

»Gern.« De Boer zog auf dem Videobild einen Rahmen auf. Mit zwei Klicks begann sich das Bild zu vergrößern. »Die Datendichte ist leider nicht besonders groß, sodass die Aufnahme in der Vergrößerung etwas unscharf wird. Das Gesicht ist aber dennoch gut zu erkennen. Möglicherweise haben wir hier zum ersten Mal ein Bild von unserem potenziellen Täter.«

»Nur, wer ist es?« Ferschweiler dachte nach und rieb sich dabei intensiv am linken Ohr. »Haben wir den nicht schon einmal woanders gesehen? Bart, untersetzte Statur, mindestens einen Meter achtzig groß, Hut?«

»Auf keinen Fall Dr. Michels«, sagte Möllemann. »Der scheidet aus. So hätte der sich selbst mit professioneller Unterstützung nicht verkleiden können.«

»Auch der Generaldirektor kommt nicht in Frage. Der hat zu viele Haare und ist kleiner als der Typ hier.«

»Sollte es tatsächlich jemand sein, den wir bisher noch gar nicht auf dem Schirm hatten?«, fragte Ferschweiler ungläubig.

In diesem Moment klopfte es, und Wingertszahn-Lichtmeß betrat das Büro. »Oh«, sagte er. »Ich sehe die ganze Trierer Mordkommission gemeinsam beim Fernsehen. Auch ein seltenes Erlebnis. Habt ihr nichts Besseres zu tun?« Grinsend stellte er sich neben Ferschweiler und warf über dessen Schulter einen Blick auf die Standbildvergrößerung auf de Boers Bildschirm. »Was macht denn der Rowinski da?«

»Du kennst den?« De Boer sah ihn überrascht an. Ferschweiler und Möllemann taten es ihm nach. Es war mucksmäuschenstill im Raum geworden.

»Na klar«, sagte Wingertszahn-Lichtmeß. »Mit dem spiele ich ab und zu mal eine Partie Pétanque in den Boule-Anlagen im Garten des Kurfürstlichen Palais oder auf dem Domfreihof. Ist ein alter, wenn auch eher entfernter Bekannter von mir. Hat mir erzählt, er käme wie ich auch aus der Nähe von Britten bei Losheim am See. Hab ihn damals als Kind aber nie wahrgenommen. Ich glaube, er arbeitet momentan als Pförtner im Landesmuseum.«

Plötzlich kam Hektik auf.

»Dann kennen wir ihn doch«, sagte Ferschweiler. »Den holen wir uns ins Präsidium und fühlen ihm auf den Zahn.«

»Nein«, entgegnete Möllemann, »wir lassen ihn direkt verhaften. Und zwar sofort. Wim, kümmerst du dich darum? Ich besorge einen Haftbefehl beim Staatsanwalt. Das wäre doch gelacht.«

»Sind Sie sicher, dass das nicht ein wenig verfrüht ist?« Ferschweiler wirkte unsicher. »Wenn man es recht bedenkt, haben wir nicht wirklich was gegen ihn in der Hand, außer dass er zweimal an Orten auftauchte, an denen auch die Holländer mit ihren Manuskripten waren. Und dass er im Landesmuseum arbeitet, wo sie auch gewesen sind. Das kann aber auch alles bloß Zufall sein.«

»Toller Zufall.« Aber Möllemann gab sich geschlagen.

»Also doch nur herbringen?«, fragte Ferschweiler.

»Ja«, sagte sie. »Aber schnellstmöglich.«

»Will denn niemand von euch meine Neuigkeiten hören?«, fragte Wingertszahn-Lichtmeß rasch, bevor die Kollegen geschäftig den Raum verlassen konnten. »Die Ergebnisse der Gerichtsmedizin sind nämlich endlich da, und meine Untersuchungen an der Waffe, die ihr mir habt zukommen lassen, sind abgeschlossen.«

Sofort kehrte wieder Ruhe ein. Alle Kollegen nahmen wieder Platz und sahen den Kriminaltechniker erwartungsvoll an.

»Berichte«, sagte Ferschweiler. »Rowinski kann noch fünf Minuten warten.«

Wingertszahn-Lichtmeß brachte sich in Position. Er mochte es, ab und zu im Mittelpunkt zu stehen. Ferschweiler war überzeugt, dass er es brauchte, da er daheim von seiner über neunzigjährigen Mutter, bei der er immer noch in einem kleinen Einfamilienhaus aus den 1960er Jahren wohnte, ziemlich kurzgehalten wurde.

»Die gerichtsmedizinischen Untersuchungen bei den Holländern haben – wie ihr ja schon wisst – ergeben, dass der noch untergetauchte Junge nicht der Sohn der getöteten Frau sein kann. Sie war von Geburt an empfängnisunfähig. Ob der Mann sein Vater war, können wir erst absichern, wenn wir den Jungen haben und seine DNA extrahieren können. Ansonsten hat ein Schnelltest ergeben, dass das menschliche Gewebe, das wir unter den Fingernägeln des toten Holländers gefunden haben, tatsächlich von Hans-Jacob Meitner stammt. Beide müssen sich in dem Ferienhaus einen Kampf geliefert haben, bei dem Meitner dann van de Capellen, oder wie immer der auch hieß, erstach.«

»Und dessen Frau er kaltblütig und zielsicher ein Wurfmesser im Rücken platzierte«, ergänzte de Boer.

»Na, das sind mal Neuigkeiten«, sagte Ferschweiler sichtlich zufrieden. »Dann lagen wir mit unseren Vermutungen ja gar nicht so ganz falsch.«

»Ich habe aber noch etwas.« Wingertszahn-Lichtmeß versuchte es spannend zu machen. Es war ein ritualisiertes Spiel – und Ferschweiler ging wie immer darauf ein.

»Na komm schon, Schorsch, nun spann uns doch nicht so auf die Folter ...«

»Zum einen kam Hans-Jacob Meitner tatsächlich durch eine Überdosis Insulin zu Tode. Gut, dass du so aufmerksam warst, Wim. Der Gerichtsmediziner war ganz begeistert über dein Wissen und deine Dokumentationsfotos. Er hat bestätigt, dass, wären wir nur zwei Stunden später gekommen, wir keine Schwellung um den Einstich mehr vorgefunden hätten. Und ob dieser selbst überhaupt noch zu sehen gewesen wäre, da wollte er sich nicht festlegen.«

»Und zum anderen?« Möllemann konnte es offensichtlich nicht abwarten, denn Wingertszahn-Lichtmeß sprach betont langsam.

»Zum anderen haben meine Kollegen im Safe des Antiquars neben den Umschlägen und der alten Pistole noch Papierreste sicherstellen können, die nach einer ersten chemischen Analyse aus der zweiten Hälfte des 19. Jahrhunderts stammen dürften. Es ist ein leicht bläuliches, liniertes Papier englischer Produktion, nicht besonders dick, ebenso, wie man es ehemals für preiswerte Notizkladden oder Ähnliches auch in Deutschland verarbeitete.«

»Fanden sich Notizen auf den Papierresten?« Nun war Ferschweiler der Neugierige.

»Nein, dafür sind sie zu klein. Es sind wirklich nur Brösel gewesen, nichts weiter. Es gab jedoch Anhaftungen von Tinte, was darauf rückschließen lassen könnte. Du kannst sie dir gern einmal ansehen«, bot Wingertszahn-Lichtmeß an. »Aber da das Innere des Safes ansonsten blitzblank war, hielten wir diesen für ein Antiquariat wohl eigentlich eher unspektakulären oder sogar gewöhnlichen Fund schon für bemerkenswert. Zudem waren es die einzigen Verunreinigungen, die dort feststellbar waren.«

»Also dürfte eine Kladde aus dem Fund der Holländer, vielleicht auch nur einige Seiten daraus, bei Meitner gelagert gewesen sein«, schlussfolgerte Möllemann. »Ob er sie am Markt platzieren wollte und das Geld bereits bereitliegen hatte, um die Holländer auszubezahlen?«

»Möglicherweise. Doch kam er dazu dann ja nicht mehr«, schaltete sich Ferschweiler ein. »Aber sein Mörder hat sich im Safe offensichtlich bedient und sowohl die Kladde oder die Einzelblätter als auch das Geld mitgenommen.«

»Okay, Herr Kollege, vielen Dank«, sagte Möllemann zu Wingertszahn-Lichtmeß. »Würden Sie noch so freundlich sein und einmal schnellstmöglich abgleichen, wie identisch das Gesicht des Mannes auf den Videos tatsächlich mit dem von Rowinski ist? Ein Foto von ihm dürften Sie ja auftreiben können, oder? Die Ergebnisse teilen Sie dann bitte schnellstmöglich de Boer mit, haben wir uns verstanden?« Und zu den anderen im Raum versammelten Personen sagte sie etwas weniger fordernd: »Also los, nehmen wir uns den Pförtner vor.«

***

Zwei Streifenpolizisten fanden Hermann Rowinski an seinem Arbeitsplatz in der Pförtnerloge des Landesmuseums und baten ihn, umgehend ins Polizeipräsidium zu kommen. Nachdem dort seine Personalien festgestellt worden waren, saß Rowinski nun Möllemann und Ferschweiler im Verhörraum eins gegenüber.

De Boer, der mittlerweile schon eine umfangreiche Recherche zu Rowinski gestartet und einen Kollegen zu Hannes Feller, dem Vermieter des Ferienhauses im Ruwertal, geschickt hatte, um ihm einen Ausdruck mit Rowinskis Porträt aus den Überwachungsbändern zu zeigen, stand hinter der verspiegelten Scheibe im Nebenraum und verfolgte alles ganz genau. Auch Dr. Süß hatte angekündigt, vielleicht, wenn er Zeit hatte, kommen zu wollen – er hatte wohl Interesse am Fall gefunden. Aber er war noch nicht da.

»Herr Rowinski«, eröffnete Möllemann das Gespräch, »ich möchte gar nicht lange um den heißen Brei herumreden. Wo ist Friederike Camphausen?«

Rowinski knetete sich die Handgelenke. »Ich weiß ehrlich gesagt nicht, wovon Sie sprechen. Vermutlich ist sie wie immer in den letzten Wochen in der aufzubauenden Ausstellung und platziert Objekte.«

»Nein«, entgegnete Möllemann, »das ist sie nicht. Sie wird seit gestern Abend vermisst. Also noch einmal: Wo ist Dr. Camphausen?«

»Sie können so oft fragen, wie Sie wollen.« Rowinski blieb ungerührt. »Ich weiß es nicht. Ich bin nur Pförtner im Museum, einer von vieren, die sich die verschiedenen Schichten teilen, nicht der Personalchef.«

»Wie witzig, Herr Rowinski«, sagte Möllemann. »Wo waren Sie denn gestern Abend nach achtzehn Uhr?«

»Ich hatte Schicht bis um acht. Dann hab ich auf dem Viehmarkt einen Döner gegessen und war so gegen neun daheim. Danach hab ich gelesen.«

»Und was haben Sie am Dienstag gegen Mittag gemacht?«

»Da war ich im Fitnessstudio. Das mache ich jede Woche an diesem Tag, immer um die gleiche Zeit. Sie können sich gern erkundigen.« Aus seiner Brieftasche nahm er eine Visitenkarte heraus. »Hier«, sagte er. »Dann müssen Sie die Adresse nicht extra recherchieren.«

Möllemann lächelte müde. »Sie wohnen in der Jüdemerstraße?«, fragte sie.

»Das ist korrekt. Dort lebe ich schon seit vielen Jahren. Einfach, aber gut. Und ich mag die Nähe zum Viehmarkt. Da ist immer etwas los.«

»Gehen Sie oft in der Stadt spazieren?«

Rowinski wurde ungehalten. »Hören Sie, ich verstehe ja Spaß. Aber was soll das hier für eine Veranstaltung sein? Wollen Sie vielleicht auch noch wissen, ob ich den Döner scharf und mit Zwiebeln und Schafskäse genommen habe?«

»Nun beruhigen Sie sich bitte, Herr Rowinski.« Möllemann versuchte zu deeskalieren. »Wir tun hier auch nur unsere Arbeit. Und Sie wissen: Wir ermitteln in mittlerweile drei Mordfällen.«

»Wieso drei? Ist der holländische Junge auch tot?«

Ferschweiler meinte, eine leichte Unruhe im Blick des ansonsten völlig reglos dasitzenden Pförtners registriert zu haben. »Bleiben wir bei den Holländern: Warum haben Sie die beiden, Vater und Sohn, auf ihrem Weg durch die Stadt von Antiquariat zu Antiquariat verfolgt?«

»So ein Quatsch. Hab ich gar nicht. Hätte ich auch gar keine Veranlassung zu gehabt.«

»Es existieren aber Videoaufnahmen, die zeigen, wie Sie ihnen folgen und dass Sie sehr bewusst darauf erpicht sind, unauffällig zu wirken.«

»Ich glaube Ihnen kein Wort.« Rowinski lachte verärgert. »Sie wollen mir etwas anhängen, was ich nicht getan habe. Haben Sie in Ihren Ermittlungen solche Not?«

Vom Nebenraum aus schaltete de Boer nun den großen Wandmonitor ein, der im Vernehmungsraum hing, und projizierte die beiden Standbilder aus den Überwachungsvideos darauf. Gleichzeitig schickte er Möllemann eine SMS mit der Information, um die sie Wingertszahn-Lichtmeß vorher gebeten hatte.

»Da«, sagte Ferschweiler und wies auf den Monitor, »sehen Sie selbst. Die Ähnlichkeit mit Ihnen ist unverkennbar.«

Möllemann sah unterdessen auf ihr Smartphone.

»Aber auch nur Ähnlichkeit«, entgegnete Rowinski selbstsicher. »Das da bin auf jeden Fall nicht ich. Schauen Sie doch einmal genau hin, wo Sie das Original nun schon vor sich haben.« Wieder lachte Rowinski, diesmal sarkastisch.

»Das haben wir, Herr Rowinski.« Möllemann hatte das Telefon wieder weggesteckt. »Und wir haben sogar dieses Standbild aus dem Video zusammen mit Ihrem Foto aus der städtischen Ausweisstelle über eine biometrisch arbeitende Gesichtserkennungssoftware laufen lassen. Was meinen Sie, wie hoch die Übereinstimmung war?« Sie fixierte Rowinski triumphierend. »Siebenundneunzig Prozent«, sagte sie dann. »Und das reicht, um von identisch zu sprechen.«

Rowinski wurde unruhig und rutschte auf seinem Stuhl hin und her. »Es mag vorkommen, dass ich manchmal durch die Stadt schlendere. Da haben Sie recht. Und für Bücher interessiere ich mich auch. Ich darf ja an meinem Arbeitsplatz lesen und habe deshalb einen großen Bedarf an Büchern. Aber die kann ich mir nicht immer neu leisten, da muss ich schon mal antiquarisch oder auf Restetischen bei den Remittenden suchen. Vielleicht war das so ein Tag. Ich kann mich jedenfalls nicht erinnern, dabei irgendwelche Holländer getroffen oder auch nur gesehen zu haben. Auch die nicht, um die es hier geht.« Mit vor der Brust verschränkten Armen sah er Möllemann und Ferschweiler an. »War's das jetzt? Oder haben Sie noch etwas auf dem Herzen? Denn ich würde gern wieder an meine Arbeit zurück. Glaube nämlich nicht, dass meine Abwesenheit meinem Arbeitgeber so gut gefällt. Er muss mich jetzt ja vertreten lassen ...«

»Okay«, sagte Möllemann und schaltete das Tonbandgerät auf dem Tisch zwischen ihnen aus. »Dann war's das fürs Erste. Aber halten Sie sich bitte zu unserer Verfügung.«

Nachdem Rowinski von einem uniformierten Beamten hinausbegleitet worden war, schlug sie mit der offenen Hand auf den Tisch. »So eine Scheiße, der ist ja aalglatt.«

»Es ist tatsächlich frustrierend. Aber wir haben auch nicht wirklich etwas gegen ihn in der Hand. Was wollen wir da machen?«, sagte Ferschweiler.

De Boer betrat den Verhörraum und schloss die Tür hinter sich. »Ich glaube, ich werde noch einmal zu Frau Dengels gehen und ihr das Bild von Rowinski zeigen. Vielleicht kannten sich Meitner und Rowinski ja.«

»Der geläuterte Kommunist und der kleine Pförtner?«, sagte Möllemann zweifelnd. »Aber versuch es. So viele Spuren können wir momentan nicht verfolgen. Ehrlich gesagt bin ich ziemlich ratlos.«

De Boers Mobiltelefon machte sich mit einem spezifischen Ton bemerkbar. »Oh«, sagte er, nachdem er die Nachricht gelesen hatte, »eine E-Mail aus Potsdam, aus dem Hauptstaatsarchiv. Ihr erinnert euch? Ich hatte dort eine Anfrage gestellt wegen eines möglichen Nazi-Kunstraubtransports, der durch Trier gegangen sein könnte. Und nun hört euch das mal an. Ein Archivmitarbeiter, ein gewisser Dr. Sommer, schreibt – ich lese euch die ganze Mail einfach vor.« Er räusperte sich.

»Sehr geehrter Herr de Boer,
bitte entschuldigen Sie, dass ich mich erst jetzt bei Ihnen melde, aber die zur Beantwortung Ihrer Anfrage nötigen Recherchen haben einige Zeit in Anspruch genommen. Nun kann ich Ihnen aber mitteilen, dass laut unseren Akten nur ein einziges Mal während des Zweiten Weltkrieges ein Panzerzug beladen mit Beutekunst beziehungsweise kriegsbedingt verlagertem Kulturgut in Trier Station gemacht hat. Es war am 1. April 1943. Der Grund war die Reparatur einer nicht korrekt schließenden Tür an einem der gepanzerten Waggons. Dokumentiert ist ferner, dass nach Ausladen des Zuges am darauffolgenden Tag in München festgestellt wurde, dass eine Transportkiste kleineren Formats fehlte. Ich habe mir erlaubt, für Sie zu recherchieren, ob es in Folge dieser Verlustmeldung Aktivitäten bei der Gestapo oder der SS in Trier gegeben hat. Und tatsächlich: Aktenkundig ist, dass bereits zwei Tage nach dem Halt des Panzerzuges in Trier vier Eisenbahner von der dortigen Geheimpolizei verhört worden waren, von denen drei kurz darauf schon wieder nach Hause geschickt wurden. Nur einer, Matthias Bittmann, blieb in Haft. Die Namen der übrigen drei füge ich der Vollständigkeit halber diesem Schreiben an: Sie lauteten Friedrich Morgen, Hans-Walter Schenk und Eucharius Olk. Für Matthias Bittmann ließ sich des Weiteren dokumentieren, dass er eine Woche nach seiner Inhaftierung in Trier an eine Feldstrafgefangenen-Abteilung der Wehrmacht überstellt und an die

Ostfront zur ›Frontbewährung‹ verbracht wurde. Dort sollte er sich durch ›außergewöhnliche Tapferkeit‹ bei unbewaffnet auszuführenden ›härtesten Arbeiten unter gefahrvollen Umständen‹, etwa beim Bau von Gefechtsbunkeranlagen, bei der Räumung von Minenfeldern oder bei der Leichenbergung, an der Front ›bewähren‹, wie es im Jargon der Nationalsozialisten hieß. In den allgemeinen Verlustlisten wird er allerdings bereits drei Wochen später als ›im Einsatz gefallen‹ aufgeführt. Ein Grab existiert laut Unterlagen nicht.
Mit freundlichen Grüßen.«

»Auch hier, wie wir vermutet haben«, sagte Ferschweiler. »Interessant sind zudem die Namen der drei anderen Eisenbahner, die im Schreiben genannt werden. Einer davon, Eucharius Olk, könnte der älteste Bruder meiner Mutter sein. Zumindest hieß der auch so, und Eisenbahner war der auch, wie ja viele in Trier-West.«

»Lebt der noch?«, fragte Möllemann.

»Wenn ja, dann muss er uralt sein«, sagte Ferschweiler. »Als meine Mutter ins Seniorenzentrum der Barmherzigen Brüder zog, wohnte er dort schon seit einigen Jahren.«

»Kannst du mal rauskriegen, ob er noch am Leben ist, bitte?« Möllemann sah Ferschweiler erwartungsvoll an. »Wäre ja wunderbar, nach all den Jahren noch mit einem direkten Augenzeugen sprechen zu können.«

Ferschweiler fühlte sich bei dem Gedanken daran, die »Blaue Käthe« aufsuchen zu müssen, nicht nur körperlich unwohl. Eigentlich hatte er mit seiner Mutter abgeschlossen.

»Okay«, sagte er dennoch pflichtbewusst, wobei leichter Missmut in seiner Stimme mitschwang, »dann werde ich meine Mutter doch mal wieder besuchen gehen müssen.«

***

Endlich hatte es geklappt. Der lang ersehnte Anruf war bei ihm eingegangen, und er hatte sich mit dem Interessenten am Fuße des fast fünfzig Meter hohen Staudamms der Riveristalsperre verabredet.

Zuletzt hatte er in einem der Gebäude übernachtet, die im Umkreis der nahe gelegenen Grillhütte errichtet worden waren, was ihm auch die Möglichkeit gegeben hatte, ein wenig Körperhygiene zu betreiben.

Dank seiner Wachsamkeit war er unentdeckt geblieben. Zwar hatte es vor zwei Tagen eine etwas größere Grillparty gegeben, aber da hatte er sich einfach in den Wald hinter dem Grillplatz zurückgezogen und dort in einem Bett aus Moosen und Farnen gewartet, bis der letzte Gast das Fest verlassen hatte.

Nun ging ihm allerdings allmählich die Verpflegung aus, und er war froh, bald sein Geschäft abschließen zu können. Dreißigtausend Euro hatte er für die Kladden verlangt – und der Interessent war auf diese Preisvorstellung ohne zu verhandeln eingegangen.

Am Tag der Geldübergabe war er etwas nervös, aber das legte sich, sobald er mit dem Käufer zusammentraf. Sie sprachen nicht viel. Er prüfte die Scheine auf ihre Echtheit, der Käufer die Kladden auf Vollständigkeit.

»Gibt es außer diesen Heften hier noch weitere Dokumente, die in der Kiste waren?«, fragte der Käufer.

Er konnte diese Frage eindeutig verneinen. Er hatte alles mitgebracht und übergeben. Nur eine Seite fehlte, nämlich die, die er und Hans-Frieso, den alle immer für seinen Vater gehalten hatten, im Landesmuseum gelassen hatten. Aber diese Information ließ den Käufer kalt.

Sie gaben sich die Hand und besiegelten so das Geschäft.

»Was ist mit der Kiste?«, fragte der Käufer noch, gab sich jedoch mit der Antwort zufrieden, dass er sie im Wald vergraben habe, wo sie wohl keiner finden würde. Zudem sei sie leer.

Man trennte sich, und jeder ging seines Weges.

Er war mehr als zufrieden und lief, sobald er sich weit genug vom Käufer entfernt hatte, lachend und vor Freude hüpfend durch den Wald. So viel Geld hatte er noch nie besessen. Nun konnte er ein neues Leben beginnen.

***

De Boer musste warten. Erst nach dem fünften Klingeln öffnete sich im zweiten Stock des Hauses, in dem Hans-Jacob Meitner sein Antiquariat hatte, ein Fenster.

»Ach, Herr Kommissar!«, rief Eleonore Dengels von oben. »Haben Sie noch etwas vergessen? Warten Sie, ich komme herunter.«

Schneller als de Boer gedacht hatte, wurde sodann die Hauseingangstür geöffnet. Eleonore Dengels bat ihn in den Hausflur, in dem es angenehm nach Kuchen roch. Wie auch beim letzten Mal stand dort ein hochpreisiges Mountainbike an die Wand gelehnt.

»Hat das Herrn Meitner gehört?«, fragte de Boer voller Bewunderung für die Maschine. »Es ist ein Prachtstück.«

Eleonore Dengels lachte. »Es war reine Geldverschwendung, wenn Sie mich fragen. Ja, es gehörte Hans-Jacob. Er hat es auf Empfehlung eines alten Freundes gekauft, aber so gut wie nie benutzt. Er war viel zu faul für so eine Rennmaschine.«

»Aber er hatte einen Wagen, oder?«

»Wo denken Sie hin. Nein. Er machte alle Wege zu Fuß, mit dem Bus oder der Bahn. Da war er eisern und konsequent. Er empfand die Politik der Automobil- wie der Mineralölkonzerne als schlimmste Ausbeutung.« Dann, drei Stufen höher, fragte sie, das Thema abrupt wechselnd: »Wollen Sie noch einmal in den Verkaufsraum? Ich hab noch nicht aufgeräumt. Sie können sich aber, wenn Sie möchten, schon ins Kondolenzbuch eintragen. Es liegt auf dem großen Tisch dem Fenster gegenüber. Und wenn Sie möchten, bringe ich Ihnen auch gern ein Stück von meinem frisch gebackenen Kuchen.« Eleonore Dengels öffnete dem verneinenden de Boer die bereits bekannte Tür zur Küche und ließ ihn ins Erdgeschoss. »Ich bin gleich wieder bei Ihnen«, sagte sie. »Meine Cousine ist am Telefon, und ich möchte das Gespräch noch eben beenden, wenn das für Sie in Ordnung ist.«

»Selbstverständlich«, sagte de Boer. »Ich sehe mich derweil ein wenig um.«

»Tun Sie das«, hörte er Eleonore Dengels noch sagen, die schon wieder den ersten Treppenabsatz erreicht hatte. »Fühlen Sie sich ganz wie zu Hause.«

Im Inneren des Verkaufsraums war es stickig. Gelüftet worden war hier wohl schon seit Längerem nicht mehr. De Boer trug sich ins Kondolenzbuch ein und begann, die Reihen an alten Büchern mit den Augen abzuwandern.

Im Regal hinter Meitners Schreibtisch stand sein Handapparat. Neben all den üblichen Nachschlagewerken zur Buch- und Grafikkunde, Werkverzeichnissen, Lexika, den verschiedenen Nationalbiografien sowie Auktionspreisverzeichnissen fand de Boer auch eine Reihe von Auktionskatalogen, die den Namen von Meitners Antiquariat auf dem Rücken trugen. Neugierig setzte er sich hin, um einen Blick in die Kataloge zu werfen, die vom Börsenblatt des deutschen Buchhandels als so vorbildhaft beschrieben worden waren.

Tatsächlich waren sie mustergültig aufgebaut. De Boer als alter Bibliophiler fand nichts, worüber er sich hätte beschweren können. Und stets handelte es sich um Kataloge ganzer Bibliotheken, das heißt, nicht um Varia-Verzeichnisse. Zudem waren viele der ehemaligen Bibliotheksbesitzer nicht ganz unbekannt, die meisten stammten aus dem sozialistischen Lager.

Als de Boer einen vierten Katalog willkürlich aus dem Regal zog und aufschlug, glaubte er, seinen Augen nicht zu trauen. »Bibliothek Max Merkel«, stand auf Einband wie Titelseite, und auf dem Rücken des Katalogs war mittig das Bild des Bibliotheksbesitzers platziert – als er es sah, war de Boer wie elektrisiert.

»Sie sind ja ganz blass um die Nase, Herr Kommissar«, sagte Eleonore Dengels, die von de Boer unbemerkt den Raum betreten hatte. »Haben Sie etwa einen Geist gesehen?«

De Boer fuhr erschrocken hoch. »Nein«, sagte er, nachdem er sich wieder gefasst hatte, »keinen Geist, nur dieses Foto hier auf dem Katalog. Kennen Sie den Mann?« Er hielt Eleonore Dengels die Rückseite des Katalogs entgegen.

»Max Merkel? Ja, den kenne ich. Gut sogar.«

***

Für Ferschweiler war es ein schwerer Weg zum Seniorenzentrum der Barmherzigen Brüder in der oberen Bruchhausenstraße. Zu Hause waren sie zu dritt gewesen. Er, sein Bruder und seine Mutter. Einen Vater hatte er quasi nie gehabt. Da er in einer Straße aufgewachsen war, in der auch fast die gesamte Verwandtschaft mütterlicherseits wohnte – die des Vaters lebte in der Parallelstraße –, war es nie ein Problem gewesen, wenn seine Mutter nicht daheim gewesen war, wenn er oder sein Bruder früher oder später aus der Schule gekommen waren. Ihre Straße war ihre Familie. Sie aßen bei Onkeln und Tanten, sie schliefen bei der Oma oder bei Freunden. Und die »Blaue Käthe« hatte weitgehend ihre Ruhe.

Erst als ihr Alkoholismus erste Auswirkungen zeigte, da war sie um die vierzig, sie ihren festen Job im Eisenbahnausbesserungswerk, dem größten Arbeitgeber in Trier-West auch nach dem Krieg, verlor und sie sich und ihre beiden Söhne ab dann mit Gelegenheitsarbeiten und Kleinkriminalität über Wasser halten musste, regte sich Opposition in Rudi. Er wollte schon früh die Laufbahn eines Polizisten einschlagen. Er konnte es nicht ertragen, wenn soziales Chaos herrschte und niemand meinte, sich an Regeln halten zu müssen. Auch war es für ihn schwer, wenn ausschließlich, wie in ihrer Straße üblich, das Recht des Stärkeren galt. Wie oft gab es Knochenbrüche, blaue Augen, ausgerissene Haare oder Brandwunden auf Armen und Beinen.

Es herrschte insgesamt Ordnung unter der bewegten Oberfläche, wofür der Bruder des Großvaters seiner Mutter mit seinen Söhnen weitgehend sorgte. Aber das Recht lag ausschließlich bei ihm, alle nannten ihn den »Chef«. Zwar versuchte der Chef auch mehrmals, die »Blaue Käthe« zur Vernunft zu bringen, aber es war stets vergebens. Und so rutschte sie weiter ab und war irgendwann für den Clan nicht mehr tragbar. Man ließ sie fallen, entzog ihr, und damit auch ihren beiden Söhnen, die Unterstützung.

Ferschweiler war damals sechzehn, sein Bruder neunzehn. Letzterer hatte gerade einen Ausbildungsplatz als Schlosser im Hafen ergattert, er selbst machte seinen Schulabschluss auf der Kurfürst-Balduin-Hauptschule. Wenn sich dort nicht seine Lehrerin Helga Spieß intensiv um ihn gekümmert und dafür gesorgt hätte, dass er weg aus seinem Kiez in eine in Gartenfeld beheimatete Wohngruppe gekommen wäre, er hätte nicht sagen können, was mit ihm passiert wäre. So aber konnte er Abstand gewinnen und schließlich sogar auf dem Kolleg sein Abitur machen. Als man ihn dann bei der Polizei zu einem Vorstellungsgespräch einlud, hing für ihn der Himmel voller Geigen.

Und nun musste er zu seiner Mutter, der er einen Großteil der Schuld an seiner verkorksten Kindheit und Jugend zuwies.

Er stand vor der einladend in Ockerorange gestrichenen Fassade des interessant in sich verwinkelten Seniorenzentrums und traute sich nicht hinein. Er hatte seine Mutter seit knapp sechs Jahren nicht mehr gesehen, hatte bewusst keinen Kontakt mehr zu ihr gesucht. Er wusste nichts über ihren momentanen Zustand – und das machte ihm Angst. Aber er hatte seinen Kollegen sein Wort gegeben, seinen Onkel zu besuchen und eventuell auch zu befragen. Und das führte in jedem Fall über einen Besuch bei der »Blauen Käthe«.

Im Seniorenzentrum war es angenehm kühl. Die Hitze der vergangenen Tage war für alle, das konnte man sehen, eine Belastung gewesen. Als Ferschweiler die sich automatisch öffnende Schiebetür durchschritten hatte, wunderte er sich zuallererst über die überaus freundliche Atmosphäre des Hauses, über seine lichte Großzügigkeit und den fehlenden Geruch nach Krankenhaus.

Er konnte sich noch gut an den Besuch bei seinem Großvater erinnern, der in einem Eisenbahnerheim seine letzten Jahre verbracht hatte und der ihm immer erzählte, er würde so gern fernsehen. Nur stand in seinem Zimmer keines dieser damals noch recht neumodischen Geräte. Und Ferschweiler hatte lange gebraucht, um zu begreifen, dass sein Opa mit »fernsehen« den Blick aus seinem Fenster in Richtung der etwas entfernt gelegenen Mosel gemeint hatte.

»Kann ich Ihnen weiterhelfen?«, fragte eine junge Dame in einer elegant geschnittenen, an ein Kostüm erinnernden Kittelschürze, auf deren Namensschild »Oberschwester Monika« stand.

Ferschweiler bedankte sich und fragte nach Eucharius Olk und Käthe Ferschweiler. Oberschwester Monika wusste sofort Bescheid.

»Herr Olk«, sagte sie, »sitzt momentan sicherlich beim Schach im Aufenthaltsraum ›Saar‹. Das tut er jeden Tag um diese Zeit. Er ist in dieses Spiel vernarrt – und auch wirklich gut darin. Fast keiner im Haus oder von den Besuchern kann es mit ihm aufnehmen. Und das, obwohl er schon fast die hundert erreicht hat. Frau Ferschweiler hingegen liegt seit etwas mehr als zwei Jahren auf unserer Demenz-Station.«

Ferschweiler schluckte nervös.

»Ich bringe Sie hin. Sind Sie ein Verwandter?«, wollte Oberschwester Monika wissen.

»Ich bin der Sohn«, sagte Ferschweiler mit belegter Stimme.

Oberschwester Monika nickte nur. »Zu wem möchten Sie zuerst?«

»Zu meiner Mutter, bitte.«

»Na, dann folgen Sie mir mal.«

Auf dem Flur des Demenz-Zentrums angekommen, begleitete Oberschwester Monika Ferschweiler bis zur Tür des Zimmers seiner Mutter.

»Normalerweise ist sie um diese Tageszeit auf und sitzt mit anderen Demenz-Patienten im Therapiezimmer, wo wir mit ihnen Spiele machen oder Gedächtnisübungen. Aber Ihre Mutter hat seit einigen Tagen Probleme mit der Verdauung und dem Kreislauf. Daher liegt sie zu Bett.«

Leise klopfte Oberschwester Monika, öffnete die Tür und ließ Ferschweiler in ein Zimmer, in dem er sofort die alte Kommode erkannte, die damals bei ihnen in Trier-West auf dem Flur gestanden hatte. Auch Käthes Sessel war da, wenn auch mit einem neuen Bezug. Selbst ein Foto der beiden Ferschweiler-Brüder hing über dem Sessel an der mit geblümter Tapete verzierten Wand. Die »Blaue Käthe« selbst lag auf die Seite gedreht im Bett und sah mit leeren Augen und bei jedem Atemzug stöhnend in den Raum.

»Ich lasse Sie jetzt allein. Wenn etwas sein sollte, finden Sie mich im Schwesternzimmer hier auf der Etage. Viel Glück.« Dann schloss Oberschwester Monika genauso leise die Tür, wie sie sie zuvor geöffnet hatte.

Ferschweiler nahm sich einen Stuhl und setzte sich vor das Bett seiner Mutter. Auf diesen Anblick war er nicht vorbereitet gewesen. Die »Blaue Käthe« bestand nur noch aus Haut und Knochen. Ihre wenigen verbliebenen Haare standen ihr wirr vom Kopf ab, ihre ehemals tiefblauen Augen waren wässrig und geschwollen.

»Wer sind Sie?«, fragte sie, als sie Ferschweiler bemerkte. »Kennen wir uns? Sind Sie etwa der neue Mieter von nebenan? Auf Sie warten wir schon die ganze Zeit.«

Wie automatisch versuchte Ferschweiler, ihr über das Haar zu streichen. Sie aber schlug in einer plötzlichen Bewegung seine Hand weg und schrie voller Aggression in der Stimme: »Unterstehen Sie sich, mich hier in aller Öffentlichkeit so unzüchtig zu berühren. Wir kennen uns ja gar nicht, Sie Schwein. Verschwinden Sie besser wieder. Für immer. Sonst ruf ich den Onkel.«

Ferschweiler war zum Heulen zumute. Er saß eine ganze Weile – es mochten vierzig Minuten gewesen sein – nur da, ganz still, und sah seiner Mutter in die leeren Augen, lauschte ihrem Stöhnen und kämpfte mit den Tränen. Dann tat er wie ihm von ihr geheißen. Er stand auf, stellte den Stuhl zurück an den Ort, von wo er ihn genommen hatte, und verließ ohne jedes weitere Wort den Raum.

Im Dienstzimmer erwartete ihn Oberschwester Monika.

»Ist es nicht gut gelaufen?«, fragte sie einfühlsam.

»Nein«, antwortete Ferschweiler. »Eher schlecht. Sie hat mich nicht einmal erkannt, behauptete stattdessen, ich wolle ihr an die Wäsche. Oh Mann …«

»Aber Sie kennen doch ihre Vorgeschichte, Herr Ferschweiler. Sie war starke Alkoholikerin, über Jahrzehnte.«

»Ich weiß, ja. Ich bin ja auch Teil dieser Vorgeschichte, wie Sie es nennen. Aber am Ende ist es doch immer schrecklich, bei allem, was man fühlt.«

»Machen Sie sich keine Sorgen«, sagte Oberschwester Monika. »Bei uns ist sie in guten Händen. Kommen Sie. Ich bringe Sie zu Eucharius Olk. Er ist ein Sonnenschein.«

»Ist er auch dement?«

»I wo. Er kann sich an alles erinnern. Sensationell! Und er erzählt Geschichten von früher, dass Sie sich totlachen könnten.«

Der Aufenthaltsraum »Saar« war einladend lichtdurchflutet und besaß eine große Terrasse zum Innenhof des in einem Dreieckswinkel gebauten Seniorenzentrums. Überall im Raum saßen kleine Gruppen von Senioren im Spiel beieinander, lasen sich gegenseitig vor oder hörten beziehungsweise machten Musik. Ferschweiler hatte den Eindruck, dass sich alle hier im Raum wohlfühlten.

In einer Ecke saß ein hoch aufgeschossener, extrem abgemagerter Mann mit hoher Stirn und weißem Haarkranz, der, gekleidet in einen gut sitzenden, elegant wirkenden Hausanzug, seinen Blick konzentriert auf einen vor ihm stehenden Schachcomputer gerichtet hatte.

»Das ist Herr Olk«, sagte Oberschwester Monika. »Sprechen Sie ihn ruhig an. Er wird sich freuen.«

Ferschweiler trat näher an Eucharius Olk heran. Er hörte noch, wie der Schachcomputer mit elektronischer Stimme sagte: »Turm von A2 auf E2 – schachmatt.«

Olk blickte missmutig auf. »Dieses Ding hat mich schon wieder besiegt«, sagte er unvermittelt und ohne sich vorzustellen zu Ferschweiler. »Meine Urenkelin hat es mir zum letzten Geburtstag geschenkt. Aber ich habe keine Chance gegen diese Maschinen, hatte es noch nie. Sie sind uns längst überlegen, diese Dinger.«

»Hoffentlich nur im Schach«, antwortete Ferschweiler und setzte sich zu Eucharius Olk an den Tisch. Er kannte das Mädchen, das sich anscheinend rührend um den alten Mann kümmerte, nicht, denn er hatte schon seit Jahren jeglichen Kontakt zu seiner Familie abgebrochen. Nicht einmal zu den alle drei Jahre stattfindenden Familientreffen, die immer im Saal derselben Gaststätte in Trier-West gefeiert wurden, ging er. Irgendwie schämte er sich für seine Familie.

»Nein«, sagte Olk, »diese Computer haben uns schon ganz in der Tasche. Früher war eben doch alles besser. Da konnten wir noch selbst bestimmen, was wir wollten und wo es hingehen sollte. Auch fünfe konnte man mal gerade sein lassen. Das ist jetzt wohl, und in Zukunft dann eh, vorbei.«

»Herr Olk«, begann Ferschweiler das Gespräch – er wollte sich nicht als Verwandter outen, »ich interessiere mich für die Geschichte des Eisenbahnausbesserungswerks in Trier-West.«

»Da hab ich lange Jahre gearbeitet.« Stolz schlug sich Olk vor die Brust. »War eine harte, aber auch schöne Zeit.«

»Können Sie sich noch an den ersten Bombenangriff auf Trier im Zweiten Weltkrieg erinnern und daran, dass Sie damals mit drei weiteren Eisenbahnerkollegen im Ausbesserungswerk einen Panzerzug zu ent- und dann schnell wieder zu beladen hatten?«

Olk zögerte keine Sekunde mit der Antwort. »Klar erinnere ich mich daran, war ja ’ne aufregende Sache für so einen jungen

Mann wie mich damals. Wir mussten unter Bewachung der SS schuften, und um uns herum fielen die Bomben. Ich weiß noch, dass Bittmann, Schenk und der verrückte Morgen dabei waren. Mannomann! Das waren Zeiten.«

»Können Sie sich noch an Spezielles erinnern? Besonders Bittmann interessiert mich.«

»Der Matthias? Warum denn der? Der träumte doch immer nur vom schnellen Geld und davon, reich zu werden, um dann möglichst schnell aus Trier-West wegzukommen. Der war eigentlich keiner von uns, mochte auch unser Viertel nicht, wollte Entdecker werden und um die Welt reisen. Und pflegte immer beste Beziehungen zu den Chefs, was ihn auch nicht unbedingt sympathischer machte. Dumm nur, dass er wie wir alle kein Geld von zu Hause hatte.«

»Hat Bittmann damals vielleicht etwas von einer Kiste erzählt, die er beiseitegeschafft hat?«

»Sie meinen, am Tag des Angriffs selbst? Nein, nach dem Angriff war er schweigsam wie ein Grab. So kannten wir ihn gar nicht. Hat tatsächlich überhaupt nicht mehr gesprochen. Aber am Tag darauf, da hat er in der Kneipe damit geprahlt, dass er im Besitz einer Kiste sei, deren Inhalt ihn bald alle Sorgen los sein lassen und es ihm zudem ermöglichen würde, seinen Dienst zu quittieren. Kam dann aber alles anders, als er es sich gedacht hatte, der Angeber.«

»Und die Kiste? Wissen Sie, was aus der geworden ist?«

»Nein, das weiß ich nicht.« Olk stellte alle Schachfiguren wieder in der Anfangsformation auf dem Spielfeld auf. »Gab es die überhaupt, diese geheimnisvolle Kiste? Wir hatten damals alle so unsere Zweifel. Und Bittmann hat sie ja auch nie gezeigt. Zudem müssen Sie wissen, dass er ein notorischer Aufschneider war. Mit wem der allein in unserer Straße nicht alles zusammen gewesen sein wollte. Unglaublich. Und wahr war schließlich nix. Nur heiße Luft, wenn Sie verstehen, was ich meine.«

»Bittmann ist damals dennoch in ein Strafbataillon an die

Ostfront gekommen und dort dann zeitnah gefallen. Es liest sich wie eine Strafe.«

»Da haben Sie nun auch wieder recht. Ohne Grund würde man selbst heute nicht ein solches Risiko eingehen. Damals schon gar nicht.« Olk stellte die letzte Figur auf das Brett und sah Ferschweiler erwartungsvoll an. »Wie dem aber auch sei, es liegt lange zurück, und wir werden es vielleicht nie ergründen. Spielen Sie mit mir eine Runde? Es würde mich freuen.«

Aus der einen Runde wurden zwei, dann drei und mehr. Als Ferschweiler schließlich am Abend nach Hause ging, fühlte er sich zum ersten Mal seit Langem nicht mehr ganz so unglücklich.

FÜNF

Möllemann hatte für neun Uhr am nächsten Morgen ein gemeinsames Treffen in ihrem Büro einberufen und alle via SMS dazu eingeladen. Auch Oberstaatsanwalt Gernot Freiherr von und zu Caspers sowie den Polizeipräsidenten Dr. Süß hatte sie dazugebeten. Letzterer hatte darauf gedrängt, auf den neuesten Stand gebracht zu werden, da er am Abend auf eine Veranstaltung in Mainz musste, auf der er vielleicht auf die Ermittlungen in dem nach dem Beitrag in den »Tagesthemen« nun äußerst bekannten Fall angesprochen werden konnte. Und er wollte sich keine Blöße geben.

Selbst Caspers hatte umgehend zugesagt, obwohl sich seine Ambitionen mittlerweile, wie es den allgemeinen Anschein hatte, in Richtung Landespolitik bewegten. Denn während er in den zurückliegenden Jahren nach einer anfangs sehr großen, kontrollierenden Aktivität in den Bereichen Mord und Sitte allmählich immer träger geworden war und sich momentan nur noch äußerst selten in den Büros der Kollegen zeigte, war ihm dieser Fall – vielleicht ebenfalls aufgrund seiner großen Medienpräsenz – mit den Tagen wichtiger geworden.

Möllemann telefonierte, als Ferschweiler, Dr. Süß und Caspers ihr Büro betraten. Mit einer einladenden Geste bat sie die Herren, an ihrem Konferenztisch Platz zu nehmen.

Nachdem sie geendet hatte, reichte sie allen die Hand. »Sie müssen entschuldigen, aber das war gerade Wim de Boer. Er braucht noch circa zehn Minuten, bis er kommen kann. Er klang sehr aufgeregt. Bin gespannt, was er uns präsentieren wird.«

»Und meine Nichte? Wo ist die?«, fragte Dr. Süß. Zu Caspers gewandt, sagte er: »Sie müssen wissen, sie ist eine wirklich begnadete Kriminologie-Studentin. Und ich habe sie überzeugen können, ihr Praktikum nicht beim BKA oder gar im Ausland, sondern hier bei uns in Trier zu machen. Ich bin so stolz. Stellen Sie sich vor: Sie hatte schon Zusagen aus den Vereinigten Staaten …«

Caspers nickte anerkennend und tupfte sich Schweiß von der Stirn. »Sie wird eine große Karriere machen, da bin ich mir sicher.«

Ferschweiler war müde. Es war aber nicht die momentan allgemein herrschende, für die Jahreszeit sehr ungewöhnliche Hitze, die allen anderen zusetzte. Bei ihm war es der Aufenthalt im Seniorenzentrum gewesen, der ihn mehr mitnahm, als er es sich vorgestellt hatte. Er hoffte, dass diese Besprechung nicht allzu lange dauern würde.

»Ihre Nichte, Dr. Süß«, sprach Möllemann ihren obersten Vorgesetzten an, »bemüht sich auch, pünktlich zu sein. Aber sie war gestern auf Recherche im Saarland und musste dort übernachten. Nun steht sie zwischen Nohfelden-Türkismühle und Nonnweiler-Otzenhausen in einem Baustellenstau. Sie hat mich vor knapp einer halben Stunde über ihre mögliche Verspätung informiert.«

Anerkennend pfiff Dr. Süß durch die Zähne. »Gut, dass Sie sie so rannehmen und ihr echte Aufgaben übertragen. Ich bin sicher, sie wird liefern. Warten Sie ab.«

Es dauerte keine zehn Minuten, bis Eva-Brit Berswordt außer Atem und mit vor Wut rotem Kopf in die Besprechung platzte und sofort über die Zustände auf den Autobahnen im Südwesten zu schimpfen begann. Caspers musste lachen. Für so resolut hatte er die Nichte des Präsidenten wohl nicht gehalten.

Schließlich betrat de Boer als Letzter fünf weitere Minuten später den Raum. Er strahlte über das ganze Gesicht.

Dr. Süß meinte, einen Witz machen zu müssen: »Na, de Boer, haben Sie eine Erbschaft gemacht?«

De Boer schien vollständig in sich zu ruhen. Alle Nervosität der letzten Tage war von ihm abgefallen. »Ja«, sagte er, »hab ich tatsächlich. Ich komme gerade vom Notar. Eine Tante von mir in Indonesien ist gestorben. Aber ich weiß bislang nur, dass ich zwei Hotels und ein umfangreiches Aktienpaket des niederländischen Shell-Konzerns geerbt habe …« Als er Dr. Süß und Caspers bleich werden und sich ihre Münder vor ungläubigem Staunen langsam öffnen sah, fügte er schnell hinzu: »Ich habe gute Neuigkeiten zu unserem Fall, die sich mehr als sehen lassen können.«

»Ich auch«, rief Berswordt, die noch immer stand, etwas trotzig. »Ich hab auch tolle Ergebnisse.«

»Na, dann ist ja alles für eine erfolgreiche Sitzung vorhanden.« Möllemann sah in die Runde und lächelte die Anwesenden an. »Also«, sagte sie, »wer beginnt?«

»Alter vor Schönheit«, entschied Dr. Süß, »lieber Herr Ferschweiler, wir folgen Ihnen.«

Ferschweiler berichtete von seinem Besuch im Seniorenzentrum und seinem Gespräch mit Eucharius Olk. »Unsere Kiste war nach allen Ermittlungsergebnissen vermutlich Teil eines NS-Beute- und Raubkunsttransports, der 1942 als einziger überhaupt in Trier wegen nötiger Reparaturarbeiten haltmachen musste. Woher die Kiste stammt, ob aus Amsterdam oder der Sowjetunion, darüber wissen wir bislang noch nichts – dazu kann Kollege de Boer vielleicht gleich noch mehr sagen –, aber wir kennen denjenigen, der damals die Kiste entwendet und dann so gut auf dem Gelände des Eisenbahnausbesserungswerks versteckt hat, dass sie erst jetzt von den Holländern gefunden worden ist.«

»Und wieso«, unterbrach Caspers Ferschweilers Redefluss, »hat der damalige Dieb die Kiste nicht an einen anderen Ort gebracht oder ihren Inhalt zum eigenen Vorteil veräußert?«

»Das hatte er sicherlich vor«, antwortete Ferschweiler, »aber die Gestapo war schneller. Das Fehlen der Kiste fiel am Zielbahnhof der Fracht direkt auf, und zwei Tage später hatte man ihn als Täter identifiziert. Man schickte ihn dann an die Ostfront auf ein Himmelfahrtskommando, von dem er nicht mehr zurückkehrte. Die Kiste blieb auch die nächsten Jahrzehnte unentdeckt in ihrem eigentlich nur als vorübergehend gedachten Versteck.«

»Tragisches Schicksal, aber spannende Geschichte«, sagte Dr. Süß. »Und weiter?«

Ferschweiler schaute zu de Boer, der darauf wartete, endlich loslegen zu dürfen. »Übernimmst du?«

»Bei mir«, hob de Boer an, »gibt es eine ganze Menge Neues zu berichten. Zum einen hat Wingertszahn-Lichtmeß mich informiert, dass ein Kollege dem Ferienhausvermieter Hannes Feller im Ruwertal das Foto von Rowinski aus den Überwachungskameras und das von Meitner gezeigt hat. Und siehe da: Feller konnte sich an Rowinski nicht erinnern. Aber einen Mann, der wie Meitner aussah oder zumindest ein sehr ähnliches Aussehen hatte, den meinte er in der Nähe der Ferienhäuser gesehen zu haben. Wann, da war er sich nicht ganz sicher.«

Caspers räusperte sich. »Das reicht nicht als Beweis. Kann ich Ihnen jetzt schon sagen.«

De Boer lächelte. »Den Kollegen, die im Ruwertal vor Ort waren, war das auch bewusst. Daher haben sie sich die Mühe gemacht und auch noch bei den Nachbarn angeklingelt. Mit Erfolg. Denn einer der Nachbarn erkannte Meitner als jene Person, die ihn am Tag der Tat gefragt habe, ob es noch einen anderen Zuweg zu den Ferienhäusern gebe als den normalen, ausgeschilderten. Wenn ihr euch noch erinnert: Die eigentliche Zufahrt war unterspült worden und für Pkw wie Fußgänger unpassierbar. Als wir ankamen, mussten wir alles, selbst die KTU, zu Fuß über die feuchte Wiese schleppen.«

Ferschweiler konnte sich noch gut erinnern. Abends hatte er sich deshalb extra nach Zecken abgesucht.

»Rowinski«, so berichtete de Boer weiter, »war dem Herrn vollständig unbekannt.«

»Ich denke, wir können daher ausschließen, dass Rowinski und Meitner gemeinsame Sache gemacht haben«, sagte Möllemann.

»Zeigen Sie mal her.« Caspers ließ sich das Ausweisfoto von Rowinski und das Still aus dem Video geben. »Wenn Sie mich fragen, kaum ein Unterschied. Hat er für die Tatzeit ein handfestes Alibi?«

»Er will in einem Fitnessstudio in Trier-Nord gewesen sein, in dem an der Metternichstraße, knapp neben der ehemaligen Romika-Schuhfabrik. Die haben da so ein Kartensystem, bei dem man sich beim Ankommen einloggt, wie bei der Arbeitszeiterfassung bei uns. Und wenn man wieder geht, dann loggt man sich einfach wieder aus. Nach Auskunft der Systemdaten war er da von zehn bis fünfzehn Uhr.«

»Aber er hätte auch kurz verschwinden können, oder?«, sagte Caspers.

»Sein Fitnesstrainer, mit dem ein Kollege vom Dauerdienst gesprochen hat, bestätigte, er sei die ganze Zeit da gewesen. Allerdings hatte der Trainer von zwölf bis dreizehn dreißig Mittagspause und war in dieser Zeit außer Haus.«

»Weitere Zeugen?«

»In diesem Zusammenhang bislang keine. Ich glaube aber nicht, dass da noch etwas kommen wird. Schließlich hat der Zeuge in Ruwer ihn ja nicht gesehen, Meitner aber schon. Und von dem, aber nur von dem, haben wir Spuren«, sagte Möllemann.

Caspers hörte gar nicht auf das, was Möllemann sagte. »Das ist ja ein knapper Zeitkorridor. Deckt sich die Zeit mit den Ergebnissen der Gerichtsmedizin?« Er war Pedant wie immer.

Möllemann blätterte in den vor ihr liegenden Akten. »Die Mediziner aus Saarbrücken schreiben, dass der Tod sowohl bei der Frau als auch bei dem Mann zwischen zwölf und zwei eingetreten sein muss.«

»Okay«, Caspers nickte, »Rowinski war es demnach nicht.« Er hatte Möllemann doch gehört. »Aber hat Meitner eigentlich ein Auto? Denn mit dem Bus hätte er das hin und zurück nicht schaffen können. Oder wie lang ist bei dem die Mittagspause?«

De Boer schaltete sich wieder ein. »Ein Auto hat er nicht, wohl aber wie Rowinski ein Fahrrad. Ich habe das von Rowinski bei unserem ersten Treffen im Palastgarten schon bewundert. Eine wahre Rennmaschine für den Cross-Bereich. Muss ein Vermögen gekostet haben. Aber ich hätte nie gedacht, dass man als Pfeifenraucher so ein Wunder der Technik überhaupt nutzen kann. Da habe ich mich wohl getäuscht. Zudem war Meitner als selbstständiger Unternehmer auf keine Mittagspause angewiesen.«

»Wer war es denn nun? Rowinski oder Meitner? Man kommt ja schon ganz durcheinander«, sagte Dr. Süß, der dem Gedankengang von de Boer offensichtlich nicht folgen konnte.

»Bitte haben Sie noch etwas Geduld, Dr. Süß«, antwortete de Boer lächelnd. »Es ist auch sehr komplex. Aber Sie werden es gleich verstehen. Ich war gestern noch einmal bei Eleonore Dengels, der Haushälterin von Hans-Jacob Meitner. Ihr wollte ich eigentlich nur das Foto von Rowinski zeigen und nach einer Bekanntschaft zwischen dem Pförtner im Landesmuseum und unserem zweiten Mordopfer fragen, das ja – und das ist wohl nun naturwissenschaftlich glasklar nachgewiesen – der Mörder der Holländer gewesen ist. Im Hausflur dort steht ein Fahrrad, wie Rowinski eines fährt.«

Dr. Süß nickte wissend und sagte leise zu Caspers: »… nun ist es mir klar. Es war doch einer von uns. Man mag es nicht glauben. Er war sogar in meinem Rotary Club.«

»Und da mich Frau Dengels einige Zeit im Verkaufsraum vom Meitner allein gelassen hat, hatte ich die Gelegenheit, alte Kataloge von Auktionen zu sichten, die Meitner in den letzten etwas mehr als zwanzig Jahren veranstaltet hatte. Und dabei fiel mir das hier in die Hände.«

Aus einem braunen Umschlag zog de Boer den Auktionskatalog hervor, den er sich von Eleonore Dengels ausgeliehen hatte, und legte ihn mit dem Titelblatt, auf dem »Die Bibliothek Max Merkel« stand, nach oben mitten auf den Tisch.

»Dass der Tote mit Büchern handelte, wissen wir«, sagte Caspers ungeduldig. »Was soll das also?«

»Wissen Sie, wer Max Merkel, der Besitzer der von Meitner 1989 zur Versteigerung gebrachten Bibliothek, war?« De Boer blickte in die Runde. »Nein? Na, dann schauen Sie sich mal die Rückseite des Kataloges an«, forderte er die Anwesenden auf und lehnte sich selbst im Stuhl zurück. »Sie werden es nicht glauben. Ich selbst konnte es auch nicht.«

Caspers reagierte am schnellsten. »Das gibt es ja gar nicht!«, entfuhr es ihm. »Max Merkel ist Rowinski!«

»Oder jemand«, ergänzte de Boer mit deutlich ironischem Unterton, »der zu mindestens siebenundneunzig Prozent so aussieht wie der Pförtner aus dem Landesmuseum.«

Dr. Süß wirkte hilflos, Caspers auch. »Wer aber ist denn dieser Max Merkel?«, fragte er verwirrt.

Auf diese Frage hatte de Boer nur gewartet. »Max Merkel«, hob er an, »wurde 1958 in Hermeskeil geboren. 1964 zog die Familie dann nach Trier-Ehrang, wo der Vater von Merkel Anteile an einem Entsorgungsunternehmen erworben hatte. Der Familie ging es eigentlich ziemlich gut. Allerdings war der Vater seit Längerem Mitglied in der Deutschen Kommunistischen Partei.«

»Was tut das zur Sache?« Dr. Süß sah auf seine Uhr. »Ich muss in ungefähr zwanzig Minuten nach Mainz aufbrechen. Willst du vielleicht mitfahren, Eva-Brit? Es geht um Landespolitik. Vielleicht eine gute Chance …«

Berswordt verdrehte die Augen und flüsterte recht vernehmlich »Nein« in Richtung ihres Onkels.

»Darf ich weitermachen?«, fragte de Boer.

»Sicherlich.« Dr. Süß hörte konzentriert zu.

»Am Gymnasium trafen sich Max Merkel und Hans-Jacob Meitner zum ersten Mal.«

»Das gibt es doch nicht …« Möllemann verschlug es die Sprache.

»Beide hatten ähnliche Interessen. Danach haben sie dann

gemeinsam studiert: Germanistik, Geschichte und Philosophie, erst in Trier, dann in Mainz. Aber während Meitner seinen Magister machte und dann eine Lehre zum Buchhändler anschloss, fand Merkel nie seinen Weg heraus aus der Uni. Er wurde das, was man wohl einen ›ewigen Studenten‹ nennt. Er hat sich über die Jahre ein stupendes Wissen über den Marxismus erarbeitet, das ihn zu etwas ganz Besonderem machte. Zudem hat er Meitner in den Anfangsjahren immer wieder in seinem Antiquariat und Auktionsbetrieb geholfen, wenn es um die Zuordnung von Handschriften oder um deren Entzifferung ging. Da muss er wirklich ein Spezialist gewesen sein.«

»Aber Merkel ist doch Rowinski, oder? Nicht dass ich da etwas missverstanden habe?« Dr. Süß war ernsthaft in Sorge.

»Nein, Herr Präsident, Sie liegen richtig. Merkel ist Rowinski. Aber der Reihe nach. Merkel war tatsächlich einer der führenden Marxismusexperten in den 1980er Jahren in der Bundesrepublik. Er war zwar von seiner Einstellung her selbst marxistisch, aber dennoch so offen, eloquent und diskussionsbereit, dass er an vielen Kolloquien, Kongressen und auch an politischen Missionen im In- und Ausland teilnehmen konnte, nicht nur im Osten. Als damals 1986 in Essen etwa die legendäre Ausstellung ›Barock in Dresden‹ eröffnet wurde, da war Merkel einer der wichtigsten Protagonisten, die dieses Projekt überhaupt zum Erfolg geführt haben. Sie müssen sich vorstellen, es war die erste, weitgehend komplette Ausstellung aus DDR-Museumsbesitz überhaupt, die bis dahin in Westdeutschland gezeigt worden war. Alle Welt las das damals als ein Zeichen der einsetzenden Entspannung und der Annäherung und Anerkennung der beiden deutschen Staaten untereinander. Es gibt ein Zeitungsfoto, das dem Auktionskatalog beiliegt, das Merkel zeigt, wie er von Erich Honecker anlässlich der Barock-Ausstellung empfangen wird.«

»Und?«, fragte Caspers ungehalten. »Müssen Sie das alles in so epischer Breite berichten?«

De Boer sah ihn konsterniert an. »Das Thema ist leider sehr

komplex, Herr Oberstaatsanwalt, komplexer, als man es sich als Kriminaler wünscht. Aber ich werde mich bemühen, knapper zu sein.«

»Versteh ich ja«, sagte Caspers. »Aber wir haben nicht den ganzen Tag Zeit.«

»Ich nur noch knapp fünfzehn Minuten«, kam es von Dr. Süß.

Dann setzte de Boer sein Referat fort. »Merkel ist 1989, kurz nach der Wende, verschwunden. Viele vermuteten, dass er in die DDR gegangen sei und sich dort eine neue Identität beschafft habe. Eine Anfrage, die ich diesbezüglich beim Verfassungsschutz und beim Bundesnachrichtendienst gestellt habe, ist noch nicht beantwortet. Wohin er aber tatsächlich ging, das wissen die Behörden nicht. Er ist einfach verschwunden und seitdem nicht wiederaufgetaucht. Einige seiner alten Mitstreiter in der linken Szene haben mir am Telefon gesagt, dass er sich wohl nach Kuba oder nach Weißrussland abgesetzt habe. Andere behaupteten, er habe Margot Honecker nach Chile begleitet. Aber eine belastbare Aussage, wo Max Merkel gewesen ist, kann uns keiner geben. Jedenfalls hat Merkel vor seinem Verschwinden seine ganze Bibliothek von Meitner zu einem Höchstpreis versteigern lassen. Denn er war nicht irgendwer. Nein, und da wird es interessant für uns: Merkel war Mitte der 1980er Jahre mehrfach auf internationalen Fachtagungen als Referent unter anderem für das Privatleben von Karl Marx aktiv und beschäftigte sich intensiv mit dem wissenschaftlichen Verhältnis von Karl Marx, Friedrich Engels sowie Jenny Marx, der Tochter von Karl, hier besonders mit deren Rolle und deren möglicher Co-Autorenschaft bei vielen von Karl Marx' Texten. Seine Bibliothek galt damals als die beste private zum Thema in Westdeutschland. Aufbauen konnte er sie sich dank der Unterstützung und später dann der Erbschaft seines Vaters, der immer sparsam gelebt und zwei Mal im Lotto gewonnen hatte. Doch dann traf ihn 1986 ein schwerer Schicksalsschlag. Seine Mutter und seine Freundin starben gemeinsam mit seinem zwei Jahre alten Sohn bei einem folgenschweren Autounfall auf der A 1 bei Föhren, sodass er verzweifelte, alles über seinen Freund verkaufen ließ und versuchte, sich fernab der eigentlichen, aber nahe der ideologischen Heimat ein neues Leben aufzubauen.«

»Unglaublich«, sagte Möllemann. »Dann kannten Rowinski alias Merkel und Meitner sich ja schon ewig und waren dicke Kumpels. Aber warum bringt der eine den anderen denn dann um? Und dass es so gewesen ist, daran besteht kein Zweifel mehr.«

Nachdenklichkeit machte sich in der Runde breit. Berswordt nutzte die Gelegenheit und ließ ihren Gedanken freien Lauf. »Ich fasse noch einmal zusammen: Der Antiquar und der Pförtner waren alte Jugendfreunde, die sich allerdings auseinandergelebt hatten. Beide sind heute Anfang/Mitte sechzig, beide hatten in den Anfangsjahren unter anderem an der Uni in Trier studiert und waren Sponti-Aktivisten aus der Marxistischen Gruppe heraus. Neben dem Marxismus als ›Religion‹ vereinte beide damals die ausgeprägte Liebe zum Buch und zum geschriebenen Wort. Doch während der eine, der Antiquar, dem Studium eine Buchhändlerlehre anschloss und dann sein Antiquariat gründete, entschied sich der andere dafür, keinen Studienabschluss zu machen, sondern als Privatier weiter zu Marx und seinem Umfeld zu forschen.« Berswordt sah de Boer an. »So weit korrekt?«, fragte sie.

De Boer nickte zustimmend.

»Die Frage ist nun: Wie wird Merkel zu Rowinski?«

»Dazu kann ich wieder etwas sagen.« De Boer war noch lange nicht fertig. »In Westdeutschland ist ein Max Merkel nur bis 1989 dokumentiert, Rowinski allerdings erst für die Zeit nach 2004. Erklärt hatte Rowinski dies bislang gegenüber dem Amt, seinen Freunden und seinen verschiedenen Arbeitgebern vor seiner Anstellung beim Landesmuseum damit, dass er in Chile geboren und erst 2004 mittellos nach Deutschland gekommen sei, als die politische Situation es ihm als opportun erscheinen ließ, in das Land seiner Mütter und Väter, nach

Deutschland, zurückzukehren. Belegen konnte er seine Herkunft damals ohne auch nur den Hauch eines Zweifels durch einen chilenischen Pass, der 1989 ausgestellt worden war und der seine Geburt in Santiago de Chile für den 24. Dezember 1958 als Sohn eines, Moment bitte …«, de Boer schaute in seine Unterlagen, »auch weiter durch Personaldokumente nachgewiesenen Hans-Walter Ertz und seiner Frau Caroline, geborene Mett, bestätigte. Nach einigen Monaten in einem Auffanglager für Spätheimkehrer zog er dann nach Hamburg, wo er sich mehr schlecht als recht durch kleinere Gelegenheitsjobs auf dem Fischmarkt oder in St. Pauli über Wasser halten konnte, kurz darauf dann nach Trier. Dort war er einige Monate lang in einer alteingesessenen italienischen Eisdiele an der Simeonstraße, dann als Pförtner bei den Josefsschwestern beschäftigt, bevor er dann den Job als Pförtner im Landesmuseum bekam. In der Öffentlichkeit ist Rowinski seit seiner Rückkehr kein einziges Mal aufgetreten. Marx war und blieb allerdings sein großes Idol.«

»Und nun entpuppt sich Merkel als Rowinski.« Caspers pfiff durch die Zähne. »Und sein alter Studienfreund, der Antiquar, also Meitner, hatte damals – wenn ich Sie richtig verstanden habe – seine Bibliothek, die laut dem vorliegenden Katalog mehr als sechstausend Bände zur Geschichte des Marxismus, darunter viele von Marx und Engels selbst annotierte Exemplare, sowie Briefe und andere Quellen umfasste, mit hohem Gewinn verkauft und damit den Ausstieg von Merkel nach Südamerika finanziell erst realisierbar gemacht?«

Alle am Tisch nickten.

»Gutes Profil, de Boer«, sagte Caspers. »Hut ab für diese Rechercheleistung. Ich glaube, Ihre Beförderung ist damit sicher.«

De Boer gab sich geschmeichelt, wollte aber seinen Kollegen nichts vorenthalten und fuhr dementsprechend konsequent fort: »Lassen Sie mich aufgrund der bisherigen Recherche und der geleisteten Untersuchungen und ihrer Ergebnisse folgende Rekonstruktion des Mordtages wagen: Nachdem der Holländer mit seinem Sohn Meitner das Manuskript zum Kauf angeboten hat, kontaktiert dieser seinen alten Freund Rowinski alias Merkel in der Pförtnerloge des Landesmuseums und bittet ihn um eine professionelle Einschätzung des ihm so plötzlich zugespielten Dokuments. Und damit nimmt das Schicksal dann seinen Lauf. Denn der Pförtner, so interpretiere ich es aufgrund eines Kommentars, den Merkel 1985 in einem Artikel in einer sozialistischen Wochenzeitschrift veröffentlicht hatte, der als Ausschnitt dem Verkaufskatalog von Meitner beilag, macht Marx nicht für die Entwicklung der Welt verantwortlich, sondern verurteilt das System des Kapitalismus mit allen seinen Wurmfortsätzen und Abarten noch immer in Gänze, weshalb er als Konsument auch nicht an ihm teilnehmen wollte.«

»Ha«, Dr. Süß hatte wieder Fuß gefasst, »deshalb der Verzicht auf das Auto!«

»Stattdessen pflegte er eine Art ›inneres Exil‹, inklusive konsequenter Konsumablehnung. Nach außen hin lässt er sich allerdings nichts anmerken. Doch wolle er, Merkel – so schrieb er damals in einer anderen Kolumne, die sich als Zeitungsausschnitt ebenfalls im Verkaufskatalog findet –, Marx als Philosophen um jeden Preis schützen und jede Diskreditierung von ihm abwenden, koste es, was es wolle. Weil – so behauptet Merkel in diesem Statement: Fällt Marx als Ikone, als Vorbild, dann hat der Kapitalismus endgültig gesiegt. Marx als Philosoph ist für ihn die letzte Bastion. Und die galt es damals mit allen Mitteln zu verteidigen – mit allen.«

»Wenn das kein Mordmotiv ist!« Dr. Süß sah Caspers an. »Wollen Sie nicht sofort und gleich hier einen Haftbefehl gegen Rowinski alias Max Merkel ausstellen?«

Möllemann schaltete sich ein. »Haben wir eigentlich schon einmal über das Mordmotiv in dieser Runde gesprochen? Ich denke, bevor wir handeln, sollten wir diesen klitzekleinen Aspekt auch noch thematisieren, oder?«

»Genau«, kam es aus der Ecke von Eva-Brit Berswordt. »Sonst hätte ich mich ja gestern den ganzen Tag und die halbe Nacht lang umsonst in St. Wendel aufgehalten.«

»Du warst in St. Wendel?« Dr. Süß wurde ungehalten. »Spaß haben?«

»Ja, Spaß haben«, konterte Berswordt. »Oder macht dir dein Job keinen Spaß mehr, Onkel? Ich jedenfalls hab gestern an der Basis recherchiert und, wie ich finde, Erstaunliches herausgefunden. An nur einem Tag!« Sie sah ihrem Onkel tief in die Augen. »Ich dachte, du würdest mir vertrauen und meine Arbeit *so* schätzen? Und nun das? Hätte ich wohl doch besser zum BKA gehen sollen …«

Möllemann, die negative Energien nicht leiden konnte, intervenierte sofort: »Dr. Süß, hatten Sie jetzt nicht einen Termin im Anschluss?«

Da klopfte es. Herein kam eine Kollegin des Dauerdienstes, die mitteilte, dass Dr. Camphausen aufgetaucht sei und sich momentan auf eigenen Wunsch in Ferschweilers und de Boers Büro befinde.

»Wollen wir unterbrechen?«, fragte Möllemann. »Oder sollen wir Dr. Camphausen hochbitten lassen?«

»Wäre das nicht ihrer Situation gegenüber etwas unsensibel?«, erwiderte Ferschweiler. »Schließlich wissen wir ja gar nicht, in welcher Verfassung sie ist.«

»Vielleicht hat sie entscheidende Neuigkeiten, die die Ermittlungen beschleunigen können«, sagte Caspers, der daraufhin von Ferschweiler mit einem vernichtenden Blick bedacht wurde.

Dr. Süß räusperte sich. »Darf ich einen Vorschlag zur Güte machen? Da ich gleich nun wirklich wegmuss, wäre mir sehr daran gelegen, noch Fräulein Berswordts Ergebnisse zu hören. Danach, so würde ich empfehlen, machen Sie eine Pause und kümmern sich erst einmal um die junge Wissenschaftlerin. Herr Caspers hat ja vielleicht noch etwas mehr Zeit als ich.« Dr. Süß lächelte den Oberstaatsanwalt an. »Ober haben Sie heute noch etwas vor?«

»Okay, dann stellt jetzt mal das vergnügungssüchtige Fräulein seine Ergebnisse vor.« Berswordts böser Blick traf den Polizeipräsidenten und ließ ihn erschauern. Er wollte sich rechtfertigen, doch Berswordt kam ihm zuvor. »Ich bin gestern nach St. Wendel gefahren, in die Stadt, in der Helena Demuth als fünftes Kind von insgesamt sieben am 31. Dezember 1820 in eine arme Bäcker- und Tagelöhnerfamilie geboren wurde. Ich dachte mir, wenn schon aus Trier, Brüssel und London keine Dokumente von ihrer Hand vorliegen, dann findet sich vielleicht etwas in ihrer alten saarländischen Heimat. Denn dort, so steht es sehr oft in der Literatur, ist sie zeit ihres Lebens immer wieder, fast schon regelmäßig, hingereist, hat ihre Familie besucht und diese auch tatkräftig mit Geld unterstützt, seit sie ab 1837 zuerst in der Familie von Marx' späterer Ehefrau, Jenny von Westphalen, dann ab 1843 in der Familie von Jenny und Karl Marx, der sie treu durch alle Verwerfungen folgte, als Zugehfrau und später dann als Haushälterin Dienst tat. Ich hab mich gefragt, wie sie in all den Jahren mit ihren Leuten daheim im Saarland Kontakt gehalten hat, in einer Zeit vor dem Telefon. Ich kam zu dem Schluss, dass sie schreiben gekonnt haben musste, ansonsten hätte sie ja nichts abstimmen können. Weder wann sie zu einem ihrer relativ vielen Besuche daheim anreisen würde noch wie lange sie würde bleiben können. Oder wollt ihr mir weismachen, der olle Marx oder seine Gattin Jenny, diese Großbürger, hätten ihr die Korrespondenz abgenommen? Nie im Leben.«

Möllemann hatte inzwischen die junge Kollegin vom Dauerdienst mit Instruktionen versehen und wieder nach unten geschickt. »Und haben Sie etwas in St. Wendel gefunden?«, fragte sie.

»Und ob«, Berswordt blickte triumphierend auf ihren Onkel. »Ich habe, Hedonistin, die ich bin«, sie warf ihm provokant eine Kusshand zu, »nach längerer Suche im Stadtarchiv und im Besitz eines Heimatforschers drei Briefe von Helena Demuth auftreiben können, die unzweifelhaft ihr persönlich zugewiesen werden können. Ihre Herkunft lässt keine Zweifel daran aufkommen. Sie stammen alle aus dem Nachlass eines ihrer Großneffen, der sie Mitte des 20. Jahrhunderts gemeinsam mit seinem restlichen schriftlichen Nachlass – er war Lokalhistoriker – der Stadt vermacht hat. Hier sind Kopien der Briefe. Die Provenienz ist unzweifelhaft.« Beinahe vor Stolz platzend, holte sie einige Farbfotokopien aus einer Mappe und legte sie so auf den Tisch, dass Dr. Süß und Caspers sie direkt vor sich hatten und die Zeilen lesen konnten.

»*Meine lieben Kinna* …«, hob Caspers sofort an.

»Die Inhalte der Briefe sind banal«, unterbrach ihn Berswordt. »Es geht um eine schwere Erkrankung Helenas, deren Heilung Friedrich Engels durch einen großzügigen Zuschuss zu den benötigten Medikamenten unterstützt hatte, sowie um Geldnöte in der Familie Marx und um eine anstehende Reise, die Helena Demuth im Herbst 1863 zu ihrer schwer erkrankten, einzigen noch lebenden Schwester Katharina nach St. Wendel unternahm. Was die Briefe aber für uns interessant macht, ist die Tatsache, dass sie handschriftlich verfasst sind und eindeutig zugeordnet werden können. Es gibt keinen Zweifel an der Urheberin dieser Schreiben. Und nun vergleicht einmal die Handschrift der Briefe mit denen der Korrekturen, die wir auf der Seite aus der Marx-Kladde gesehen haben.« Sie griff in ihre Mappe und zog ein weiteres Blatt hervor.

In der Runde wurde es still. Gespannt konzentrierten sich die Ermittler auf den Vergleich der Handschriften.

»Ich hab auch eine Lupe dabei, falls jemand ein Vergrößerungsglas benötigen sollte«, sagte sie sichtlich stolz.

»Und?«, fragte sie nach knapp zwei Minuten andächtiger Ruhe, die für diesen Raum eher ungewöhnlich war. »Hat noch irgendjemand hier am Tisch Zweifel, dass die Person, die Marx in seinem zweiten Band des ›Kapitals‹ so weitgehend korrigiert hat, Helena Demuth gewesen ist? Die ach so unbedeutende, angeblich vollständig des Schreibens unkundige Haushälterin, die all die Jahre nichts außer Küche machen, Kinder hüten und aufräumen konnte?« Die Ironie, mit der sie sprach, war deutlich zu spüren.

»Dr. Lütgenau hatte also recht«, sagte de Boer anerkennend. »Was wir hier haben, ist tatsächlich eine Bombe.«

Oberstaatsanwalt Caspers war bleich geworden. »Aber«, fragte er in die Runde, »welchen Grund mag Rowinski gehabt haben, erst seinen alten Freund zu töten und dann auch noch die Camphausen zu entführen? Wenn Letzteres überhaupt zutrifft …«

»Ich denke, er wollte Marx beschützen.«

»Was meinst du mit ›beschützen‹, Eva-Brit?«, fragte Dr. Süß. »Wieso muss er denn heute noch Karl Marx beschützen?«

»Oh Mann, verstehst du denn gar nichts, Onkelchen?« Berswordt sah den Polizeipräsidenten, der sich sichtlich unwohl fühlte, mitleidig an. »Es geht um seine Reputation. Stell dir vor, es käme heraus, dass seine Haushälterin ihn bei der Abfassung des zweiten Bandes seines Hauptwerks immer wieder korrigiert und auf den richtigen Gedanken gebracht hat. Was würde dann wohl mit Marx passieren?«

»Na, alle würden über ihn lachen«, sagte Dr. Süß.

»Genau.« Berswordt nickte. »Und vorbei wäre es mit dem Etikett des makellosen ›Größten Sozialphilosophen aller Zeiten‹. Weil: Die ihm zugeschriebenen, epochemachenden Gedanken hatte ja zu einem guten Teil eine andere gedacht.«

»Ja«, sagte Caspers, »und eine ihm Lohnabhängige zudem. Was für ein Skandal. Nicht auszudenken, wenn das an die Öffentlichkeit kommen würde.« Er lachte impulsiv. »Die Geschichte müsste vermutlich umgeschrieben werden.«

An dieser Stelle unterbrach Möllemann das Gespräch und bat um eine Vertagung um eine halbe Stunde. Sie wollte Dr. Camphausen nicht länger warten lassen. Zudem erhoffte sie sich von dem Gespräch mit der Kuratorin neue Erkenntnisse, die ihnen für die weitere Vorgehensweise dienlich sein könnten.

Gemeinsam mit Ferschweiler verließ sie den Besprechungsraum. Auch Dr. Süß nutzte die Gelegenheit, um sich unter Aussprache seines vollsten Vertrauens in das ermittelnde Team zu verabschieden. Zurück am Besprechungstisch blieben Caspers, de Boer und Berswordt. Die beiden Letzteren nutzten die zeitliche Lücke, bis Ferschweiler und die Kriminalrätin wieder zurück sein würden, um Caspers die ganze Breite des Falls in all seinen Details zu erläutern.

***

In Ferschweilers Büro war es stickig. Offensichtlich hatte niemand daran gedacht, das Fenster zu öffnen und für ein angenehmes Raumklima zu sorgen, als Dr. Camphausen hereingebracht worden war. Immerhin war sie mit Kaffee, Mineralwasser und Sandwichs versorgt worden.

»Ich freue mich sehr, dass Sie unversehrt wieder zurück sind«, eröffnete Möllemann das Gespräch. »Haben Sie schon Anzeige erstattet?«

»Gegen wen denn?«, fragte Dr. Camphausen weinerlich. »Ich habe ja niemanden gesehen.«

»Haben Sie denn eine Ahnung, wo Sie die letzten beiden Nächte über gewesen sind?«

»Nein«, antwortete Dr. Camphausen. »Man hatte mich sediert. Ich erinnere mich nur noch daran, dass ich in den Hausflur trat, Licht machen wollte und mich darüber gewundert habe, warum das ansonsten immer zuverlässig funktionierende Flurlicht diesmal nicht anging. Doch bevor ich einen weiteren Gedanken fassen konnte, hat mich bereits jemand von hinten umfasst und mir eine Art feuchte Watte auf Nase und Mund gedrückt – und schon war ich weg. Aufgewacht bin ich gestern Morgen in einem Schuppen oder einer Garage. Zumindest roch es stark nach Motoröl und abgeriebenem Gummi. Und meine Beine waren mit Ketten gefesselt. Es war äußerst schmerzhaft.«

»Können Sie zu dem Ort, an dem man Sie festgehalten hat, noch weitere Angaben machen? Haben Sie vielleicht etwas Besonderes bemerkt?«

Dr. Camphausen überlegte lange. »Gesehen«, sagte sie dann, »habe ich nichts. Nur die Innenwände dieser Garage. Es gab eine Hebebühne wie in einer Kfz-Werkstatt. Einige Metallfässer standen herum. Aber es war alles unspezifisch.«

»Es war nur *eine* Hebebühne?«

»Ja, mehr passte in den Raum auch nicht hinein.«

»Und haben Sie etwas gehört?«

»Da bin ich mir nicht ganz sicher. Ich meine mich an Zugansagen erinnern zu können.«

»An solche, wie sie auf Bahnhöfen zu hören sind?«

»Ja, genau. Auf Bahnsteigen. Und da war immer dieser dreitonige Gong, der den Ansagen oftmals vorweggeschaltet wird.«

Ferschweiler war aufgestanden und zum Telefon auf seinem Schreibtisch gegangen. Während er de Boer über den Anschluss von Möllemann anrief und ihn zu kontrollieren bat, wie viele kleine Kfz-Werkstätten mit nur einer Hebebühne es im Umkreis des Haupt- und des Südbahnhofs gab, setzte Möllemann die Befragung fort.

»Haben Sie Ihren Entführer gesehen? Können Sie uns zu ihm etwas sagen? Größe? Statur? Alter?«

»Nein, kein einziges Mal. Aber er war immer anwesend. Ich meinte oft sogar, seinen Atem zu hören. Aber in dem Raum, in dem ich festgehalten wurde, dürfte ich allein gewesen sein. Einmal, ich muss geschlafen haben, lag plötzlich ein Blankobogen Schreibmaschinenpapier neben mir, den ich unterschreiben und datieren sollte. So stand es maschinenschriftlich auf einem anderen Zettel. Er war zu mir gekommen, während ich schlief. Es war grauenhaft.«

»Haben Sie getan, was er von Ihnen wollte?«, fragte Ferschweiler.

»Erst nicht. Erst wollte ich ihm nicht entgegenkommen. Aber er machte es mir schwer. Er schaltete grelles Licht ein, das direkt auf mich gerichtet war und mich blendete. Dann schaltete er es plötzlich wieder aus, nur um es drei Minuten später wieder einzuschalten. Auch mit Geräuschen hat er mich malträtiert.«

»Nutzte er dazu Musik?«

»Nein, nur schrille, unangenehme Geräusche. Manchmal ein hochfrequentes Pfeifen, dann wieder das Quietschen von Kreide wie auf einer Tafel, auch Zischendes.«

»Aber Sie wollten nicht nachgeben, oder?«

»Nein, das wollte ich nicht. Als er dann aber schließlich einen Automotor in der Nähe, vermutlich vor dem Tor der Werkstatt, startete und die Abgase in den Raum leitete, in dem ich gefesselt saß, da hab ich ganz schnell meine Unterschrift geleistet. Ich wollte nicht sterben …« Dr. Camphausen begann zu schluchzen.

»Und dann?«, fragte Möllemann mit leiser Stimme, als sie sich ein wenig beruhigt hatte.

»Wurde es wieder dunkel im Raum. Kurz darauf muss ich erneut mit einem Wattebausch sediert worden sein. Aber daran kann ich mich nur vage erinnern. Eigentlich nur an diesen Geruch … Als ich wieder aufwachte, lag ich hinter dem Stadtbad auf einer Bank. Die Fußfesseln hatte man mir abgenommen, nichts deutete mehr auf eine Entführung hin. Ich muss ausgesehen haben wie eine Obdachlose. Fürchterlich. Und der unterschriebene Zettel war natürlich weg.«

»Haben Sie eine Vorstellung, wozu ihr Kidnapper diesen Zettel verwenden wollte?«, fragte Möllemann, die selbst schon eine Idee hatte.

Als Dr. Camphausen verneinte, fragte sie: »Könnte es sein, dass sich jemand auf diese Weise in den Besitz der Manuskript-Kopien bringen wollte, die Sie in den ›Tagesthemen‹ gezeigt haben?«

»Das ist doch absurd.« Dr. Camphausen schüttelte den Kopf. »Wer sollte denn außer uns paar Wissenschaftlern, die hier in Trier an der Marx-Ausstellung arbeiten, Interesse daran haben? Und dass mein Entführer aus Trier stammen muss, daran besteht doch wohl kein Zweifel, oder?«

»Sie meinen, wegen der kurzen Zeitspanne zwischen der Ausstrahlung Ihres Interviews und Ihrer Entführung?«, fragte Möllemann nach.

Dr. Camphausen nickte, und Ferschweiler dachte nach. »Da mögen Sie wohl recht haben«, sagte er. »Schließlich hatte er ja auch den Schuppen oder die Garage parat. Aber sichergehen können wir erst, wenn Sie im Museum nachgefragt haben, ob die Kopien noch dort sind.« Er reichte Dr. Camphausen den Telefonhörer seines schon etwas in die Jahre gekommenen Telefons mit Schnurverbindung und wartete, dass sie ihm die Rufnummer diktierte.

»Da ist jetzt noch keiner, der an den Apparat gehen würde«, gab Dr. Camphausen zu bedenken. »Schauen Sie mal auf die Uhr. Ab elf können wir Glück haben. Die Kollegen sind alle beim Ausstellungsaufbau. Und da herrscht Telefonverbot.«

»Dann versuchen Sie doch, Dr. Michels, Ihren Direktor, direkt zu erreichen. Er wird doch wohl Bescheid wissen, oder?«

Gesagt, getan. Nach einem kurzen Gespräch mit Dr. Michels konnte Dr. Camphausen berichten, dass ein Fahrradbote ein von ihr unterzeichnetes Schreiben am gestrigen Nachmittag an Dr. Michels überbracht hatte, in dem sie ihn aufforderte, die Marx-Kopien dem Boten zur Überstellung an einen weiteren Handschriftenexperten zu übergeben.

Natürlich hatte Dr. Michels keinen Verdacht geschöpft. Warum auch: Es handelte sich eindeutig um ihre Unterschrift. Er kannte sie genau. Zudem erschien ihm eine erneute Prüfung plausibel. Außerdem sei sie – und das betonte er nachdrücklich, so Camphausen – die zuständige Kuratorin, in deren Belange er sich niemals einmischen würde.

Ferschweiler war ganz angetan von so viel krimineller Energie. »Eine wirklich gute Geschichte, echt klasse ausgedacht und durchgeführt«, sagte er. »Das heißt aber auch, dass wir nun davon ausgehen können, dass die ehemals Ihnen von den Holländern zur Prüfung überlassenen Kopien der Handschriften aus dem zweiten Band des ›Kapitals‹ im Besitz Ihres Entführers sind.«

»Ja, so ist es wohl«, sagte Dr. Camphausen traurig.

»Sie waren sehr tapfer«, versuchte Möllemann sie aufzuheitern. »Sie trifft keine Schuld. Sie waren das Opfer eines weiteren Kapitalverbrechens.«

»Aber ...«, setzte Dr. Camphausen zum Widerspruch an.

»Nichts aber. Wir werden den Kerl zur Strecke bringen«, sagte Möllemann energisch. »Seien Sie sicher. Es ist nur noch eine Frage der Zeit. Können wir Sie kurz allein lassen? Wir melden uns gleich wieder.«

Kurz darauf waren Möllemann und Ferschweiler zurück bei ihren Kollegen und Oberstaatsanwalt Caspers eine Etage höher.

»Hast du schon etwas über mögliche Kfz-Werkstätten in Bahnhofsnähe herausbekommen, Wim?«, fragte Ferschweiler als Erstes.

»Klar«, antwortete de Boer. »Google macht's möglich. Es gibt fünf Werkstätten in der Nähe. Eine in der unteren Bergstraße, eine in einem Hinterhof in der Güterstraße Richtung Gartenfeldbrücke, eine in der Domänenstraße gleich hinter der Einmündung Schönbornstraße und einen Karosseriebetrieb direkt gegenüber. Die fünfte Werkstatt schließlich war schwerer zu finden. Sie gehört einem Do-it-yourself-Verein, der sich der Instandsetzung und Restaurierung von Oldtimern verschrieben hat. Sie befindet sich in einem alten, umgebauten Bahnschuppen zwischen den südöstlichen Gleisen des Hauptbahnhofs und dem Obstgroßhandel an der Güterstraße. Die dem Bahnhof am nächsten gelegenen Werkstätten sind die des Oldtimer-Clubs sowie die in der unteren Bergstraße. Allerdings hat die Werkstatt in der Bergstraße drei Hebebühnen, die hinter dem Obstgroßhandel nur eine. In der Nähe des Südbahnhofs gibt es übrigens gar keine Kfz-Werkstätten.«

Möllemann brachte die Kollegen rasch auf den aktuellen Stand. »Dr. Camphausen ist den Umständen entsprechend wohlauf. Sie kann sich an Bahnhofsansagen erinnern, die sie während ihrer Haft vermutlich in einer Kfz-Werkstatt gehört zu haben meint«, erklärte sie. »Der Entführer hat sie im Übrigen trickreich dazu benutzt, an die Handschriftenkopie aus der Kladde zu gelangen, die im Landesmuseum lag. Nun hat er alles zusammen. Es gibt keinen Beweis mehr für die Existenz dieser Kladden außerhalb seines Besitzes. Sie sind quasi nicht mehr real.«

»Und warum holen wir uns dann nicht endlich Rowinski?«, fragte Berswordt. »Worauf warten wir noch?«

»Ich glaube auch, dass die vorliegenden Beweise einen Haftbefehl gegen ihn rechtfertigen.« Oberstaatsanwalt Caspers gab sich kooperativ wie selten. »Wollen Sie ihn nicht sofort zur Fahndung ausschreiben?«, fragte er. »Ich an Ihrer Stelle würde jetzt schnell handeln.«

Ferschweiler ließ sich das nicht zweimal sagen. »Komm«, sagte er zu de Boer, »wir fahren zu diesem Oldtimer-Club. Es ist schließlich die einzige Werkstatt, die nur eine Hebebühne hat. Die anderen scheiden aus. Wer weiß, was wir dort finden.« An Möllemann gerichtet, fügte er hinzu: »Übernehmen Sie das mit der Fahndung? Danke. Wir bleiben über Telefon in Kontakt.«

»Und ich? Was mache ich?«, rief Berswordt, als die beiden den Raum verlassen hatten.

»Nun laufen Sie schon hinterher. Sie wollen ja was lernen«, sagte Möllemann lächelnd.

***

Knapp vier Minuten brauchte de Boer, um mit Blaulicht bis vor das doppelflügelige Tor der Oldtimer-Werkstatt zu gelangen. Mit gezogener Waffe näherte er sich dem nur angelehnten, leicht im Wind klappernden Eingang. Ferschweiler und Berswordt blieben ein Stück zurück. Wie immer hatte Ferschweiler keine Waffe bei sich.

Nachdem de Boer die Werkstatt gesichert hatte, rief er seine Kollegen zu sich hinein. »Ausgeflogen«, sagte er.

»So sieht's aus.« Ferschweiler sah sich missmutig um. »Da«, sagte er plötzlich. »Schaut: Dort liegen die Ketten am Boden, mit denen die Camphausen gefesselt gewesen sein dürfte. Und hier ist auch der Schlauch, durch den die Abgase geleitet wurden. Seht ihr dort drüben, wie er durch eine Ritze im Tor gesteckt worden ist?«

»Sie wurde also tatsächlich hier festgehalten.« Wie zur Bestätigung erklang genau in diesem Moment die Ansage eines einfahrenden Zuges mit der von Dr. Camphausen geschilderten dreischlägigen Gong-Einleitung.

»Ich rufe Wingertszahn-Lichtmeß an. Er soll so schnell wie möglich mit seinen Leuten den Laden hier nach Spuren auf den Kopf stellen«, sagte Ferschweiler und verließ die Werkstatt, um zu telefonieren.

De Boer blickte sich derweil um. Berswordt tat es ihm nach. »Was suchen wir eigentlich?«, fragte sie.

»Alles, was uns weiterhilft. Auf gut Deutsch: Ich hab keine Ahnung«, antwortete de Boer. »In jedem Fall nach etwas, das uns wieder in Verbindung zu Rowinski bringt.«

»So etwas wie das hier?«, fragte Berswordt und hielt eine ältere Ausgabe des Nachrichtenmagazins »Der Spiegel« hoch, die einen Adressaufkleber trug.

De Boer war sofort bei ihr: »Hermann Rowinski, Balduinstraße 24, 66606 St. Wendel«, las er von dem Etikett ab. »Sieh an, sieh an. Er hat noch eine zweite Adresse, wohnt nicht nur in der Jüdemerstraße hier in Trier. Von wann ist der Spiegel?« Er war aus dem Februar 2018. »Die Adresse dürfte also noch aktuell sein.«

Berswordt stutzte. »Ich kenne diese Adresse«, sagte sie. »Ich hab sie heute schon mehrmals gelesen. Da oder in direkter Nähe war Helena Demuth als Kind zu Hause, dort stand ihr Elternhaus. In der Obergasse hinter dem Dom. Doch diese Gasse existiert nicht mehr. Stattdessen ist sie ein Teil der heutigen Balduinstraße geworden.«

De Boer und Berswordt gingen zu Ferschweiler auf den

Platz vor der Werkstatt und warteten, bis er zu Ende telefoniert hatte. Dann berichteten sie ihm von ihrem Fund.

»Wenn der jetzt auf dem Weg nach St. Wendel oder bereits dort ist, na dann prost Mahlzeit«, sagte Ferschweiler genervt. »Dann bekommen wir ihn nie.«

Doch plötzlich stockte er und sah zwischen de Boer und Berswordt hin und her. »Warum versuchen wir eigentlich nicht, ihn mit seinen eigenen Waffen zu schlagen? Warum machen wir uns nicht seine Absichten zunutze?«

De Boer sah ihn verständnislos an.

Auch Berswordt wirkte ratlos. Eine echte Verfolgungsjagd wäre ihr, so konnte es Ferschweiler deutlich in ihrem Gesicht ablesen, an dieser Stelle lieber gewesen.

»Wartet ab. Ich hab da eine Idee.« Er lachte. »Kann mir einer von euch Rowinskis Handynummer besorgen?«

Er rief Caspers an und schilderte ihm die Situation und seinen Plan. Er bewege sich hart an der Grenze der Legalität, sagte ihm der Oberstaatsanwalt mit belehrendem Unterton. Aber es gäbe Präzedenzfälle, bei denen ähnlich gearbeitet worden sei. Ob Ferschweiler denn einen Erfolg garantieren könne? Das musste er ehrlicherweise verneinen. Doch wies er Caspers darauf hin, dass er ohne dieses Vorgehen keine realistische Chance sehen würde, Rowinskis tatsächlich habhaft zu werden und ihn überführen zu können. Schließlich gab Caspers, nachdem er einige Zeit überlegt hatte, nach und erteilte Ferschweiler grünes Licht.

Ferschweiler war nun mit der Verantwortung allein.

Er klappte sein Handy zu und verharrte eine ganze Weile in nachdenklicher Position. Dann, ganz plötzlich und ruckartig, wandte er sich an de Boer und sagte: »Lass uns nach St. Wendel fahren, sofort. Ich glaube, ihr habt mit eurem Fund recht. Und auch Berswordts Ergebnisse deuten ja in diese Richtung. Nur einen kleinen Stopp am Präsidium müssen wir noch machen.«

Sie gingen zu de Boers Wagen, in dem Berswordt bereits auf der Rückbank saß.

»Wie lange brauchen wir bis St. Wendel?«, fragte Ferschweiler, nachdem er auf dem Beifahrersitz Platz genommen und de Boer den Wagen gestartet hatte. »Ich muss es möglichst genau wissen. Denn ich werde gleich Kontakt mit Rowinski aufnehmen und ihm einen Handel vorschlagen, den er vermutlich nicht wird ablehnen können.«

»Einen Handel? Haben wir denn etwas, das ihn interessieren könnte?« De Boer hatte keine Ahnung, wovon Ferschweiler sprach.

»Fahr bitte los. Die Zeit drängt. Und denk an den Halt am Präsidium. Wir haben etwas mitzunehmen.«

Sie hatten sich kaum auf der Autobahn Richtung Saarbrücken eingefädelt, als erneut Ferschweilers Handy klingelte. Am anderen Ende der Leitung war Manfred Gillenfeld vom Dauerdienst. Ein Anruf sei vom Forstrevier Waldrach bei ihnen über die Notrufnummer eingegangen: Der dortige Revierförster habe in der Nähe der Riveristalsperre einen Toten gefunden, auf den die Beschreibung des flüchtigen Jungen zuträfe.

Ferschweiler beendete das Gespräch und bat de Boer, die nächste Abfahrt zu nehmen und nach Riveris zu fahren. »Sie haben den Jungen gefunden. Er ist tot.«

Circa zwei Kilometer nachdem sie den beschaulichen Ort Riveris durchquert hatten, sahen sie schon die Einsatzfahrzeuge am Rande des Waldwegs stehen. Auch der weiße, stets saubere Caddy der KTU war schon dort.

»Wie schafft Schorsch das eigentlich, immer vor uns am Tatort zu sein?«, fragte Ferschweiler beeindruckt.

De Boer kicherte. »Vielleicht hat er den sechsten Sinn, wer weiß …«

Eine Beamtin begleitete sie in den Wald, wo sie nach etwa dreihundert Metern Fußweg auf Wingertszahn-Lichtmeß mit einem weiteren Mitarbeiter, den Förster sowie zwei weitere uniformierte Kollegen trafen. Die Männer standen um ein Loch im Waldboden herum, auf dessen Grund sich zwischen scharfkantigen Steinen der gekrümmte Körper eines Jungen befand.

»Er ist es«, sagte Wingertszahn-Lichtmeß. »Es besteht kein Zweifel.«

Ferschweiler trat bis zum Rand der Bodenöffnung und sah sich den Leichnam des jungen »Holländers« genau an. Die Augen waren weit aufgerissen, als könne er nicht glauben, was ihm passiert war. Die Beine sowie die Bauchpartie waren blutüberströmt. Auch hinter seinem Kopf war alles voller Blut. Neben ihm standen verschiedene weiße Täfelchen mit Nummern darauf, die die einzelnen Fundstellen am Tatort markierten.

»Was ist das für ein Loch? Ist es natürlichen Ursprungs?«, fragte Ferschweiler und deutete auf das Erdloch.

»Es ist das Wetterloch eines antik-römischen Bergwerks«, erklärte der Förster. »Auf diese Art ist zu römischer Zeit hier im Hochwald Erz abgebaut worden. Solche Löcher finden sich an ganz vielen Stellen in der Umgebung. Manche sind noch um einiges größer, auch tiefer und mit stollenartigen Abzweigungen. Sie dienen sogar Fledermäusen als Schlafplatz.«

»Hat der denn hier auch geschlafen?«

»Nein«, sagte Wingertszahn-Lichtmeß, »der Junge ist unbeabsichtigt hineingefallen. Hat das Loch wohl nicht wahrgenommen und ist dann gestürzt.«

»Was hatte er bei sich?«, fragte Ferschweiler.

»Diesen Rucksack hier.« Wingertszahn-Lichtmeß zeigte auf einen mittelgroßen olivfarbenen Lederrucksack, der neben ihm auf einer auf dem Waldboden ausgebreiteten Plastikfolie stand. »Zudem hatte er noch dieses Handy bei sich und eine Pistole, Kaliber neun Millimeter. Im Magazin fehlen lediglich zwei Patronen.« Wie zum Beweis hielt er die beiden Plastiksäckchen mit den entsprechenden Inhalten in die Höhe.

»Da wissen wir, wo die stecken«, sagte de Boer. »War etwas im Rucksack?«

»Haltet euch fest: dreißigtausend Euro in kleinen Scheinen.«

»Sonst nichts?« Ferschweiler schaute enttäuscht.

»Nichts. Aber ist das nicht ’ne Menge?« Wingertszahn-Lichtmeß schien die Welt nicht mehr zu verstehen.

»Doch, doch, Schorsch«, beruhigte ihn de Boer. »Der Herr Hauptkommissar hätte nur gern alte Handschriften gefunden.«

»Ach so«, das Gesicht des Kriminaltechnikers hellte sich auf. »Damit kann ich dienen, zumindest ein wenig.« Behände nahm er den Rucksack auf und zeigte den beiden Kommissaren Reste leicht bläulichen Papiers, die im Inneren des Rucksacks auf dem Boden lagen. »Ich würde ja sagen, es sind die gleichen, die wir auch neulich bei dem Antiquar gefunden haben. Aber sicher bin ich mir natürlich nicht. Ich werde sie erst untersuchen müssen.«

»Danke, Schorsch«, sagte Ferschweiler begeistert. »Dann wissen wir jetzt, dass der Junge die Kladden hatte und sie gegen Geld übergeben hat.«

»Und warum will dieser ominöse Käufer unbedingt alle Seiten der Kladden sein Eigen nennen? Sollte er ein manischer Sammler sein? Ich habe schon mit solchen Leuten zu tun –«

»Oder«, unterbrach Ferschweiler Wingertszahn-Lichtmeß’ Redefluss, »Eva-Brit Berswordt hat doch recht mit ihrer Vermutung und er will tatsächlich jemanden schützen, will, dass nichts vom Inhalt der Kladden an die Öffentlichkeit gelangt. Und dafür zahlt er viel …«

»Und geht über Leichen«, ergänzte de Boer.

Zurück am Wagen, sprachen die Ermittler zunächst kein Wort miteinander. Jeder hing seinen Gedanken nach. Selbst Berswordt, die sich am Fundort der Leiche still verhalten und etwas abseits gestanden hatte, vermied es ihrerseits, die Kollegen anzusprechen. Erst als sie die Autobahn in Richtung Saarland wieder erreicht hatten, rekapitulierte Ferschweiler noch einmal die Einzelheiten des Leichenfundes. Dann erklärte er seinen Kollegen in knappen Worten, was er vorhatte.

»Ist das nicht ein wenig zu riskant, Rudi?«, fragte de Boer, nachdem er kurz über den Plan nachgedacht hatte. »Du weißt ja gar nicht, wie er reagieren wird. Und ob er sich darauf einlässt, ist eh mehr als fraglich.«

Berswordt war anderer Meinung. »Ich finde es mutig. Und wenn wir ihm keine Falle stellen, wie wollen wir ihm dann etwas nachweisen?«

Wieder trat Schweigen im Wagen ein.

»Ich rufe Rowinski jetzt an«, sagte Ferschweiler schließlich. »Und ich werde mit ihm eine Übergabe vereinbaren. Nur ich und er. Ihr werdet euch im Hintergrund halten, in Ordnung?«

»Du verlangst viel. Es ist vollständig gegen die Regeln.« De Boer sah unzufrieden aus.

»Aber Caspers hat es mir genehmigt«, antwortete Ferschweiler.

»Sollen wir die Kollegen in St. Wendel nicht doch schon einmal vorwarnen, dass wir – wenn alles glattgeht – vermutlich in Kürze ihre Hilfe benötigen werden?«

»Nein, erst spreche ich mit Rowinski. Alles andere macht noch keinen Sinn. Wir müssen ja auch erst einmal sehen, wo er die Übergabe vorschlägt – und ob er überhaupt darauf eingeht. Fahr bitte auf die nächste Raststätte, Wim. Ich möchte nicht im Auto telefonieren.«

Das mit Rowinski geführte Gespräch war kurz.

»Er hat erst gelacht, dann um Bedenkzeit gebeten. Er will vielleicht zurückrufen.« Ferschweiler wirkte unzufrieden. »Ich glaube, mein Plan geht nicht auf.«

»Nun warte es erst einmal ab, Rudi«, sagte Berswordt. »Ich hab auch gedacht, dass Rowinski nie auf dein Angebot eingehen wird. Er muss die Falle doch förmlich riechen, schließlich ist er ein Profi. Aber du hast recht. Er hat eine Aufgabe. Und er ist irgendwie manisch, oder? Er muss seiner Verantwortung gerecht werden. Und ohne dich kann er das nicht mehr. Denn ohne die letzte fotokopierte Seite bleibt die Existenz der Handschriften dokumentiert.« Berswordt sah Ferschweiler an. »Er wird sich melden, Rudi, ich bin mir ganz sicher. Wir müssen nur noch etwas Geduld haben.«

De Boer kam mit drei Bechern dampfenden Kaffees aus der Raststätte zum Wagen zurück.

»Hier, bitte«, sagte er. »Etwas zum Wieder-richtig-wach-Werden. Und für die Dame etwas Süßes.« Mit einer angedeuteten Verbeugung übergab er Berswordt eine Minitafel Ritter Sport Nougat.

Nachdem Berswordt de Boer kurz ihre letzten Gedanken mitgeteilt hatte, tranken die Polizisten schweigend ihren Kaffee. Die Anspannung war deutlich spürbar. Als Ferschweilers Handy klingelte, zuckten sie wie elektrisiert zusammen. Aber es war nur Wingertszahn-Lichtmeß, der berichtete, dass die KTU in der Kfz-Werkstatt jede Menge Hinweise auf Dr. Camphausen und auch auf die Anwesenheit von Rowinski habe sicherstellen können. Allerdings waren da keine Spuren, die auf seine Anwesenheit am gestrigen Tag schließen ließen. Es gab lediglich diese Zeitschrift mit dem Adressaufkleber, an dem mehrere Fingerabdrücke gefunden worden waren, von denen sich aber nur einer auch ansonsten in der Werkstatt fand. Wingertszahn-Lichtmeß wollte diese Fingerabdrücke, von denen er annahm, es seien die von Rowinski, mit denen in der Wohnung des Antiquars und mit denen auf den Geldscheinen vom Auffindungsort des toten Jungen abgleichen. Vielleicht fand sich ja sogar ein Nachweis in den internationalen Datenbanken.

»Noch einen Kaffee?«, fragte de Boer. »Oder fahren wir jetzt weiter? Wir haben noch circa eine halbe Stunde Fahrzeit.«

***

Vierzig Minuten später erreichten sie den Stadtrand von St. Wendel. Rowinski hatte sich noch nicht gemeldet.

»Lass uns in die Balduinstraße fahren, Wim«, sagte Ferschweiler. »Wissen wir eigentlich, was Rowinski für ein Auto fährt?«

»Angeblich gar keins«, sagte de Boer. »Er macht alles mit dieser Radrennmaschine, die wir schon ganz am Anfang am Landesmuseum gesehen haben. Du erinnerst dich?«

»Ja, sicher«, sagte er und wurde nachdenklich. »Aber dann müsste Rowinski doch keine Mitgliedschaft in einer Oldtimer-Reparaturwerkstatt haben«, schlussfolgerte Ferschweiler dann und drehte sich zu Berswordt um. »Kannst du versuchen, das rauszukriegen?«

»Klar«, antwortete sie und gab eine Nummer in ihr Mobiltelefon ein.

Ferschweilers Handy blieb weiterhin still.

De Boer hatte mittlerweile die Balduinstraße direkt hinter der imposanten Wendalinusbasilika erreicht. Es handelte sich um eine Fußgängerzone.

»Hat dir das Navi das nicht angezeigt?«, fragte Ferschweiler gereizt.

»Nein, hat es nicht.« De Boer wurde sauer. »Scheißtechnik.«

»Beruhige dich«, sagte Ferschweiler etwas sanfter. »Ist doch nicht schlimm. Dann fahren wir halt einen kleinen Umweg. Zeit haben wir ja genug. Wir müssen jetzt nur die Ruhe bewahren.«

»Ach, ich kann so etwas nicht leiden. Du weißt, wie ich Automobiltechnik und entsprechendes Zubehör liebe – wenn sie funktionieren. Und diese Straße ist nicht erst seit einem halben Jahr Fußgängerzone. Warum ist sie nicht entsprechend im System verzeichnet?«

»Ich unterbreche eure angeregte und tiefschürfende Diskussion ja nur sehr ungern, aber Rowinski hat einen – haltet euch fest – Wartburg 313. Schickes Gefährt. Seht mal«, Berswordt reichte ihr Smartphone nach vorn, »sieht doch echt schick aus, oder? Fast wie ein amerikanischer Schlitten aus den 1960ern.«

»Tatsache«, kommentierte Ferschweiler beeindruckt. »Eigentlich mach ich mir ja nichts aus Autos, aber der sieht wirklich gut aus.«

»So einen hatte meine Tante in Indonesien auch«, sagte de Boer nach einem schnellen Blick auf das Display. »Allerdings in Grünmetallic und aus der ersten Baureihe von 1957. Der da ist ja von 1960, wohl einer der letzten, die vom Band gelaufen sind.«

Berswordt schaute irritiert.

»So ist er«, sagte Ferschweiler. »Immer für eine Überraschung gut. Farbe und Nummernschild haben Sie auch herausgefunden?«, wollte er dann noch wissen.

»Seine Farbe ist rot, aber das Nummernschild hab ich noch nicht. Hab noch keinen in der Zulassungsstelle erreichen können.«

»Und woher wissen Sie dann schon, dass es Rowinskis Wagen ist?«

»Na, weil er auf der Seite der Oldtimer-Freunde Augusta Treverensis, denen auch die Werkstatt hinter dem Bahnhof gehört, aufgeführt und abgebildet ist im Zusammenhang mit Rowinski.«

»Hm«, Ferschweiler wurde nachdenklich.

»Halt, stopp!«, rief Berswordt. »Hier kommt gerade die E-Mail der Zulassungsstelle.« Sie stockte. »Auf Rowinski ist kein Auto zugelassen. Und, so freundlich und mitdenkend waren die Kollegen in der Stadtverwaltung immerhin, sie haben auch nachgeschaut, wie viele von diesen Autos in Stadt und Landkreis zugelassen sind.«

»Sind es mehr als zehn?«, fragte de Boer.

»Nicht einmal. Es sind nur zwei. Eines gehört einem Typen aus Osburg, das andere, haltet euch fest, ist auf Eleonore Dengels zugelassen.«

Ferschweiler verstand die Welt nicht mehr. »Aber die Dengels wusste doch gar nicht, dass Rowinski alias Merkel wieder in Trier beziehungsweise überhaupt wieder in Deutschland war, oder?«

»So hat sie es mir gegenüber jedenfalls geäußert«, sagte de Boer.

»Und nun hat Rowinski ihr in den letzten Jahren ihren Oldtimer immer mal wieder repariert? Wie passt denn das zusammen?«

De Boer parkte den Wagen auf dem recht kleinen Parkplatz »An der Stadtmauer« im östlichen Teil der Balduinstraße. Kaum dreißig Autos konnte man hier, immerhin kostenfrei, für zwei Stunden abstellen.

»Es passt gar nicht zusammen, Rudi. Und ich glaube, wir haben gerade eine Lücke in unseren Ermittlungen entdeckt, die wir schnellstmöglich schließen sollten.« Er sah zuerst Ferschweiler, dann Eva-Brit Berswordt besorgt an. »Was wissen wir eigentlich über Eleonore Dengels?«

In Ferschweilers Jackentasche vibrierte es heftig. Es war sein Handy.

»Rowinski«, sagte er mit einem Blick auf das Display und stieg, bevor er das Gespräch annahm, aus.

Als er geendet hatte, stieg er wieder ein. »Das war tatsächlich Rowinski. Er ist mit der Übergabe einverstanden. Aber ich soll allein kommen.«

»Das ist viel zu riskant, Rudi«, sagte de Boer. »Und gegen die Vorschriften ...«

Ferschweiler machte eine entsprechende Geste mit beiden Händen. »Ich verlange noch mehr von euch. Fahrt bitte beide sofort zurück nach Trier und geht noch heute Abend der Dengels-Spur nach. Durchleuchtet die alte Dame gründlich und unterrichtet Möllemann, dass ich hier das Blatt zu wenden versuche. Denn Rowinski hat gerade ganz klar gesagt: Sollte außer mir noch jemand kommen oder auch nur in der Nähe sein und sollte er nach der Übergabe keinen freien Abzug haben, so würde es Konsequenzen geben. Er ist bewaffnet und, nach eigenem Bekunden, zu allem bereit. Was ich ihm auch glaube.«

»Ach, Rudi«, sagte de Boer. »Das sagen sie doch immer.«

»Okay.« Ferschweiler wurde wortkarg. »Macht ihr mit, oder blasen wir es ab?«

»Du bist echt ungerecht«, meinte Berswordt. »Im Team geht es doch besser.«

»Nicht alles«, antwortete Ferschweiler. »Manches muss man auch allein machen.«

De Boer resignierte. »Lass ihn, Eva-Brit. Er war immer schon stur, ist stur und wird – so Gott will – auch nach Abschluss dieses Falls noch stur sein. Wir werden ihn nicht ändern. Also komm, steig um nach vorn. Wir fahren und kümmern uns um die Dengels.«

Ferschweiler seinerseits stieg aus und ließ Berswordt an seiner statt auf der Beifahrerseite Platz nehmen.

»Viel Glück«, sagte Berswordt, bevor sie die Tür schloss und de Boer ohne Gruß, aber mit quietschenden Reifen aus der Parkbucht ausparkte und in die Balduinstraße einbog.

Ferschweiler blieb allein in St. Wendel zurück.

***

Auf der Rückfahrt schimpfte de Boer die ersten fünf Minuten ununterbrochen über die Starrköpfigkeit Ferschweilers und die vielen brenzligen Situationen, in die er sich in den vergangenen Jahren immer wieder gebracht hatte.

»Hältst du das mit der Dengels für eine echte Spur?«, fragte er dann etwas ruhiger, nachdem er auf die Autobahn aufgefahren war und auf über einhundertachtzig Stundenkilometer beschleunigt hatte. »Ich weiß ja nicht. Was sollte denn ihr Motiv sein?«

Berswordt wirkte entspannt. »Das kann ich dir nicht so ad hoc sagen, Wim. Aber die Dengels war zumindest in alle wichtigen Dinge immer involviert. Sie hat die beiden Holländer, ›Vater und Sohn‹, gesehen – und mehr als wahrscheinlich auch kennengelernt. Sie wusste demnach, was die beiden bei ihrem Hans-Jacob vorgezeigt haben. Zudem kannte sie Meitners Einschätzung des Manuskripts und mit Sicherheit auch Rowinskis nicht unwesentliche Meinung dazu. Ob sie dabei war, als die beiden darüber sprachen, oder ob sie sie belauscht hat oder im Nachhinein von Meitner die Geschichte erzählt bekommen hat, ist sekundär.«

De Boer schwieg, konzentrierte sich auf das Fahren und hörte intensiv zu. Inzwischen hatte er die zweihundert Stundenkilometer überschritten.

»Auch hätte sie Meitner problemlos umbringen können. Sie wusste seit Langem und vielleicht sogar als Einzige außer seinen Ärzten von seiner Krankheit. Zudem hatte sie jederzeit Zugang zu seiner Wohnung und wusste genau, wo er seine Medikamente lagerte.«

»Sicherlich«, fügte Berswordt nach einer kurzen Pause hinzu, »unter normalen Verhältnissen wäre kein Verdacht auf sie gefallen. Sie war für Meitner ja fast wie eine Mutter, zumindest stellte sie das immer so dar. Wer würde da schon etwas vermuten.«

»Und da kommt nun der Verdacht: ›Sie stellte das immer so dar.‹ Wie gehen wir nun vor?« Die Autobahn war leer, und de Boer hielt mittlerweile seit mehr als sechs Minuten eine Geschwindigkeit von zweihundertdreißig Stundenkilometern.

»Erst einmal informieren wir Möllemann, und dann nehmen wir die Dengels ganz genau unter die Lupe. Steuern, Finanzverhältnisse, Reisen, Vorstrafen und den ganzen Rest. Mal sehen, was dabei herauskommt.«

***

Ferschweiler war die Balduinstraße einige hundert Meter entlanggegangen. Dort, wo ihn de Boer herausgelassen hatte, pulsierte der Verkehr. Er nahm in einer einladend wirkenden Bäckerei Platz und bestellte sich einen Cappuccino.

Ein Blick auf sein Handy zeigte ihm an, dass er Empfang hatte. Er nahm eine der ausliegenden Zeitungen zur Hand und begann zu lesen.

»Hallo, Herr Ferschweiler«, hörte er plötzlich eine Stimme vor sich. »Darf ich mich kurz zu Ihnen setzen?«

Ferschweiler blickte auf. Es war Rowinski, der sich offensichtlich schon längere Zeit in der Nähe der spätgotischen Wendalinusbasilika aufgehalten hatte.

»Sie brauchen nicht zu erschrecken. Ich habe damit gerechnet, dass Sie hier in der Nähe auf mich warten würden. Dass Sie dafür das Café meiner Tante aufsuchen, war mir natürlich nicht bewusst.«

Ferschweiler überspielte seine Überraschung gekonnt. »Sie stammen ursprünglich aus St. Wendel?«

»Das kann man so sagen«, erwiderte Rowinski und bedankte sich bei der Verkäuferin, die ihm ebenfalls einen Cappuccino brachte. »Meine Familie ist hier altansässig und sogar entfernt mit der von Helena Demuth verwandt.«

»Also daher weht der Wind«, entfuhr es Ferschweiler.

»Nein, nein«, beeilte sich Rowinski zu beschwichtigen. »Damit hat es gar nichts zu tun. Die Demuth ist mir völlig egal.«

»Kommen Sie zur Sache.« Ferschweiler hatte keine Lust auf Geplänkel. »Worum geht es bei der ganzen Manuskript-Aktion eigentlich? Warum wird da gemordet, vergiftet, entführt?«

»Wenn das so sein sollte, wie Sie sagen«, entgegnete Rowinski, »dann habe ich damit nichts zu tun.«

»Also bitte.« Ferschweiler wurde ungehalten. »Sie haben Dr. Camphausen entführt, Ihren alten Freund Meitner vergiftet und uns sehr viele wichtige Details in den Ermittlungen vorenthalten. Was soll ich da denn annehmen?«

»Sie haben recht.« Rowinski wurde kleinlaut. »Ich habe nicht alles gesagt. Aber Sie haben auch nicht gefragt. Und woher sollte ich denn wissen, dass Sie sich für meine Exilgeschichte interessieren?«

»Ganz sicher interessieren wir uns aber für Ihre Beziehung zu Meitner: Hat der Sie angerufen, um von Ihnen eine Expertise zu den Handschriften der Textstücke der Holländer zu erbitten?«

»Nein, hat er nicht. Wieso auch? Er war selbst firm genug in der Beurteilung dieser Frage. Und außerdem wusste er gar nicht, dass ich wieder in Trier bin.«

Ferschweiler lachte. »Das soll ich Ihnen glauben?« Er schüttelte ablehnend den Kopf. »Sie haben Kontakt zu Frau Dengels, aber nicht zu Meitner? Wie darf ich das denn verstehen?«

»Ich kenne Eleonore Dengels aus den alten Zeiten des Studiums, quasi aus meiner Jugend. Manchmal habe ich sie mit auf meine Fahrten nach Holland genommen, die ich mehrmals im Monat machen musste.«

»Was hatten Sie dort zu tun?«

»Sie bekommen es eh heraus, also sag ich es lieber direkt.« Rowinski sah Ferschweiler in die Augen. »Dort gab es eine Kontaktstelle für Mitarbeiter der Staatssicherheit im Auslandseinsatz, der ich regelmäßig Bericht erstatten und in der ich mich schulen lassen musste.«

»Das heißt, Sie waren bei der Stasi?« Ferschweiler sah Rowinski ungläubig an.

»Ja. Meine Aufgabe war die Überwachung der Aktivitäten in Marx' Geburtsstadt rund um Marx selbst. Es war keine wirklich zentrale Stelle, es passierte fast nichts. Ich musste eben aus genannten Gründen nur regelmäßig nach Holland.«

»Aber die DDR ist seit mehr als fünfundzwanzig Jahren Geschichte.«

»Ja und?«, fragte Rowinski lachend. »Es gibt dennoch immer noch Werte zu schützen.«

Ferschweiler versuchte sachlich zu bleiben. »Für wen tun Sie das denn heute, wo es Ihren staatlichen Auftraggeber nicht mehr gibt? Bekommen Sie auch Geld dafür?«

»Geld?« Rowinski war sichtlich erstaunt und löffelte gleichzeitig den letzten Milchschaum aus seiner Tasse. »Geld gibt es, zumindest regelmäßig, keines mehr. Ab und zu, bei guter Leistung, noch einen kleinen Scheck. Aber das war es dann auch finanziell. Doch darum geht es gar nicht.«

Er machte eine Pause und deutete der Verkäuferin über ein Handzeichen an, ihm einen weiteren Cappuccino zu bringen. »Seien Sie mal Ihr ganzes Leben so mit einer Idee verwoben, wie wir das gewesen sind. Ich wäre gespannt, wie Sie handeln würden, wenn Ihre alten, lange gefeierten und verteidigten Ideale in Gefahr gerieten, in den Schmutz gezogen zu werden.«

Ferschweiler musste mitleidig lächeln. »Und dafür morden Sie? Für alte Ideale?«

Rowinski war im Begriff aufzubrausen, fing sich aber sofort wieder. »Ich habe nicht gesagt, dass ich gemordet habe. Ich habe lediglich Dr. Camphausen entführt. Das gebe ich gern zu. Es war Unrecht, keine Frage, aber auch dies musste sein.«

»Warum?«

»Na, weil sie zum einen Marx diffamieren wollte, wozu sie durch ihren Auftritt in den ›Tagesthemen‹ schon einiges vorbereitet hatte. Und zum anderen, weil es mir befohlen wurde.«

Ferschweiler wurde hellhörig. »Befohlen?«, fragte er nach. »Von wem denn?«

»Hören Sie«, Rowinski hatte sich wieder beruhigt, »Sie haben mir doch ein Geschäft vorgeschlagen, oder?«

Ferschweiler nickte.

»Sie wollen ein umfassendes Geständnis von mir dafür, dass ich die noch nicht in unserem Besitz befindlichen Originale und Kopien von diesem Marx kompromittierenden Dokument, das die Holländer gefunden hatten, beschafft habe, oder?«

»So ist es«, sagte Ferschweiler. »Haben Sie denn das restliche Dokument, Rowinski? Hat Ihnen der junge Mann den Rest übergeben?«

»Übergeben hat er es mir, ja klar«, sagte Rowinski. »Irgendwo am Wasserwerk bei Riveris. Hab ihm dreißigtausend Euro dafür gegeben. Aber ich habe die Kladden nicht in meinem Besitz.«

»Wer hat sie dann? Und woher hatten Sie die dreißigtausend Euro?« Ferschweiler wurde ungeduldig.

»Das darf ich Ihnen nicht sagen. Aber seien Sie gewiss, sie sind in guten Händen. Und das Geld hab ich ebenfalls aus einer sicheren Quelle.« Rowinski lachte Ferschweiler offen an. »Hier ist im Übrigen mein unterzeichnetes Geständnis zur Entführung von Dr. Camphausen. Wenn Sie mögen, können Sie mich gleich zur nahe gelegenen Polizeidienststelle begleiten, wo ich mich stellen werde. Aber wenn unser Deal noch gilt, wobei ich weiß, dass Sie etwas anderes erwartet haben, dann würde ich mich über die versprochene Kopie sehr freuen.«

Ferschweiler sah ihn verdutzt an. »Sie wollten sich sowieso stellen?«, fragte er.

»Na, meinen Sie, ich würde mir nach all den Jahren und in meinem fortgeschrittenen Alter noch einen längeren Gefängnisaufenthalt zumuten wollen für etwas, das ich nicht gemacht habe, das mir jemand anderes aber schon bald unterstellen wird? Und ich könnte meine Unschuld nicht beweisen, weil ich kein belastbares Alibi hätte? Nee, diese Zeiten sind vorbei. Dafür bin ich schon zu lange weg von dem Verein.«

»Und dennoch lassen Sie sich noch immer einspannen? Warum nur?«

»Weil ich geschworen habe, den Sozialismus zu schützen. Und Marx schützen heißt den Sozialismus schützen.«

Als die Verkäuferin kam, um ihm seinen zweiten Cappuccino zu servieren, bat er um die Rechnung. Schnell nahm er noch zwei Schluck und legte dann die passende Summe in Münzen auf den Tisch. »Nun bin ich so weit, Herr Kommissar.«

Beim Verlassen des Cafés übergab Ferschweiler einen Umschlag an Rowinski, der seinerseits Ferschweiler einen aushändigte. Zu der in der Nachbarschaft des Bahnhofs gelegenen Polizeiinspektion nahmen sie gemeinsam ein Taxi.

***

Möllemann, die von Berswordt aus dem Auto aus angerufen und informiert worden war, rotierte. So schnell es ging, hatte sie versucht, kurzfristig einige Kollegen aus dem Dauerdienst abzuziehen, um ihr bei der Recherche zu Eleonore Dengels zu helfen. Als de Boer und Berswordt schließlich eintrafen, hatte sie sich bereits wieder beruhigt.

»Entschuldigung«, sagte sie, »aber Ferschweiler ist so ein alter egoistischer Arsch. So funktioniert Zusammenarbeit einfach nicht. Er plaudert mit dem Mann, der gerade noch unser Hauptverdächtiger war und nun nur noch ein Zeuge zu sein scheint, in der idyllischen saarländischen Provinz, und wir müssen in aller Kürze alle seine Defizite in Recherche und Ermittlungsarbeit aufarbeiten. So kann und darf das nicht gehen.«

Berswordt stellte sich sofort auf die Seite von Ferschweiler: »Die Überlegungen entstanden erst auf der Fahrt ins Saarland, nicht früher. Er kann also nichts unterlassen haben. Und wer hätte denn gedacht, dass vielleicht die alte Haushälterin auch ein Motiv hat …«

»Ist ja gut«, krakeelte Möllemann noch immer. »Wo zum Teufel ist jetzt mein Telefon? Ich will in Berlin anrufen, um bei der Stasi-Unterlagen-Behörde nach möglichen Akten über Rowinski, Meitner und Dengels nachzufragen. Kann mir da mal jemand helfen. Sie vielleicht, de Boer?«

Als ihr Blick auf die untätig herumstehende Berswordt fiel, fügte sie hinzu: »Können Sie sich vielleicht auch nützlich machen und bitte dafür sorgen, dass Frau Dengels zu uns ins Präsidium kommt? Und zwar möglichst schnell? Vielen Dank. Ich besorge einen Durchsuchungsbeschluss.«

»Aber ich habe diese Befugnis doch gar nicht«, antwortete Berswordt. »Ich bin doch nur Praktikantin …«

Doch Möllemann hatte den Raum bereits verlassen.

Berswordt und de Boer tauschten die Aufgaben. Während sie nach Berlin Kontakt aufzunehmen versuchte, nahm er sich zwei uniformierte Kollegen samt Streifenwagen und fuhr in die Ostallee.

***

Sämtliche Rollläden des Antiquariats waren heruntergelassen. Insgesamt wirkte das Haus wie ausgestorben. Das Tor zum

Hof allerdings stand offen. Die Beamten stellten ihren Wagen im geschotterten Hof ab und stiegen aus.

De Boer ging als Erstes zur Garage und versuchte vergeblich, sie zu öffnen. Dann klingelte er bei Eleonore Dengels. Er klingelte zum zweiten, schließlich zum dritten Mal. Niemand öffnete. Ratlos blickte er an der Fassade des Hauses empor.

»Sollen wir die Tür öffnen?«, fragte Markus Scherff, einer der Uniformierten. »Oder wollen Sie warten?«

De Boer war sich unschlüssig. Er hatte noch keine Kopie des von Möllemann angeforderten Durchsuchungsbeschlusses und wollte daher nicht ohne Weiteres in Eleonore Dengels Wohnung eindringen. Aber vielleicht war ja Gefahr im Verzug?

***

In St. Wendel hatte sich Rowinski unterdessen der Polizei gestellt und die Entführung von Dr. Camphausen gestanden. Auch hatte er zugegeben, ihr den Blankozettel zum Unterschreiben vorgelegt und so getan zu haben, als ob er sie mittels Autoabgasen ums Leben bringen wollte. Er beteuerte allerdings stets, dass er ihr damit nur einen gehörigen Schrecken einjagen wollte, um sie zum Unterschreiben zu bewegen. Niemals habe er ernsthaft vorgehabt, den Raum unter Gas zu setzen.

Ferschweiler, der bei der Aufnahme des Protokolls anwesend war, glaubte Rowinski zumindest diesen Aspekt.

»Was ich aber noch nicht verstehe, Herr Rowinski«, sagte er. »Wer hat Sie denn nun dazu angestiftet, Dr. Camphausen zu entführen? Und wohin ist der unterschriebene Zettel verschwunden?«

Rowinski wand sich auf seinem Stuhl.

»Wollen Sie nicht mehr kooperieren, Herr Rowinski?«, fragte Ferschweiler.

»Doch, doch«, sagte Rowinski schließlich. »Aber ich stehe im Wort.«

»Mir gegenüber«, entgegnete Ferschweiler. »Oder haben

Sie schon vergessen, was wir vorhin besprochen hatten? Ich kann Sie auch wegen Mordverdachts festnehmen lassen. Kein Problem. Denn welche Rolle Sie im Mordfall Meitner spielen, darüber wird noch zu verhandeln sein.« Er deutete an, sich zu erheben, doch Rowinski hielt ihn zurück.

»Okay, Sie haben recht. Den Auftrag gab mir mein Verbindungsoffizier.«

»Und wie heißt der bitte?«

»Sein Name ist Dengels ...«

***

De Boer und die beiden Polizisten warteten nun schon seit circa sechs Minuten im Hof des Antiquariats. De Boer hatte immer mal wieder geklingelt und auch den Namen von Eleonore Dengels in Richtung ihrer Fenster gerufen.

»Das ist hier kein öffentlicher Parkplatz, das Antiquariat hat geschlossen!«, hörte er plötzlich jemanden aus der Einfahrt rufen. Um die Ecke kam eine alte Frau mit einem Fahrrad, an dessen Lenker ein Bastkörbchen befestigt war, aus dem ein Hund herausschaute.

»Oh, ein Havanese«, sagte de Boer. »So einen hatte ich auch einmal. Sind tolle Tiere.«

»Wer sind Sie?«, fragte die Frau misstrauisch. »Was stehen Sie hier mit der Polizei im Hof herum? Ist etwas passiert?«

»Keine Sorge, alles ist in Ordnung«, versuchte de Boer die Dame zu beruhigen. »Mein Name ist Wim de Boer von der Kriminalpolizei.« Er zeigte ihr seinen Dienstausweis. »Wir wollen zu Eleonore Dengels, aber sie macht nicht auf. Wissen Sie vielleicht etwas?«

»Die Eleonore kann auch nicht aufmachen. Sie ist nämlich nicht da«, erwiderte die alte Dame trocken.

»Darf ich fragen, wer Sie sind?«

Die Frau sah ihn verwundert an. »Ich bin Katharina Bösen und wohne in der Kleinen Eulenpfütz in der Nähe vom Dom.

Eleonore und ich sind alte Freundinnen. Sie bittet mich manchmal, nach dem Rechten zu sehen, wenn sie verreist ist.«

»Und ist sie das heute?«, fragte de Boer. »Verreist?«

»Nein«, sagte Katharina Bösen. »Heute hilft sie in der Tafel aus. Sie wissen schon, die vom Sozialdienst katholischer Frauen betriebene Suppenküche an der Weberbach. Das macht sie schon seit Jahren mehrmals in der Woche ehrenamtlich.«

***

»Und wie heißt der Mann mit Vornamen?« Ferschweiler hasste es, verhörten Personen jeden einzelnen Satz quasi aus der Nase ziehen zu müssen. »Ist er mit Eleonore Dengels verwandt, vielleicht ihr Sohn?«

»Es ist kein Mann«, sagte Rowinski, »es ist eine Frau. Es ist Eleonore Dengels höchstpersönlich.«

»Die Haushälterin von Meitner?« Ferschweiler fiel aus allen Wolken. »Sie war auch bei der Staatssicherheit?«

»Ja.« Rowinski lachte. »Glaubt man nicht, wenn man sie heute so sieht, nicht wahr? Aber sie war sogar kein kleines Tier in der Hierarchie. Sie trug den Spitznamen ›Reaper‹, der Schnitter, wenn Sie mich verstehen. Mit ihr war nicht zu spaßen. Die Kerben in ihrem Colt beziehungsweise die Skalps an ihrem Gürtel waren zahlreich.«

»Dann hat sie Ihnen auch das Geld für den Jungen gegeben?«

»Ja, sie hat es aus Meitners Safe genommen, nachdem sie ihn ausgeschaltet hatte. Und sie hat auch den Blankobogen von mir bekommen.« Nun war es raus.

»Und Sie wussten, was sie vorhatte?«

»Natürlich wusste ich das. Auch wenn sie es mir nicht explizit gesagt hat. Wir hatten in der Vergangenheit schon ganz andere Operationen in Westdeutschland ausgeführt mit dem Ziel, Marx' Ansehen zu schützen. Und in diesem Fall brauchte es nicht viele Worte zwischen uns. Ihre größte Niederlage war, dass sie Anfang der 1970er Jahre nicht verhindern konnte, dass dieser englische Journalist, David Heisler hieß er, glaube ich, Marx' unehelichen Sohn mit Lenchen Demuth, der 1851 geboren worden war, in die populäre Presse brachte. Daran hat sie wirklich sehr knacken müssen, dachte sogar, es würde sie ihre Karriere kosten. Aber sie hat es überstanden und wurde noch mächtiger als zuvor.«

Ferschweiler hatte sich im Verlauf des Verhörs Notizen gemacht.

»Warum musste Meitner sterben? Wusste er etwa nichts von der Vergangenheit seiner Haushälterin?«, fragte er.

»Wo denken Sie hin? Natürlich wusste er es. Er war ja auch über Jahre hinweg inoffizieller Mitarbeiter der Staatssicherheit gewesen und Dengels als Führungsoffizier zugewiesen. ›IM Mohr‹ war übrigens sein Deckname.«

»Warum dann?«

»Er weigerte sich schlichtweg, weiter mitzumachen, wollte die Manuskripte lieber meistbietend verkaufen und hatte auch schon Kontakt zu Sammlern in Russland und Saudi-Arabien aufgenommen. Er hatte sich von seinen alten Idealen abgewandt und dachte vermutlich an einen süßen Lebensabend mit einem guten Geldpolster, das es ihm erlauben würde, noch einmal so richtig Gas zu geben. Ich weiß zwar ehrlich nicht, an was für Summen er da gedacht hat, aber selbst wenn diese Sammler zusätzlich zur bezahlten Summe auch noch zugesichert hätten, das Manuskript nie zu zeigen oder zu veröffentlichen, für Dengels war das zu keinem Zeitpunkt eine Option. Sich auf das Wort anderer verlassen zu müssen, ohne echte Garantien zu haben und diese tatsächlich auch kontrollieren zu können – effektiv meine ich –, nein, das war nicht ihr Ding. Und da Meitner schon immer ein Starrkopf war und auch diesmal nicht nachgeben wollte, sich sogar im Vorteil wähnte, hat Dengels ihn ausgeschaltet.«

»Sie selbst hatten damit nichts zu tun?«

»Ich? Nein. Oder haben Sie etwa Spuren von mir gefunden?« Rowinski sah Ferschweiler erwartungsvoll an.

Dieser schüttelte den Kopf. »Nein«, sagte er. »Wir haben gar keine frischen Spuren gefunden, außer von Meitner selbst und von Frau Dengels. Alltagsspuren, die niemanden belasten. Hatten Sie Sorgen?«

Rowinski rieb sich das Kinn. »Ach, wissen Sie … ehrlich gesagt: ja. Wenn Sie wie ich jahrelang in manipulativen Projekten unterwegs waren, Beweise gefälscht, Personen denunziert und unmöglich gemacht haben, sodass sich einige davon in Folge sogar das Leben genommen haben oder unschuldig in den Knast gewandert sind – was durchaus beabsichtigt war oder zumindest billigend in Kauf genommen wurde –, dann rechnen Sie doch auch im eigenen Fall mit allem, oder? Warum sollte das System denn ausgerechnet Sie verschonen, wenn Sie abtrünnig werden? Weil Sie ein Teil von ihm waren? Dass ich nicht lache.«

»Sind Sie denn abtrünnig geworden?«, wollte Ferschweiler wissen.

»Wie man's nimmt.« Rowinski wirkte ehrlich. »Ich hab mich in den letzten Jahren immer mehr zurückgezogen, habe auf viele von Dengels Aktivitäten und Anfragen einfach nicht mehr reagiert. Und auch mit Meitner war ich eigentlich auf einer Linie, was die Dengels wusste.«

»Und warum waren Sie dann in Sorge wegen der Beweise?«

»Sie hat einen Fehler gemacht, ich bin mir sicher. Ansonsten gäbe es dort Spuren von mir ohne Ende. Sie hat immer einen Schuldigen geliefert. Alle ihre Eingriffe, wie wir es nannten, waren so geplant und ausgeführt, dass es am Ende einen Täter gab, der aufgrund von Indizien belangt werden konnte und auch belangt wurde. Egal, ob in Holland, Westdeutschland oder den anderen Ländern, für die sie zuständig war.«

»Und warum ist das Ihrer Meinung nach dieses Mal anders?«

»Ich kann mir nur zwei Gründe denken: Entweder sie wird alt und vergisst bestimmte Regeln …«

»Oder?« Ferschweiler war sehr neugierig.

»Oder sie fühlte sich absolut sicher und hat den Überblick verloren.«

»Okay«, sagte Ferschweiler. »Bitte warten Sie einen Moment. Ich bin sofort wieder bei Ihnen.« Er verließ den Raum.

Nach einem kurzen Telefongespräch mit Caspers kam er zurück in den Vernehmungsraum und setzte sich Rowinski wieder gegenüber. »Der Oberstaatsanwalt beantragt Ihre Überstellung nach Trier, was sehr schnell gehen dürfte. Ich werde Sie begleiten, wenn es Ihnen recht ist. Ich bin noch nie in einem Transporter der Justiz gefahren.«

»Ich auch nicht«, sagte Rowinski. »Aber irgendwann ist immer das erste Mal.«

***

»Die Dengels ist nicht daheim«, erklärte de Boer Möllemann telefonisch. »Eine Freundin, die zufällig vorbeikam, sagte, sie helfe bei der Tafel in der Weberbach.«

»Waren Sie in der Wohnung?«, fragte Möllemann.

»Nein, dazu habe ich ja noch gar keine Berechtigung. Den Durchsuchungsbeschluss wollten Sie doch besorgen.«

»Okay. Ich dachte, das hätte seinen Lauf genommen. Aber dann klemme ich mich noch einmal dahinter, dass es nun auch zügig klappt. De Boer, kommen Sie doch wieder zurück ins Präsidium. In die Wohnung schicken wir die KTU allein mit einigen Kollegen vom Dauerdienst. Wäre doch gelacht, wenn wir dort nichts finden würden. Schicken Sie aber schon mal die beiden Streifenkollegen in die Weberbach. Die sollen Frau Dengels zu uns ins Büro bringen. Ferschweiler ist auch schon aus St. Wendel unterwegs ins Präsidium. Bin gespannt, was es Neues zu berichten gibt. In einer Dreiviertelstunde also bei mir.« Dann legte Möllemann auf.

***

Vor der Tafel in der Weberbach herrschte Hochbetrieb. Eine lange Schlange hatte sich vor dem Eingang des kleinen Ladenlokals gebildet. Doch es gab kein Gedränge. Alle standen ruhig und gesittet an, kein Konflikt war zu bemerken. Erst als die Polizisten ihren Wagen verließen, den sie auf der anderen Straßenseite vor der Stadtbibliothek geparkt hatten, kam Unruhe auf.

»Was wollen die denn hier?«

»Die sollen besser wegbleiben!«

»Was wollen denn die Mitglieder des Trachtenvereins hier? Reichen deren Gehälter auch schon nicht mehr?«

Die Beamten ließen sich von den Rufen aus der Menge nicht beirren, sondern bahnten sich einen Weg durch die Schlange und betraten den »Verkaufsraum«.

»Entschuldigen Sie bitte«, sagte Polizeimeister Schintz, »wo finden wir Frau Eleonore Dengels?«

»Die Eleonore? Die war gerade noch drüben bei der Brotausgabe«, sagte eine ältere Dame mit einem grauen Dutt auf dem Hinterkopf und reckte ihren Hals in Richtung der Brottheke. »Hat jemand die Eleonore gesehen?«, rief sie sodann in den Raum.

»Die ist kurz zum Klo«, antwortete eine Mitarbeiterin aus der Brotabteilung. »Wieso? Ist was?«

»Die Polizei fragt nach ihr!«

»Es wird sicher nicht lange dauern.«

Als Eleonore Dengels nach fünf Minuten noch immer nicht wiederaufgetaucht war, wurden die Polizisten ungeduldig. »Wo bitte ist denn die Toilette?«, fragte Scherff.

»Kommen Sie«, sagte die Dame mit dem Dutt. »Ich bringe Sie hin.«

Die Tür zu den Hinterräumen war unverschlossen.

»Einmal durch den ersten Raum durch und am Ende links. Da ist das Klo«, sagte die Dame und ließ die Polizisten alleine.

Während Scherff schnurstracks auf den beschriebenen Nachbarraum zuging, sah sich Schintz im ersten Raum um.

An der hier befindlichen Garderobe hing eine große Anzahl an Frauenmänteln. Nur ein Haken am Rand war frei.

»Frau Dengels?«, hörte er seinen Kollegen rufen. »Bitte kommen Sie heraus! Hier ist die Polizei! Wir müssen Sie mit ins Präsidium nehmen!«

Nichts passierte.

Scherff kam aus der Toilette wieder heraus. »Soll ich mal unter der Tür durchschauen?«, fragte er seinen Kollegen verunsichert. »Ich weiß ja nicht …«

Schintz lachte. »Lass mich mal machen«, sagte er und klopfte erneut an die Tür.

Von innerhalb der Kabine war eine Stimme zu hören. »Lassen Sie mich doch in Frieden! Immer müsst ihr einen stören, Scheißbullen!«

Kurz darauf war auch Scherff wieder vor der Tür der Kabine. »Frau Dengels, ich fordere Sie ein letztes Mal auf, die Kabine zu verlassen. Ansonsten brechen wir die Tür auf.«

Bewegung kam in der Kabine auf, und die Spülung wurde betätigt. Die beiden Beamten traten einige Schritte zurück, um die Dengels herauszulassen. Doch als die Tür geöffnet wurde, staunten sie nicht schlecht. Vor ihnen stand eine Frau unbestimmbaren Alters in einem schmutzigen, löchrigen Winterkleid.

»Und was wollt ihr von mir?«, fragte sie erbost. »Darf man nicht mal seine Notdurft in Ruhe verrichten?«

»Mist«, entfuhr es Scherff, »sie ist uns entwischt.«

Schintz war als Erster durch die Hintertür aus dem Gebäude heraus und stand nun in alle Richtungen blickend auf dem Platz vor der TUFA, dem in der Stadt überaus beliebten Kunst- und Veranstaltungszentrum in der alten Tuchfabrik. »Sie ist weg. Die kriegen wir nicht mehr.«

»Da hat sie uns aber richtig genarrt. Wie die Anfänger …«

»Ja, wir haben uns vorführen lassen. Was für eine Blamage.«

***

Zum vereinbarten Zeitpunkt saßen de Boer, Berswordt und Ferschweiler, der keine fünf Minuten zuvor gemeinsam mit Rowinski in einem Fahrzeug der Saarländischen Justizverwaltung in Trier eingetroffen war, in Möllemanns Büro. Wer fehlte, war Möllemann selbst.

»Ob sie uns vergessen hat?«, fragte Berswordt und sah besorgt auf die Uhr. »Soll ich mal nachsehen?«

»Nicht nötig«, erscholl es in diesem Moment von der Tür. »Ich hatte nur noch kurz mit Dr. Süß telefoniert. Wo stehen wir?«, fragte Möllemann gehetzt.

»Alles deutet auf Eleonore Dengels«, sagte de Boer. »Rowinski scheint, was die Organisation angeht, wohl aus dem Schneider zu sein. Eva-Brit hat Auskunft aus Berlin, die genau das bestätigt, was Rowinski Rudi in St. Wendel gestanden hat: Dengels war Führungs- und Verbindungsoffizierin der DDR-Staatssicherheit in Westdeutschland und Benelux, und sowohl Meitner als auch Rowinski sind ebenfalls belastet: Meitner als inoffizieller Mitarbeiter, Deckname ›Mohr‹, und Rowinski als ehemaliger fester Mitarbeiter, Deckname ›General‹.«

»Und Dengels? Wo ist die jetzt?«

»Wir haben sie zur Fahndung ausgeschrieben. Sie ist nach Aussage einer ihrer Bekannten zur Arbeit bei der Trierer Tafel gegangen. Aber die Kollegen, die sie dort festnehmen sollten, haben sie nicht stellen können. Sie hatte das Gebäude unmittelbar bei ihrer Ankunft verlassen.«

»Und wenn sie nun versucht, sich zu entziehen?« Möllemann schaute in die Runde. »Habt ihr das auch in Erwägung gezogen?«

»Klar«, sagte Berswordt, »haben wir. Aber das ist bedeutend schwieriger zu verfolgen.«

Möllemann horchte auf. »Was soll das heißen?«

»Vielleicht ist sie ja noch sonst wo hier in Trier und hat uns nur an der Nase herumgeführt, so wie vor Kurzem, als sie uns den Colt der Holländer gab. Oder sie ist dabei, ganz von unserem Radar zu verschwinden. Vielleicht bringt erst die

Fahndung in einigen Tagen Erfolg, oder nie. Sie ist ja keine Unerfahrene in diesen Dingen.«

»Bei Gott nicht«, sagte Möllemann. »Nur warum sollte sie jetzt nicht tatsächlich weggefahren sein?«

»Weil sie noch etwas Wichtiges zu Ende bringen muss: ihren eigentlichen Auftrag.«

»Sie meinen, sie muss das Manuskript vernichten?«

»Genau. Und zwar das ganze.«

»Aber das kann sie doch überall tun, oder?«

Berswordt sah Möllemann verwundert an. »Immerhin wogen die Kladden mit der alten Nazi-Kiste insgesamt knapp fünfzehn Kilogramm und ohne bestimmt auch noch einige. Und die Dengels ist weit über achtzig. Ob die noch so viele Kilos durch die Weltgeschichte schleppt, wenn sie alles genauso gut auch hier vernichten kann? Na, ich weiß ja nicht.«

»Sie kann es vielleicht sogar einfach in den Altpapiercontainer geschmissen haben«, erwiderte Möllemann.

»Die Frage ist: Will sie es still oder will sie es spektakulär?«, sagte Ferschweiler. »Wenn sie es spektakulär will, müssen wir nur abwarten. Andernfalls wird es schwieriger.«

»So ein Mist«, sagte Möllemann. »Nun stehen wir wirklich ohne jeden Anhaltspunkt da.«

»Hat jemand noch mal die Kfz-Werkstatt kontrolliert?«, fragte de Boer. »Besser als dort kann sie sich doch zumindest für den Moment eigentlich gar nicht verstecken.«

Das Telefon klingelte.

»Der Staatsanwalt hat grünes Licht für den Durchsuchungsbeschluss gegeben. Und er hat Wingertszahn-Lichtmeß direkt Bescheid gegeben loszulegen. In ihrer Wohnung ist die Dengels vermutlich auch nicht. Und wenn doch, werden wir es gleich erfahren.«

»Dann mal los«, sagte Ferschweiler. »Ehe wir hier herumsitzen und warten, kontrollieren wir lieber die Spuren, die wir haben.«

Er stand auf, hielt dann jedoch inne. »Halt!«, rief er. »Wir haben etwas Wichtiges übersehen. Ist Rowinski noch im Gebäude? Oder haben die Kollegen ihn schon ins ›Café Carré‹ nach Euren überstellt?«

De Boer war bereits am Telefon. Kurz darauf konnte er vermelden, dass Rowinski beim Erkennungsdienst sitze, aber gleich zu ihnen hochgebracht werde.

»Rudi, haben Sie etwa eine Idee, wie wir doch noch zum Erfolg kommen können?«, fragte Möllemann.

»Vertrauen Sie mir?« Ferschweiler lächelte geschmeichelt.

»Natürlich«, sagte Möllemann. »Was für eine Frage. Also: Wie lautet Ihr Plan?«

Als Rowinski einige Minuten später in de Boers und Ferschweilers Büro geleitet wurde, herrschte dort erwartungsvolle Stille.

»Ich habe eigentlich nur noch eine Frage, Rowinski«, begann Ferschweiler. »Wie wollten Sie die kopierte Seite des Manuskripts an Frau Dengels übergeben? Oder hatten Sie das gar nicht vor?«

Rowinski hatte sich an den Besprechungstisch gesetzt und seine mit Handschellen fixierten Hände auf den Tisch gelegt. »Wir hatten einen Treffpunkt und einen Zeitkorridor vereinbart, ganz so, wie es in den Handbüchern von damals stand«, sagte er.

»Diese Vereinbarung konnten Sie ja nun nicht einhalten, weil Sie sich entschieden haben, sich zu stellen, anstatt weiterzumachen.«

»Genau. Weil ich nicht garantieren konnte, schnell wieder aus St. Wendel zurück zu sein, galt eine Karenz von sechs Stunden. Dann musste umdisponiert werden, um das Ziel noch zu erreichen.«

»Was heißt das in unserem Fall?«, fragte Möllemann ungeduldig.

Rowinski lachte. »Na«, sagte er, »das bedeutet, dass die Dengels nun einen Notfallplan umsetzt.«

»Und der wäre?«

»Keine Ahnung. Ich war und bin nur nachgeordnet im System. Verstehen Sie das doch bitte endlich. Ich habe weder Einfluss noch Entscheidungskompetenzen.«

»Ein Mann wie Sie, Herr Merkel … Ich darf Sie doch so nennen, oder?«

»Wenn es sein muss. Es ist lange her.«

»Ein Mann wie Sie, mit all seinen guten Eigenschaften, seinem Wissen und seiner wissenschaftlichen Reputation, hat keinen Einfluss? Kann ich das glauben?«

»Sie müssen sogar, Frau Möllemann«, entgegnete Rowinski mitleidig lächelnd. »Denn wir sind hier nicht im Politbüro der Partei, sondern bei der Exekutive, genauer noch: beim Geheimdienst. Und da zählen andere Werte.«

Möllemann geriet allmählich in Rage. Ferschweiler kannte das schon und versuchte, sie durch Gesten zu beruhigen.

»Das heißt, Sie wissen nichts und können uns auch nicht helfen?«, fragte Möllemann bemüht ruhig.

»Darf ich auch einmal eine Frage stellen?«, erkundigte sich Ferschweiler.

»Nur zu.« Möllemann ließ resigniert die Arme sinken.

»Ihre Aufgabe war es doch, die fehlenden Kopien zu besorgen. Erst bei der Camphausen, dann bei dem Jungen und dann bei uns. Koste es, was es wolle.«

»Ja«, sagte Rowinski, ohne zu überlegen. »Um nichts anderes ging es. Ansonsten habe ich mit dem Ganzen nichts zu tun.«

»Aber wie hatten Sie denn die Übergabe genau geplant, wenn Sie denn nach Trier zurückgekommen wären?«

»Ich sollte den Umschlag mit der Kopie einfach an der Oldtimer-Werkstatt in den Briefkasten werfen.«

»Und dann?«

»Nichts. Ich habe aufgegeben.«

»Einfach so aufgegeben? Herr Rowinski, ich glaube Ihnen kein Wort.«

»Aber so war es. Ich will nicht vor die Hunde gehen. Daher habe ich die alten Ideale verraten.«

»Bloß wegen eines persönlichen Vorteils?«

Rowinski blickte hilflos. »Die Dengels hat mich längst abgeschrieben. Sie wird einen anderen Weg finden, ohne mich ans Ziel zu kommen. Sie hat noch nie viel von mir gehalten.«

»Könnten wir noch einmal einen Deal machen?«, fragte Ferschweiler nach einigen Sekunden des Schweigens.

»Sie meinen, ich soll Sie zu der Dengels führen und sie verraten?«

Ferschweiler nickte. »Wenn Sie kooperieren, rede ich sofort mit dem Oberstaatsanwalt und versuche, strafmildernde Umstände für Sie auszuhandeln. Wäre das eine Option für Sie? Westdeutsche Gefängnisse waren noch nie wirkliche Komfortzonen für den Lebensabend …«

Während Rowinski überlegte, klingelte das Telefon. De Boer nahm den Anruf entgegen.

»Es war der Dauerdienst«, teilte er kurz darauf den versammelten Kollegen mit. »Ihr werdet es nicht glauben: Eleonore Dengels ist unten und verlangt, Rudi zu sprechen. Sie bringen sie hoch.«

Ferschweiler rief den vor der Bürotür postierten Beamten herein, der Rowinski wieder in die Untersuchungshaft bringen sollte. Ein Zusammentreffen von ihm und Eleonore Dengels wollte er unbedingt vermeiden.

Einige Minuten später trat eine junge uniformierte Kollegin mit Pferdeschwanz in den Raum. »Hauptkommissar Ferschweiler?«, fragte sie. »Ich habe da eine elegante Dame für Sie, die Sie unbedingt zu einem Fall, den Sie bearbeiten, sprechen möchte. Sie sagt, sie habe wichtige Informationen für Sie.«

»Soll hereinkommen«, antwortete Ferschweiler.

Während die junge Polizistin die Tür leise hinter sich schloss, setzte sich Eleonore Dengels auf einen Stuhl.

»Meine Damen, meine Herren«, begann sie überaus förmlich. »Sie haben versucht, mich verhaften zu lassen. An meinem Arbeitsplatz, wo ich ehrenamtlich tätig bin und wo es vielfach um echtes Vertrauen geht. Dabei hätten Sie mich auch einfach anrufen und herbitten können. Meine Rufnummer haben Sie ja.« Eleonore Dengels war sichtbar ungehalten. »Wissen Sie eigentlich, wie unangenehm es mir war, Ihre Beamten nach mir fragen zu hören? Und wie unmöglich ich es gefunden hätte, wenn mich diese Uniformierten vor allen, die mich kennen und schätzen, wie eine Verbrecherin abgeführt hätten? Sie müssen verzeihen, dass ich mich dieser unwürdigen Art der Vorladung entzogen habe. Aber nun bin ich ja hier, denn ich habe nicht vor, mich aus irgendeiner Verantwortung zu stehlen. Allerdings sehe ich nicht, in welcher ich Ihnen gegenüber stehen sollte. Verlieren wir bitte nicht allzu viele Worte, sondern kommen wir schnell zum Thema. In der Tafel braucht man mich.« Sie blickte in die Runde. »Was also werfen Sie mir konkret vor? Doch nicht etwa, dass ich Hans-Jacob Meitner getötet habe?«

Unter den Polizisten wurde es still.

»Sie hatten zumindest die Möglichkeiten und auch die Gelegenheit«, sagte Ferschweiler.

»Haben Sie denn Beweise für diese ungeheuerlichen Vorwürfe? Ich habe ihn geliebt, meinen Hans-Jacob, egal, ob er verschroben war oder nicht.«

»Aber es gab eine zweite Injektionsstelle am Hals von Herrn Meitner, die er sich niemals selbst hätte beibringen können«, sagte Möllemann.

»Dazu kann ich nichts sagen. Ich habe ihm manchmal seine Spritzen in die Halsmuskulatur gegeben. Er hasste blaue Flecken auf den Armen, da er gern Kurzarmhemden trug. Aber dass ich ihn umgebracht haben soll, ist absurd. Zudem hatte Hans-Jacob mich an jenem Tag ja aus seiner Wohnung ausgesperrt. Dabei hatte ich ihm gar nichts getan. Alle Türen waren doch von innen abgeschlossen, und in allen Schlössern steckten die Schlüssel. Herr Ferschweiler, Sie haben es selbst kontrolliert.«

Ferschweiler nickte.

»Und falls Sie das nicht kontrolliert haben sollten: Wir haben überall Einfachzylinder in den Türen, da kann man von außen, wenn ein Schlüssel steckt, keinen zweiten hereinschieben, um die Tür zu öffnen oder zu verschließen. Hans-Jacob wollte das nicht anders. Er fühlte sich so wohl sicherer.«

»Frau Dengels, Sie, Herr Meitner und auch Herr Rowinski waren allesamt zusammen bei der Stasi beschäftigt und hielten hier in Trier einen Außenposten«, warf Möllemann ein.

Eleonore Dengels, die äußerst aufrecht in ihrem Stuhl saß, blickte sie kühl an. »Das bestreite ich ja gar nicht. Und habe es im Übrigen auch nie getan. Sie haben völlig recht. Ich habe für die Stasi gearbeitet. Aber das ist mittlerweile mehr als fünfundzwanzig Jahre her, meine Güte. Was hat das heute, nach einem Vierteljahrhundert, noch mit meinem Alltag zu tun? Warum sollte ich deshalb Hans-Jacob töten?« Sie tupfte sich mit einem kleinen Stofftaschentuch die Nase. »Natürlich waren wir nicht immer einer Meinung, wir zwei. Wir waren ja auch sehr verschieden. Und wer ist das schon? Aber deshalb morden? Das ist doch absurd.«

»Könnte es vielleicht mit den Handschriften von Karl Marx zusammenhängen, die in den letzten Tagen überraschend aufgetaucht sind?«, fragte de Boer. »Mag es sein, dass es Ihnen noch einmal in alter Sache und Verantwortung um den Schutz von Marx' Ansehen ging?«

Eleonore Dengels steckte das Taschentuch wieder in ihre Handtasche und sah de Boer durchdringend an.

»Man erzählt sich ja viel über unverbesserliche Sozialisten und solche, die niemals ablassen können. Solche à la Honecker & Co. Aber glauben Sie mir: Ich habe immer auch mein eigenes Leben geführt und mich immer schon auch für andere Dinge interessiert. Nie wäre es mir in den Sinn gekommen, in einem Altersheim oder einer kleinen Sozialwohnung dahinzuvegetieren, ohne Aufgaben zu haben, oder in ein Land auszureisen, in dem man noch sozialistische Traditionen pflegt – auch wenn es dort wärmer und sonniger sein sollte als hier.« Sie sprach ohne jegliche Form von Gestik. »Sehen Sie zum Beispiel mein ehrenamtliches Engagement für die Trierer Tafel. Man verändert die Welt nur durch sein eigenes Tun, nicht durch bloßes Philosophieren oder Daherschwadronieren. Ich blicke nach vorn, ich will helfen. Also packe ich mit an. Was soll ich mich da für so alte Papiere interessieren? Das war immer das Feld von meinem Hans-Jacob. Der hatte mit nichts anderem etwas am Hut.«

»Aber die Papiere enthalten Brisantes zu Karl Marx und seiner Urheberschaft am ›Kapital‹«, sagte Ferschweiler.

Dengels lächelte. »Sie haben recht, wir hatten in der Vergangenheit schon einige Operationen in Westdeutschland ausgeführt mit dem Ziel, Marx' Ansehen zu schützen. Unter anderem Anfang der 1970er Jahre, als wir versuchten – aber letztendlich nicht verhindern konnten –, dass dieser englische Journalist Marx' unehelichen Sohn mit Lenchen Demuth öffentlich machte. Das war damals meine größte berufliche Niederlage. Ich habe lange daran zu knacken gehabt. Und aus Ost-Berlin gab es auch Zunder. Aber heute? Vierzig Jahre danach? Ich habe nichts wiedergutzumachen oder so. Vorbei ist vorbei, Herr Kommissar. Selbst die DDR und den ganzen Ostblock gibt es schon lange nicht mehr. Und ich habe mit Marx und dem Sozialismus abgeschlossen. Denn so schlecht ist es ja im Westen nie gewesen – auch heute nicht.«

»Sie bestreiten, etwas mit den Kladden zu tun zu haben?«, fragte Möllemann.

»Ich weiß wirklich nicht, wovon Sie reden. Wenn Hans-Jacob die Kladden in seinem Besitz gehabt haben sollte, so wusste ich nichts davon. Und wenn er sie hätte verkaufen wollen, dann wäre auch das allein seine Sache gewesen. Über Geschäftliches hat er nie mit mir gesprochen.«

»Wir haben aber einen Zeugen, der etwas anderes behauptet.«

»Sie meinen Rowinski?« Eleonore Dengels lachte laut auf, als sie bemerkte, wie Ferschweiler nickte. »Diesem notorischen Lügner und Wendehals würde ich an Ihrer Stelle nicht glauben. Haben Sie sich einmal seine Vita angeschaut? So oft wie der kann man eigentlich niemandem von der Fahne gehen. Rowinski ist ein Opportunist, wie er im Buche steht. War immer schon nur auf seinen Vorteil bedacht. So wie jetzt auch hier. Vielleicht ist er ja sogar der Mörder, den Sie suchen. Zuzutrauen wäre es ihm. Und Gelegenheit hatte er auch. Er war mit meinem Hans-Jacob bestens befreundet, auch wenn er das heute wahrscheinlich bestreitet. Aber das Rennrad bei uns im Treppenhaus ist ja Beweis genug für ihre andauernde Bekanntschaft. Ich jedenfalls kann Ihnen wirklich nicht helfen. Zudem fühle ich mich mehr als unwohl. Ich habe seit heute Morgen so ein schmerzhaft pulsierendes Drücken hinter der linken Schläfe. Es ist sehr unangenehm und wird ständig stärker.« Sie fasste sich mit zittriger Hand an die Stirn.

»Sollen wir einen Arzt rufen, Frau Dengels?«, fragte Ferschweiler.

»Nein, lassen Sie mal. Aber danke für Ihre Fürsorge und Ihr Mitgefühl. Ich wusste schon immer, dass Sie Empathie haben und dass man sich auf Sie verlassen kann. Ich weiß das sehr zu schätzen.« Eleonore Dengels zwinkerte Ferschweiler geheimnisvoll zu. »Aber so lange wird es hier bei Ihnen ja wohl nicht mehr dauern. Ich brauche einfach nur Ruhe und meine Medikamente. Ich habe dieses Problem bereits seit meiner Jugend. Es ist ein Aneurysma, eine Blutgefäßerweiterung. Ich stehe schon ewig unter Beobachtung. Die Ärzte sagen, ich könne hundert damit werden. Es kann aber auch morgen schon vorbei sein.«

De Boer und Ferschweiler wechselten einen besorgten Blick. In diesem Moment klingelte das Telefon. Möllemann nahm den Anruf entgegen und nickte stumm, während sie zuhörte. Nach knapp einer Minute war das Gespräch beendet. Sie gab Ferschweiler ein Zeichen, ihr auf den Flur zu folgen.

»Das war die KTU, Wingertszahn-Lichtmeß«, sagte sie, nachdem sie die Bürotür hinter sich geschlossen hatte. »Die Kollegen haben in Eleonore Dengels Wohnung nichts gefunden. Weder Spuren von den Kladden noch sonst etwas, was auf ihre Beteiligung an den Morden hindeuten würde. Nur jede

Menge Fotos von Hans-Jacob Meitner. Ich denke, wir müssen sie gehen lassen. Ob unter Auflagen, darüber sollten wir noch einmal nachdenken.«

Ferschweiler blickte betreten. »Das sind keine guten Aussichten. Aber ohne belastbare Beweise würde eh kein Richter einen Haftbefehl ausstellen. Und ich wüsste nicht, wo noch entsprechendes Beweismaterial herkommen sollte.«

»Also lassen wir sie gehen«, erwiderte Möllemann.

Zurück im Büro, richtete sie direkt das Wort an Eleonore Dengels. »Sie können jetzt gehen, Frau Dengels.«

Doch Ferschweiler gebot der alten Dame mit einer Geste, sitzen zu bleiben. »Bitte, was ist mit den Kladden?«, fragte er rundheraus. »Wo sind die?«

»Was soll damit schon sein?«, erwiderte Eleonore Dengels gelassen. »Mit denen passiert sicherlich das, was mit ihnen passieren muss. Ich habe da gar keinen Einfluss.«

»Warum tun Sie das alles?«

»Warum?« Sie sah Ferschweiler mit einem Blick an, als hätte sie seine Frage nicht richtig verstanden. »Verstehen Sie das wirklich nicht?«, fragte sie mit betont mitleidigem Unterton.

Die Spannung im Raum war spürbar. Es war mucksmäuschenstill.

In diesem Moment gab es eine ohrenbetäubende Detonation draußen vor dem Polizeipräsidium, die die Scheiben des Büros erzittern ließ.

De Boer sprang ans Fenster, von wo aus er einen Teil des Parkplatzes überblicken konnte. »Da ist gerade ein Auto explodiert«, berichtete er aufgebracht. »Es scheint ein roter Sportwagen-Oldtimer gewesen zu sein. Er brennt lichterloh. Wenn ihr mich fragt, ist es ein Wartburg.«

»Oh je, dann ist es womöglich meiner«, sagte Eleonore Dengels mit gespieltem Entsetzen. »Ich hatte schon seit Längerem Probleme mit der Elektrik. Eigentlich hätte ich ihn längst verschrotten lassen müssen.«

Wenige Sekunden später folgte eine zweite Detonation, als der Tank des Wagens explodierte. An Löschen war nicht zu denken.

***

Nachdem Eleonore Dengels wegen Mangels an Beweisen entlassen worden war und Möllemann, Ferschweiler sowie de Boer ihre Berichte geschrieben hatten, trafen sie sich mit Eva-Brit Berswordt nach Feierabend auf dem Platz vor dem Eingang des Präsidiums.

»Wollen wir gemeinsam etwas essen gehen?«, fragte Möllemann. »Ich glaube, das haben wir uns nach den letzten turbulenten Stunden wirklich verdient.« Auf die zustimmenden Blicke der Kollegen fügte sie hinzu: »Rudi, bei Ihrer Freundin ist es immer so gemütlich. Außerdem hab ich noch nie karibische Küche genossen. Wie wär's?«

De Boer strahlte. »Ausgezeichneter Vorschlag«, sagte er. »Ich bin dafür.«

Auch Berswordt war einverstanden.

Lediglich Ferschweiler sah missmutig aus. »Muss das sein?«, fragte er genervt. »Ginge nicht auch 'ne ehrliche Currywurst am West-Imbiss oder Abendessen im ›Kartoffel-Restaurant Kiste‹?«

»Nein«, sagte Möllemann. »Schließlich haben wir etwas zu feiern. Unser Fall ist so gut wie abgeschlossen. Rowinski müssen wir noch in die Mangel nehmen, aber ansonsten … Die Dengels allerdings wird wohl straffrei davonkommen.«

»Ja, Rowinski wird früher oder später kooperieren und dann wohl auch gestehen. Aber ob er Meitner wirklich auf dem Gewissen hat? Ich weiß ja nicht. Für mich bleibt die Dengels die eigentliche Drahtzieherin und wahrscheinlich sogar die Mörderin von Meitner. Nur können wir ihr das nicht nachweisen.« De Boer wirkte unzufrieden.

Und Ferschweiler gab sich geschlagen. »Nehmt es professionell und sportlich. Was wir nicht nachweisen können, kann auch nicht geahndet werden. Im Zweifel für den Angeklagten. Zudem ist die Dengels alt, sehr alt.« Lachend hakte er sich bei Möllemann ein. »Und bei der Essensfrage ist Widerstand wohl zwecklos. Also los, ich hab Hunger – meinetwegen auch auf pappige Kochbananen und gesottene Ochsenfrösche. Und auf Rosi freue ich mich auch.«

Der »Standhafte Legionär« war wie immer gut besucht. Doch etwas irritierte Ferschweiler. Es roch nicht mehr fremd wie in den letzten Tagen, sondern irgendwie vertraut.

Als sie sich einen Tisch suchten, kam Rosi lächelnd auf sie zu. »Oh, Rudi. Dass du dabei bist … Wie wunderbar. Du kannst ja doch über deinen ach so großen Schatten springen. Ich hab mir schon Sorgen gemacht, du würdest mich nicht mehr mögen.«

Ferschweiler gab ihr einen Kuss. »Nichts für ungut, Rosi. Ich war einfach eifersüchtig«, sagte er. »Aber ich habe mich wieder gefangen. Es war dumm von mir, entschuldige.«

Rosi strahlte über das ganze Gesicht. »Na, dann setzt euch erst einmal«, sagte sie. »Ich komme gleich zu euch und nehme eure Bestellung auf. Um die Getränke kümmert sich José.«

Minuten vergingen. Rosi hatte viel zu tun. Aber die Ermittler störte das nicht. Sie saßen entspannt bei Wein, Viez und Bier an ihrem Tisch und diskutierten.

»Warum tut man sich das als Frau an, was sich Lenchen Demuth zugemutet hat?«, fragte Möllemann. »Warum stellt man als toughe, selbstbewusste Frau sein Licht so unter den Scheffel eines anderen und lässt zu, dass man nicht selbst, sondern ausschließlich der andere von den eigenen Leistungen profitiert? Könnt ihr mir das sagen?«

Alle am Tisch schwiegen. Nur Rosi, die in diesem Moment an den Tisch herangetreten war, um die Bestellungen aufzunehmen, hatte eine Antwort parat.

»Na«, sagte sie. »Das ist doch ganz einfach: aus Liebe. Nur aus Liebe. Die Demuth muss den alten Marx echt geliebt haben. Sonst würde man nicht so handeln – und auch keinen solchen Bart ertragen.«

Alle lachten.

»Und sie muss an ihn und seine Vision einer gerechteren Welt geglaubt haben, tief und fest. Aber was ist los mit euch? Ihr grübelt mir nach Feierabend zu viel«, fügte sie scherzhaft hinzu. »Ihr solltet jetzt erst einmal richtig entspannen und euren Erfolg genießen. Schließlich habt ihr das Ansehen des berühmtesten Sohnes unserer Stadt gerettet und dazu beigetragen, dass man auch noch in zehn Jahren oder später darüber diskutieren kann, ob die Trierer Uni nicht besser doch Karl-Marx-Universität heißen sollte.«

»Wie man's nimmt«, antwortete Ferschweiler. »Aber vielleicht hat Rosi sogar recht. Denn was wäre gewesen, wenn wir die Papiere tatsächlich sichergestellt hätten? Was wäre dann aus Marx geworden?«

»Tja, rein wäre seine Weste wohl nicht mehr gewesen«, sagte Möllemann. »Aber das tut jetzt nichts mehr zur Sache, Rudi. Die Geschichte muss nicht umgeschrieben werden.« In Rosis Richtung rief sie: »Hast du noch von dem köstlichen Marx-Bier aus Wien?«

Rosi hatte eine mit den aktuellen Tagesgerichten beschriebene Schiefertafel hinter der Sitzbank eines benachbarten Tisches hervorgeholt und hielt sie den Ermittlern hin.

»Die Getränke gehen heute aufs Haus. Das Bier, Frau Kriminalrätin, hab ich notiert«, sagte sie belustigt, als sie in die überraschten Gesichter sah. »Aber was darf ich euch zum Essen bringen? Heute gibt's bei mir ausnahmsweise nämlich nichts Kubanisches, sondern zur Feier des Tages ausschließlich Gerichte, die von Helena Demuth auch bei Marx seinerzeit in London nicht selten gekocht wurden, Heimatliches eben: Terdisch, Schales, Obsttörtchen und Schwenkbraten. Komm, Rudi, du bestellst heute zuerst. Denn Liebe geht nicht zuletzt durch den Magen.«

***

Am nächsten Tag saßen de Boer und Ferschweiler schon früh in ihrem Büro und bereiteten abschließend die Akten für die Archivierung des Marx-Falls vor. Ferschweiler hatte wie immer morgens das Bürofenster weit geöffnet und ließ die milde Frühlingsluft herein. Es wehte eine leichte Brise. Vögel zwitscherten, und auch Geräusche von der Baustelle gegenüber waren sporadisch zu hören.

»So, nun ist alles sortiert und beisammen«, sagte de Boer zufrieden. »Wir können die Unterlagen ins Archiv geben.«

»Gott sei Dank«, entgegnete Ferschweiler. »Die daran hängende historische Verantwortung war insgesamt doch sehr groß, oder?«

»Das kannst du wohl laut sagen. Wären die Kladden ans Licht der Öffentlichkeit gekommen, ich weiß nicht, was passiert wäre. Aber vielleicht werden wir das ja noch erleben.«

Ferschweiler reckte sich auf seinem Schreibtischstuhl. »Mir ist das egal. Für mich ist die Akte Marx geschlossen. Wann geht dein Flug nach Jakarta zur Testamentseröffnung?«

»Morgen Nachmittag um sechzehn Uhr vierundzwanzig ab Luxemburg«, sagte de Boer. Bevor er Weiteres ausführen konnte, klopfte es an der Tür.

Ein Mann mittleren Alters in dunklem Anzug und Mantel trat ins Büro. Er stellte sich als Notar Dr. Winfried Schiller vor, der einem Kommissar Ferschweiler etwas Wichtiges zu übergeben habe.

Nachdem sich Ferschweiler ausgewiesen hatte, händigte ihm Dr. Schiller ein schweres, mittelgroßes Paket aus, ließ sich den Empfang quittieren und verabschiedete sich wieder.

Ferschweiler sah de Boer verdutzt an.

»Wer lässt dir denn über einen Notar ein Paket zustellen?«, fragte de Boer. »So schlecht ist die Post doch nun auch wieder nicht.«

»Keine Ahnung, es steht nichts darauf. Kein Absender ist genannt.«

»Mach es auf«, sagte de Boer neugierig. »Dann wissen wir es.«

Sie setzten sich an den Besprechungstisch und räumten eine kleine Ecke frei. Mit Hilfe einer alten Büroschere öffnete Ferschweiler das gut verklebte Paket.

»Das gibt es doch nicht«, sagte er, als er die dicke Verpackung entfernt hatte. »Es sind die Kladden. Alle. Sie sind vollständig!«

»Da hat die Dengels ganz zum Schluss noch einmal den Ball in unseren Strafraum gespielt«, sagte de Boer lachend. »Respekt. Und nun? Was machen wir mit dem brisanten Material?«

Ferschweiler musste nicht lange überlegen.

»Hat unsere verehrte Kriminalrätin nicht erst gestern bei Rosi betont, der Fall sei abgeschlossen und es bedürfe diesbezüglich keiner weiteren Ermittlungen und Aktionen mehr? Und machen wir nicht gerade alles fürs Archiv fertig?«

De Boer nickte zustimmend.

»Dann nehme ich die Kladden jetzt als Anhang in die Ermittlungsakte auf und gebe sie mit den übrigen Protokollen, Fotos, Berichten und sonstigen Unterlagen ins Polizeiarchiv. Dort sind sie gut aufgehoben – und bleiben hoffentlich lange unberührt. Schließlich weiß ja niemand, ob der Hauch der Geschichte in den kommenden Jahren nicht doch noch einmal in Sachen Karl Marx durch unsere Hallen weht.«

De Boer lachte. »So hätte ich es auch gemacht, Rudi.« Dann stand er auf und schloss das Bürofenster. »Es ist besser, bei geschlossenem Fenster an diesem Fall zu arbeiten. Sonst führt der Hauch der Geschichte, der draußen weht, bei dir, wo du doch immer so empfindlich bist, noch zu einer veritablen Erkältung. Und die wollen wir doch nach Möglichkeit vermeiden.«